影の宰相

小《こ》早《ばや》川《かわ》隆《たか》景《かげ》

真説・本能寺の変

米山俊哉

三原駅表玄関の「絹本着色登覧画図」
原画は岡岷山画（妙正寺蔵）
撮影・米山俊哉

南々社

影の宰相　小早川隆景

——真説・本能寺の変

はじめに

令和2(2020)年の大河ドラマの主役は、明智光秀である。彼といえば、本能寺を襲撃して織田信長を亡き者とした「本能寺の変」の主役として有名だが、その原因説は、百花繚乱《ひゃっかりょうらん》の観を呈する。そんな中で筆者は、光秀は突発的に進路を変えて本能寺になだれ込んだのではなく、そこには意外にも周到な戦略が存在したと考えている。

変は天正10(1582)年6月2日に起きたが、本来ならば光秀は、当時毛利氏と備中高松城で対峙していた秀吉の援軍のため、亀山と京都の境・老ノ坂《おいのさか》で西に進路を取る必要があった。しかし光秀は東へ、すなわち京都を目指した。

さて当時、毛利氏は織田信長と6年間の長きにわたり戦争中であったことをご存じだろうか。当時の形勢は、毛利軍が圧倒的に不利だった。詳細はおいおい述べていくとするが、明智光秀の本能寺襲撃において、その毛利軍の司令長官だった小早川隆景が裏で糸を引いていた可能性が高い、という事実をご存知だろうか。

さて、奇縁は重なった。今にして思えば、後述する小早川隆景との各所での出会いは、そういうことになるだろうか。徐々に分かってきたのだが、隆景は想像以上の大物だった。それも稀有《けう》な。私は従来、小早川隆景とは毛利家の「『三本の矢』における一本の矢」という程度にしか理解していなかったのだが、「隆景との偶然の出会い」を追いかけるうちに、彼は「戦国史上における、とんでもない大物だ」ということを強く思い知るに至った。それも、本能寺の変に関与した可能性が著しく高い。

では、隆景の人物像を簡単に説明するとすれば、どう表現したらいいのだろう。まず、彼は毛利元就の三男であり、天文2（1533）年、吉田郡山城（現・広島県安芸高田市）に生まれている。天文13（1544）年、12歳で竹原小早川家の家督を継ぎながらも、やがて、天文19（1550）年には竹原・沼田両小早川家を統合。実質的には「毛利両川《りょうせん》」として毛利宗家をも支え続け、後には並行して豊臣政権の大老の任も果たす。そして隆景は、広島県の三原から広島、瀬戸内、西日本、はたまた東アジアへと、その聡明《そうめい》な視線を向けていた、いや、そうせざるをえなかった時代の激流を、見事に泳ぎ切った稀有な武将だった、ということになるだろうか。

父、毛利元就のフィールドが概ね吉田（広島県安芸高田市）から中四国や九州であったのに比べ、隆景のそれは元就が築いた土台の上に、中国地方から西日本、そして日本全国、東アジアへと必然的に広がっている。やはり、隆景は16世紀の戦国時代を駆け抜けた、わが国を「影」で支えた稀有な「宰相」クラスの人物だった。

その一方、隆景が通常の戦国武将の枠を遥《はる》かに超えた人物でありながら、彼の偉大さが三原以外の地元広島県でさえ、あるいはわが国において、あまりに知られていないことを、余計なことながら危惧したことも、本書をまとめることになったきっかけの一つだ。

また、いくら当時に関する本を拝見しても、本能寺の変と小早川隆景の関係に言及したものはあまりお目にかからない。では僭越《せんえつ》ながら、ということで、本書をまとめることになったと言っていいのかもしれない。そのうち、実は戦国時代において、隆景こそが時代を鎮《しず》めた我が国を代表する「影の宰相」だった、ということが、いずれ学術的にも解明されていくことを、勝手ながら期待したい。

では、なぜ隆景の活躍や本能寺の変との関係は、あまり知られていないのだろうか。そのわけは本文で見ていくことにするが、そろそろ隠したかった秘密の一端ぐらいは開陳してもいいのではないか、と死後400年を過ぎ、さすがに隆景自身も思っているような気がしてならない。確かに、勝手な推測も含まれることは百も承知だ。が、私は、この四半世紀の旅で得た隆景の地上に残る痕跡を、戦国の歴史の空白にパズルのピースをはめ込むように、現地に残された情報から真実に迫りたいと考えた。一次史料がほとんどないのですぐさまお手上げ、というのではなく、隆景が燃やした書類の中身をやや無理矢理にでも垣間見ながら、本書を綴《つづ》っていきたいと思う。そして対織田信長戦や豊臣秀吉、明智光秀を通して、隆景がどうして本能寺の変に関与せざるをえなかったのかということを考察していきたい。

筆者出張の折の、たまたま各所での隆景との「出会い」と、6年に及ぶ対信長戦争における事績を辿《たど》りながら、燃やされた書状の中身を解き明かしていきたいと思う。それが「新説」なのか、「珍説」なのか、はたまた「真説」なのかは、読者諸賢のご判断に委ねることにさせていただきたい。既存の研究を道標とし、通説には遠慮なくクエスチョンマークを付けながら、真の「隆景への旅」を始めようと思う。

それではまず、旅の端緒となった隆景の盟友、水軍大将・浦《うら》(乃美《のみ》)宗勝《むねかつ》との出会いから述べることにする。

目次

影の宰相　小早川隆景　――真説・本能寺の変――　目次

本能寺の変　関係人物相関図

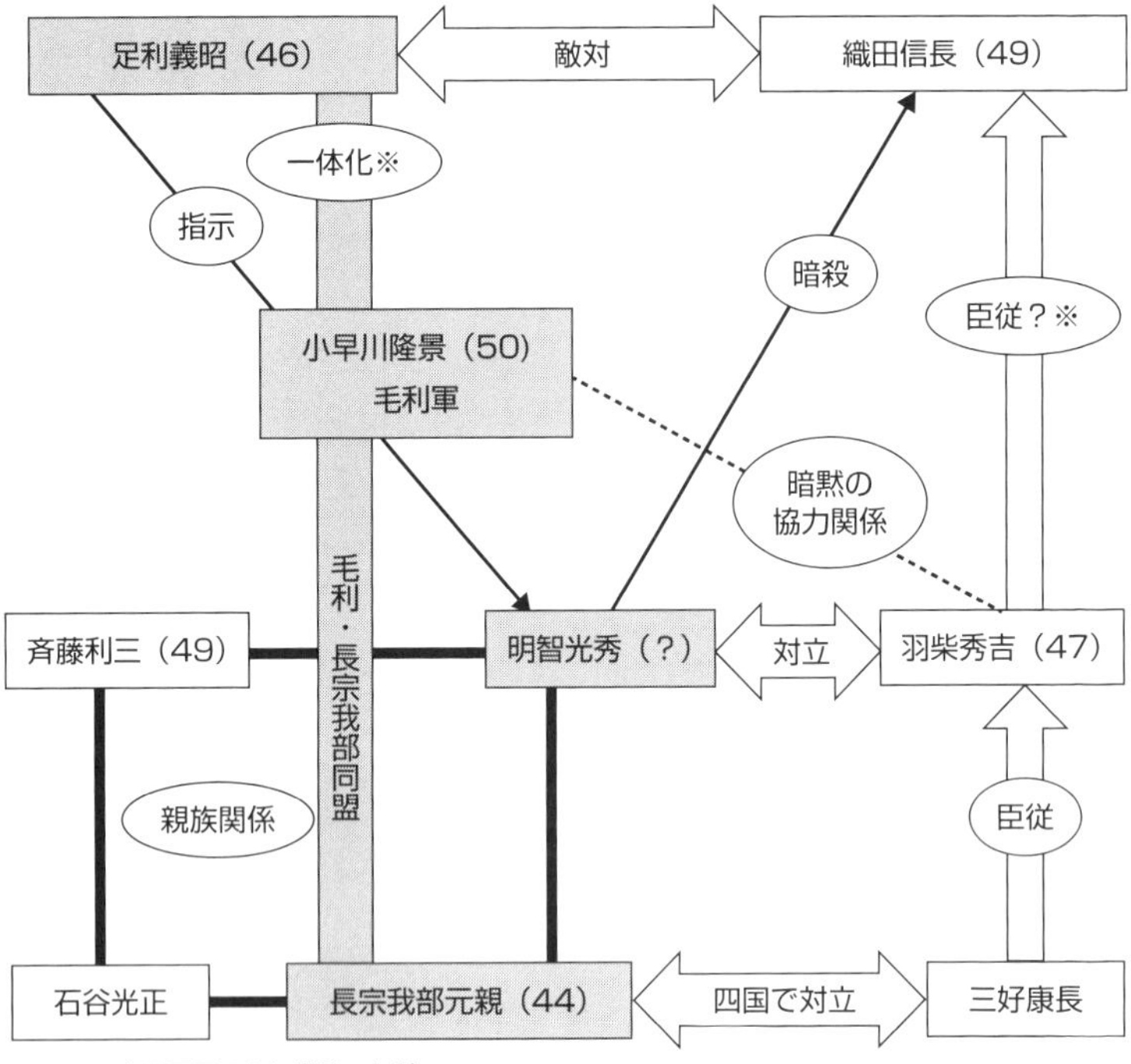

※カッコ内は天正 10 年当時の年齢。
※義昭と隆景は、鞆幕府として一体化して戦争中だった。
※秀吉は、表面的には信長に臣従していたが、信長の死で利を得た。

序章　隆景にまつわる旅の始まり

平成7（1995）年晩秋

小早川隆景を意識し始めたのは、広島県竹原市忠海の勝運寺《しょううんじ》から、ということになるだろうか。

平成7(1995)年、筆者は当時まだ、安穏と大阪で勤め人暮らしを送っていた。が、忘れもしない1月17日、あの阪神・淡路大震災に出くわし、3月には地下鉄サリン事件も続発するなど、その年世の中の流れは、急速に世紀末へと移行し始める。その大震災のインパクトは、平凡な勤め人にとってはあまりにも強烈だった。昨今では、自然災害は日常茶飯事となってしまった感もあるが、今にして思えば、当時、バブル経済崩壊はあったというものの、まだ緩慢とした平穏な日常は続いていたように思う。一瞬で街全体が全て破壊されたという、あの時の惨状は、今も思い出す。炎と煙に、神戸の街は包まれていた。当時勤めていた会社の支店がちょうど市役所の近くにあったのだが、その辺りで目にした街の姿は、匂いとともに筆者の脳裏に強烈に焼き付いた。

神戸市では約25万戸の家屋が、1月17日早朝に倒壊、または延焼し続けた。思い出すだけで生々しくも禍々《まがまが》しい長い一日だった。テレビニュースに流れたJR長田駅周辺の火災や、簡単に折れていた阪神高速道路の姿は、日常生活ですっかり忘れ去っていた都市文明の脆《もろ》さに、初めて気付かせられた。それは、都市のあり方さえも根底から考え直さざるをえないような自然災害だった。強固だと思われていたコンクリートに囲まれた都市文明は、実は、大自然の力によって一瞬のうちに崩れ去る砂上の造形だった、ということなのだろうか。それまでは単にSFとして描かれた近未来の光景だったものが、あの日、突如眼前に現れた。その日を境に、リアルな世紀末へと、日本は転がるように突入していったように思う。

その後、自然災害は頻度を増し、まるで間歇泉《かんけつせん》のように発生する。阪神淡路大震災以降も各地での噴火や地震、枚挙に暇はなく、しかも年ごとに加速しているかのようだ。２０００年代に入っても有珠山《うすざん》噴火、三宅島噴火、芸予地震、十勝沖地震などが発生し、水害、台風被害、猛暑も加速する。そして２０１０年代には阪神淡路を上回る東日本大震災、広島市土砂災害、熊本地方の度重なる地震、西日本豪雨災害と、何だかきりがなく、やはり加速しているようだ。

また、阪神・淡路大震災以降、日本興業銀行、北海道拓殖銀行、三和銀行、山一証券など有数の金融機関が多数崩壊し、消滅するなかで、やがて、「企業戦士」のなかにも日常生活を再考し自省を始め、都会のコンビニエントな生活から逃れ、田園回帰や二地域居住を画策するものも出始めていった。これらの大きな災害に遭遇することにより初めて、人々は当たり前にある眼前の景色も、本当はいつまでも当たり前に存在できるものではないという事実に、ようやく気が付き始めたのだろうか。

一例だけ挙げる。神戸市長田区在住だった知人Aは、震災発生時の午前5時過ぎ、瞬時に倒壊した木造長屋にそのまま埋まってしまった。土埃《つちぼこり》と暗黒の中に閉じ込められたが、運よく、明くる日の午後3時頃になってようやく救出されたという。その間の約一日半は、幸い、戦後乱造された安普請《やすぶしん》の「長屋」だったお陰なのか、重傷を負うこともなく、ただただ、その間は生き埋め状態だったという。その彼が、

「あれはほんま、もうちょぃであの世に行きよったかも知れへんかったな」

と、今では懐かしい思い出だと笑って語れるという。しかし、そのちょうど同じ頃、長田区内で

はあちらこちらで地震による大規模な火災が発生しており、彼の家は木造平屋のバラックだったからこそ幸い助け出されたとも言えるのだが、あと一歩というところで彼は火の海へ、長田の街を紅《ぐ》蓮《れん》に染めた炎に巻き込まれていたかもしれなかった。例の古老が言うには、

「まるであの空襲のときとおんなじ風景が、其処《そこ》には広がっとったで」

さもあろう。生き埋めだったときに彼が特に恐怖を覚えたのは、煙と異臭が風に乗って身動きできない彼の鼻先に漂ってきたときのことだったそうだ。

とにもかくにも、新たな「地殻変動の世紀」は明けようとしており、一方筆者は、その年の晩秋の頃、紹介された竹原市忠海の禅堂に、ようやく訪れることになる。なお、忠海に筆者を導いた京都岩倉の地は、のちに気付いたことだが、本能寺の北方に位置する。

忠海の床浦（撮影　脇山功）

竹原、忠海

さて、この1995年の「アースディ」（4月22日）に、とある国際環境会議が岩倉の京都国際会議場で開催された。いささか敷居の高い会議だったが、なぜその会

場に着席していたのか、と問われれば、そこで歌を披露した歌い手と飲み友達だったということの他には、なかなか答えようがない。だがそれに参加したとき、その会議の設立メンバーが、長年、参禅することを非常に重視しており、

「鋭い、ここは本物やね」

と勧める禅道場が、なんと筆者の故郷、広島県竹原市忠海にあるということを、そのとき知った。今にして思えば、このことが小早川隆景に繋《つな》がっていく奇縁の始まりだったことになる。

勝運寺境内にある禅道場、少林窟道場の正門

同年11月、会社の仕事を急にてきぱき片付けて1週間の休暇を取得。正真正銘のにわか参禅ではあったけれども、ようやく勝運寺内の少林窟《しょうりんくつ》道場にその機会を得ることができた。

旅立ちの朝、新大阪駅から新幹線「ひかり」に乗車、初めて三原駅で呉線に乗り換え、ひなびた忠海駅で下車した。今思い出してみても、あのとき呉線の鈍行列車から見た初冬の太陽に輝く瀬戸海、芸予の海が、大阪で染まってしまっていた勤め人の、カッチカチに凝り固まってしまっていた「既成観念」をゆっくりと溶かしてくれているようだった。辿《たど》り着いた忠海駅では、作務衣《さむえ》姿の青

年僧の出迎えを受け、一緒にゆるゆるとした坂道を登ると、やがて石垣の上に建つ立派な山門に出くわした。現代においては珍しくも、道元禅の本質を追究するという勝運寺・少林窟道場は、その上の竹林に小さな門を構え、緩やかに筆者を迎え入れてくれた。

勝運寺の反った石垣

　さて、早朝3時から深夜に及ぶ禅三昧の、確か3日目だった。参禅苦行から初めて放たれ、やっと老師から寺外での散策を許されたときのこと。それまでは全く気付くことはなかったのだが、勝運寺の周りの丘からは遥かに芸予の海が見渡せ、その山裾を埋め尽くすように墓石の群れは、道場をぐるりと囲んでいた。にわか参禅で教えられた「只、今」に集中しながら、一歩一歩、気持ちを外さないよう墓石群の間をただ歩き回る。その一瞬一瞬の、集中と雑念との切れることのない葛藤の螺旋《らせん》にヘトヘトになりながらも、ただただ歩いたものだった。

　そのとき初めて、勝運寺の眼下に広がる瀬戸内海の、異様に優しい煌《きらめ》きに気付いて改めて驚くとともに、この寺の不思議な由緒を知ることになる。

　勝運寺は山号を翫月山《がんげつさん》いう曹洞《そうとう》宗の寺院であり、そして、その奥の一庵が地域にも開かれた禅堂となっていた。勝運寺の石垣は反り具合といい、城のそれを彷彿《ほうふつ》とさせるものだった。なぜか、海から上がって攻めかかってくる敵を激しく撥《は》ね付けるかのように屹立《きつりつ》する石垣、その上に座す雄々しい寺院だったのだ。

たしか寺の奥には、不思議なことに朝鮮出兵時に小早川隆景から贈られたという弾薬櫃《ひつ》まであったのだ。なぜあるのか、筆者は強烈に疑問に思ったものだ。

勝運寺の丘は、まことに由緒ありそうな塔も並ぶ墓所でもあった。それら墓石の主の一人は、かつて燦然《さんぜん》たる栄光と苦難の日々を生き切った小早川水軍大将、浦(乃美《のみ》)宗勝《むねかつ》だという。彼は沼田小早川家一族で、大永7(1527)年に生まれ、小早川一族の浦元保《うらもとやす》の養子となるも、本人は、実家の乃美姓を称した。毛利氏の主な海戦で活躍し、のちに秀吉の朝鮮出兵にも従軍、現地で病を得て天正20(1592)年に帰国するが、間もなく筑前で没することになる。

浦宗勝像(甲冑像、勝運寺所蔵)

勝運寺は、その浦氏の菩提《ぼだい》寺だったのだ。そういえば、「勝運寺」という寺号も、水軍にとっては当然の、しかし仏教寺院にしてはいささか直截《ちょくせつ》で無粋な表現だ。

さて、7日間のにわか参禅の後、勝運寺少林窟道場の老師に、忠海から北方に分け入った白瀧《しらたき》山《やま》へ連れられたことも印象深い。そのとき、初めて目にしたような瀬戸内海の雄大で透明な風景は、忘れることができない。今も、瞼《まぶた》の底に浮かぶ。

白瀧山頂からは、かつて浦氏をはじめとした村上水軍、小早川水軍が自在に航行していた瀬戸の海、すなわち水軍たちのフィールドが眼前へ迫ってきた。島々の間にはかつての軍船「小早」のような漁船の淡い航跡が、晩秋の陽光に揺らいでいた。

勝運寺、浦宗勝の墓所から見た芸予の海（手前は大久野島、後ろは大三島）

「米山寺」との運命の出会い

勝運寺少林窟での参禅後、再びごくありふれた勤め人生活に戻ってしばらくした平成11（1999）年秋真っ盛りの候。今度は広島から三原へと、国道2号線を水軍大将・浦宗勝が仕えた親分、小早川隆景のことを脳裏に浮かべながら、ハンドルを握っていた。「三本の矢」のほかに、新高山《にいたかやま》城や三原城に彼の大きな足跡が残っているということぐらいは知ってい

たものの、いったいどんな人物だったのだろう。少年の頃、毛利家から小早川家に養子に出されたというが、

「そりゃ相当寂しくて、辛い日々だったんじゃないだろうか」

などと、隆景の胸中を勝手に想像したりもした。そのときは、いつもの新幹線の車窓からの景色ではなく、ゆっくりと隆景の愛した三原の街を一度この目で直に見て感じてみたいと思ったものだ。

さて、三原へのドライブ当日は、広島からずっと国道2号線を走っていた。当時はバブル崩壊後で相変わらず地方は大不況の真只中。日本経済を表すかのように、高速道路料金をケチる大型トラックが国道2号線をその日も猛スピードでバンバン走っていた。そのとき、ちょうど沼田川の土手道となっている辺りだっただろうか。いささか情けなかったが、大型トラックに追い立てられるように、あたふた走行してしまっていた。ガス欠寸前になった折、たまたま本郷町辺りにあったガソリンスタンドに立ち寄ることになった（先頃、久し振りに本郷町の国道2

勝運寺墓地にある浦宗勝の墓（振り返ると16頁の写真のような芸予の海が見える）

号線を走ってみたが、件《くだん》のガソリンスタンドは見当たらなかった）。

その後、再び国道2号線をしばらく走って偶然見た橋の袂《たもと》に、普段は見落とすような小さな石柱が、なぜかこのときは眼に入ってきた。そこには確かに「米山寺」と書かれていたのだ。それを眼にした瞬間、見知らぬ地でいきなり自分の名前を呼ばれたようなインパクトが、そのときにはあった。

国道2号線　橋の袂で目に付いた「運命」の石柱（納所橋北詰、三原市本郷南）

　少し行き過ぎたものの慌てて引き返し、沼田川に架かる狭いその橋を「米山寺」方面に向けて狭い橋をそろりそろりと渡った。しばらく離合困難な田舎道がウネウネと続いた先に、やがて米山寺は、山の中に忽然《こつぜん》と現れた。
「米山寺《べいさんじ》」は小早川家一門の菩提所になっていた。手前の墓所には、隆景をはじめ歴代の当主が前後二列に並び、また左手奥には比較的小ぢんまりとした本坊があり、その脇の土蔵では、折しも小早川隆景由緒の品々を展示しているところだった。それはまるで古風な映画館で、思いもかけず昔スマッシュヒットした作品に出会ったような気がしたものだ。

では、クラウドファンディングを呼びかける米山寺のホームページから、その紹介文を引用する。

小早川家菩提所　米山寺（三原市沼田東町）

小早川家の菩提所《ぼだいしょ》である米山寺は、平安時代の仁平3年（1153）に天台宗の寺として建てられた寺院（巨真山寺と称した）で、小早川氏四代の小早川茂平が伽藍《がらん》等を整備し、小早川家の菩提寺としました。室町時代には米山寺と呼ばれるようになり、その後、臨済宗、曹洞宗と改宗し現在に至ります。

初代土肥《どひ》実平《さねひら》から十七代小早川隆景《こばやかわたかかげ》（県重要文化財）までの宝篋印塔並びに、源氏三代の墓（国の重要文化財を含む）とされる20基の重要文化財宝篋印塔が整然と並んでおり、歴代の墓がこれだけ揃っている墓所は、全国的に見ても非常に珍しく貴重な文化財です。

小早川家の本流をたどると、神奈川県湯河原町の土肥家につながります。源頼朝の片腕として平氏と戦い、鎌倉幕府設立に多大な功績を残した土肥実平（小早川家の始祖）が、沼田荘（現在の広島県三原市本郷町付近）をもらい、本郷にある三太刀（御館）山に居住を構え、近くの米山寺を小早川家の菩提寺としてまつるようになりました。（「小早川家墓所を完全復旧するためには、あなたのお力が必要です！」〈https://readyfor.jp/projects/beisanji〉より引用）

ちなみにこのクラウドファンディングが行われた背景は、米山寺の小早川家墓所が２０１８年の西日本豪雨で大きな被害を受けたことである（詳細は「おわりに」で説明）。このプロジェクトで、目標寄付金額の約2倍の金額が集まったそうだ。完全復旧は２０２１年3月頃の見込みだということだが、一日も早い復旧を祈りたい。

その後訪れた、広島市東区にある安芸安国寺（不動院）で出会った毛利氏の外交僧・安国寺恵瓊《あんこくじえけい》の墓にしろ、なにか胸騒ぎのする出会いが、「米山寺」以降も断続的に続いていくことになろうとは、このときはまだ気付いていなかった。

また、後に中国地方を通る出張で、なぜか隆景に所縁《ゆかり》のある場所に次第に引き寄せられていったのかもしれないし、たまたま仕事エリアが隆景の活動エリアと重なったのかもしれない。そして、それは意外と広域に広がっていったのだった。具体的には、鞆（福山市）、尾道、三原、吉田（安芸高田市）などの広島県下をはじめとして中国各県、九州では北九州、福岡。四国では松山、今治、新居浜、高知、大三島、その他に兵庫、大阪、京都。さらには韓国と、気ままな「歴史ミステリーツアー」は脈絡もないままに始まることとなった。

第1章　忘れ去られた智将

第1節　小早川隆景の人生

幼少期と家督相続

ここからは、小早川隆景がどんな人物だったのかを簡単に見ていきたい。

彼は毛利元就の三男で天文2（1533）年に生まれている。幼名は徳寿丸《とくじゅまる》。長兄は隆元で10歳年上、次兄は元春で3歳年上だった。当時、父・元就はすでに尼子氏と手切れており、安芸・備後での勢力増強に余念がなかった頃だ。

天文10（1541）年、尼子晴久《あまごはるひさ》が3万の兵を率いて毛利居城の吉田郡山城（現・広島県安芸高田市）を囲んだ時、隆景はまだ9歳で、この郡山合戦には直接参加してはいない。

この合戦は、天文9（1540）年から翌年にわたり、尼子晴久が当時大内氏に従属していた毛利元就の吉田郡山に侵攻した戦いである。郡山城を降りた城外で

小早川隆景寿像（重要文化財、米山寺蔵）

の戦闘が主であり、いわゆる、まったくの籠城《ろうじょう》戦ではなかったが、元就は一族郎党を引き連れて吉田郡山城に籠城した。城には兵2400人と地元の農民・商人・女子供らを加えて合計約8000人が入り、尼子氏の攻撃に備えたという。

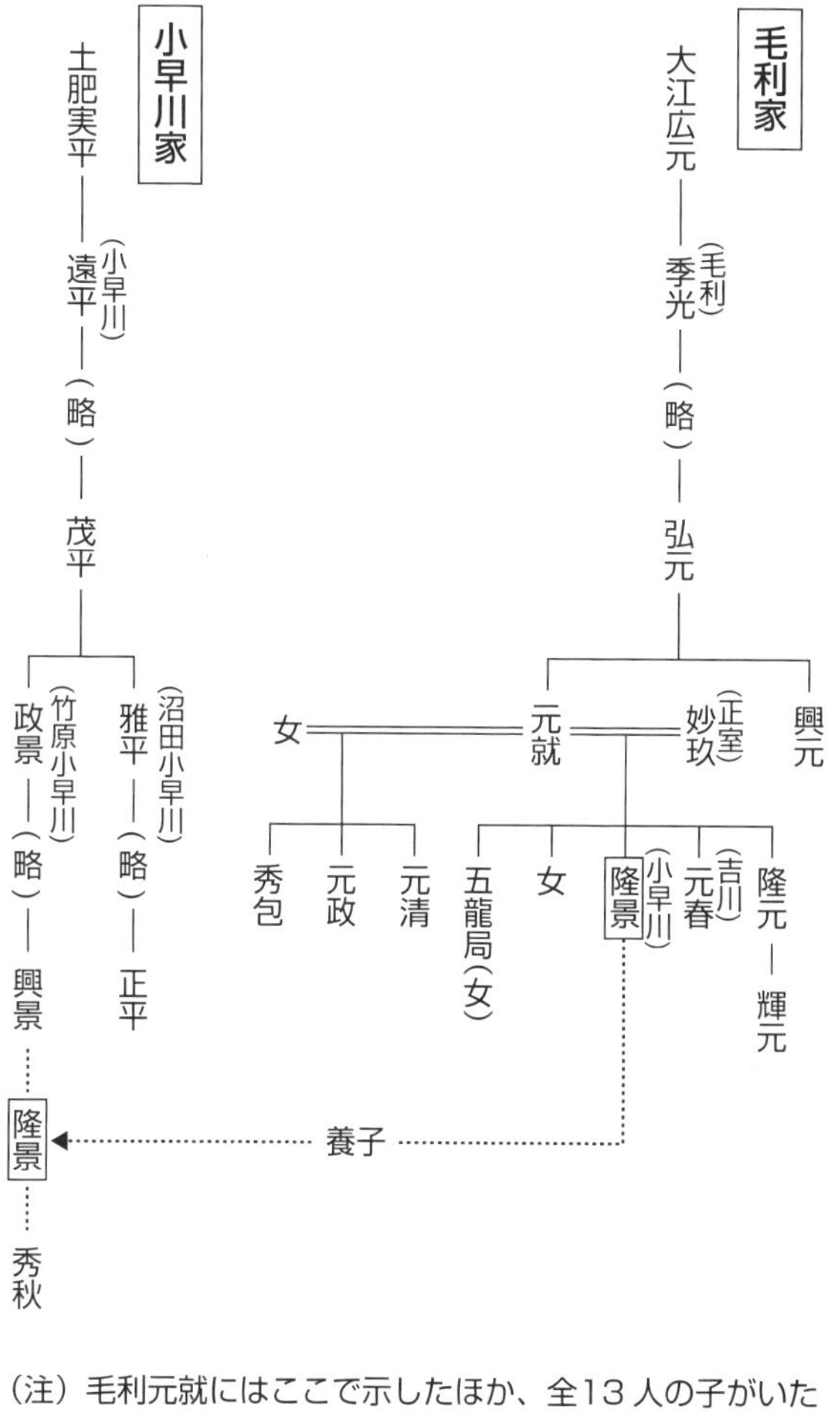

（注）毛利元就にはここで示したほか、全13人の子がいたといわれる。

毛利・小早川氏系図

晴久は戦果を上げられずに将兵の士気は徐々に低下、さらには岩国から大内義隆が来援する恐れもあり、ついには全軍撤退した。尼子氏は吉田郡山城攻めに失敗したことで安芸から駆逐され、出雲でも国人領主たちの多くが離反する。やがて晴久の父・尼子経久《つねひさ》も病没し、月山富田城を守った晴久嫡男の義久《よしひさ》が降参、永禄9(1566)年、尼子氏は滅亡の時を迎えた。

ちなみに、尼子氏遺臣の山中幸盛《やまなかゆきもり》(鹿之助《しかのすけ》)は一族の勝久《かつひさ》を擁立し、信長の支援もあって、以降天正6(1578)年播磨の上月城《こうづき》(現・兵庫県佐用郡佐用町)で敗れるまで、「艱難辛苦《かんなんしんく》」の対毛利戦に励んだといえようか。なお鹿之助の首は、備後の「鞆幕府」で将軍・足利義昭の首実検を経て、葬られた。

そういえば初めて三原の米山寺を訪れたあと、足を延ばして福山・鞆の路地を散歩していたとき、鹿之助の首塚に出くわした。そのときは、なぜこんなところに、すなわち静観寺《せいかんじ》の門前に、首塚なるものがあるのかと不思議に思ったものだ。当時戦国の事情に疎かった筆者は、もちろん「鞆幕府」の存在も存じ上げていなかったが、ましてや義昭が、なぜ鞆に住み、首実検をしたのかは、やや苦しい言い訳だが、当時は知る由もなかった。

話は戻るが、天文9年から翌10年が母・妙玖《みょうきゅう》と籠城に耐えた時期であり、思えば隆景が母との濃密な愛に包まれたのは、尼子軍に囲まれた吉田郡山城中だったのではなかろうか。後年、隆景の領民から慕われる様は、母から受けた薫陶《くんとう》も大きかったと思われるのだが。

また、隆景は幼少の頃より聡《さと》かったといわれる。それを表すエピソードを、小和田哲男氏の文献から引用したい。

毛利氏のような国人《くにじん》領主は、大内義隆に属しているあかしとして、子どもなどを人質として差し出していた。元就の長男隆元《たかもと》が人質になっていたこともあったし、隆景が隆元にかわって人質となっていたこともあったのであろう。（中略）隆景が人質から父元就のもとに帰ってきたとき、元就に向かって、「大内家は滅亡するでしょう。重臣陶隆房《すえたかふさ》（のち、晴賢《はるたか》と改名）の諫《かん》言《げん》を用いないばかりか、寵臣の相良《さがら》武任《たけとう》のいうことばかり聞いています」といっている（小和田哲男『毛利元就　知将の戦略・戦術』三笠書房、1996年、148頁より引用）

隆景の卓越した情勢分析力を表す、「予言」とも言える逸話であろう。

このころ、竹原小早川家の当主・興景《おきかげ》が、尼子方の武田氏の居城だった安芸銀山《かなやま》城（現・広島市安佐南区）を攻略中に病没してしまう。彼には子がいなかったので一族が協議した結果、毛利家の徳《とく》寿丸《じゅまる》（隆景）を所望したと言われる。もちろん当時、元就一流の戦略の匂いも立ち込めているのだが。

そして天文13（1544）年11月、隆景は12歳で竹原小早川家を継ぐことになる。元就の言うことを素直に聞き、小早川家に養子として入った隆景は大変寂しい思いをしたものの、一方、自身も辛抱強く新たな家に馴染《なじ》もうと大変努力もしたはずだ。

元就は、後年『三子教訓状』をしたためるほどの「教育熱心」な人物だったが、必ず吉田を出発するときに、

「よいか隆景、小早川家では毛利の名に恥じぬ振る舞いで皆を指導するのじゃ。ゆめゆめ母を困らせるな。そなたはいずれ小早川家の惣領となり、毛利の手足となるのじゃ」

と、声を掛け諭したと推測する。そして隆景は元就の期待通り、勇敢で聡い若武者となり、小早川家を背負うにふさわしい人物へと成長していくことになる。

隆景の竹原小早川家の継承は、どうやら元就の筋書き通りの展開だったようだ。元就は天文19(1550)年2月から5月にかけて、元春・隆景を伴って周防国山口に大内氏を訪問し、親交を深めている。大内氏はもともと西日本の名門で、当時の当主・義隆《よしたか》の頃には周防ほか長門・安芸・備後・豊前などを領有し、全盛期を迎える。だが、この逗留中に陶晴賢《すえはるかた》が大内義隆に対して謀叛を企てていることを察した元就は、大内氏転覆後の毛利氏の行く末に備えて、強引な手法で基盤を固めた。帰国後の7月にはかねてから専横の振る舞いが目立っていた井上一族の三十余名を粛清。また次男・元春の義父で吉川家当主の興経《おきつね》を隠居させ、さらに殺して元春に吉川氏を継承させている。これは、毛利氏の日本海進出の契機となった。そして、隆景を小早川氏の嫡流である沼田小早川氏の養嗣子に強制的に据えたことも、以上のような動きの一環だったと思われる。

さらに天文10(1541)年、元就は大内軍とともに安芸銀山《かなやま》城の武田氏を滅ぼし、山間の地であった吉田から瀬戸内海へと勢力を拡大する。この広島湾を一望できる要衝の地を手中に収めたことは、安芸国支配の土台を築いたことになり、吉川氏が山陰に進出したことと並行するかのように、瀬戸内海の情報・物流ネットワークを構築するための橋頭堡《きょうとうほ》になったことも意味するだろう。もしそれが確立されていなければ、その後の毛利氏の中国制覇や西日本におけるポジションは確立しえなかったのは間違いあるまい。したがって小早川家の併呑《へいどん》は、元就の戦略にとって必要欠くべからざる動きとみて、やはり、差し支えない。

隆景の智謀が最初に発揮されたのが、天文12（1543）年から6年間にわたって断続的に行われた神辺合戦である。これは大内氏と毛利氏が、山名氏（尼子氏側勢力）の神辺城（現・広島県福山市にあった）を攻撃したもので、隆景は天文16（1547）年、初陣を飾っている。彼は見事、神辺城の支城・龍王山砦《りゅうおうやまとりで》（坪生要害《つぼうようがい》）で小早川軍を率い、陥落させたのだ。そのとき、義隆から隆景に感状が発給されており、また隆景も幼名（徳寿丸）で部下に発給している。また、この頃元服しており、このときから家内の位置付けは名実ともに小早川家の相続人と認知されたであろう。小早川家はもともと「警固衆」と呼ばれた強力な小早川水軍を持ち、瀬戸内海を視野に入れた毛利家の一翼をそれ以降に担う使命を負ったことも、間違いなかろう。

ちなみに隆景は、沼田小早川家も統合し、高山城に入城してから1年も経たない天文21（1552）年、沼田川を挟んだ地に新高山《にいたかやま》城を築いている（現在の広島県三原市）。まるで旧城に残る因習を取り除くかのように。新城に移ることでの家中の「心機一転」を目論んだのだろうか。もちろん隆景も、元就の意を汲んで毛利のために本格的に活動を開始したであろう。このころ、なぜか次兄の元春も吉川家の本城・小倉山城を廃し、新城・日野山城を築いている（両城とも現・広島県山《やま》県《がた》郡北広島町にあった）。このようにしてようやく、瀬戸内海から日本海に抜ける郡山城をベースとした、兄弟の連携した新たな毛利体制、すなわち毛利の「両川《りょうせん》体制」が実質的に整うことになったといえる。

彼ら元春・隆景によるこの二つの新城は、やはり、新たな体制のシンボルとして築城されたことだろう。時期的にも、明らかに山陰と山陽の拠点が揃う。特に、隆景の新城は、当時本郷まで海が入り込んでいたので、ふもとの沼田川の警固船《けいごせん》発着場は、いわば水軍の基地としても重要な意味を持ったという。なお、高山城(旧城)は川を挟んで反対にそびえていたので、船着き場はまったくの新設ではなく、増強だったと思われる。

このようにして小早川氏を抱き込んだ形で、毛利の新水軍も、本格的に海の支配に乗り出したのだ。当時は陸運よりも海運がずいぶん効率的な輸送手段だったが、瀬戸内海水運を抑えたことはその後の毛利(小早川)氏にとっては格段に物流力が増強することになった。すなわち、新高山城ふもとの小早川警固衆(水軍)は毛利直属の警固衆と連携しながらも、厳島合戦をはじめとした軍事作戦はもちろんのこと、人員や物資の輸送、さらには水軍関連事業(新造船や船着き場建設)や、付け加えればもともと小早川氏がお手のものだった東アジアとの交易にいたるまで、順風は吹きはじめた。もちろん浦宗勝率いる小早川水軍は、毛利氏の水軍主力部隊として、村上水軍ともリレーションを保ちつつ、勇躍していく。また、このようにして、「勝運」に乗った彼らの躍進は始まったのだった。

なお、隆景が小早川家を掌握し、なおかつ瀬戸内海の芸予諸島で着実に活動していた成果が如実に現れたのが、天文24(1555)年10月1日に起きた厳島の戦いである。隆景の毛利家内の位置づけが、それ以降、よりはっきりと分かる戦いなので、少し詳しくみておくことにしたい。

厳島の戦い

隆景と宗勝がその力量を存分に発揮したのが、厳島の戦いだ。大内氏の当主・義隆が天文20

（1551）年に元家臣の陶晴賢に殺された後、弔い合戦として陶に反旗を翻した毛利軍は、戦力の違いによる劣勢を解消するため様々な諜報戦も駆使し、ついに陶を厳島に誘い込む。

この戦いの1つのポイントとなったのが、水軍（海賊衆）だ。小早川水軍はもちろん大名指揮下の位置づけだが、当時、大名との固定化した従属体制を嫌い、時の利害によって動き、かつ独立性を維持した海賊衆が多かった。とくに瀬戸内海では、来島《くるしま》・能島《のしま》・因島《いんのしま》の3島に拠点を置いていた村上水軍の動向が戦の帰趨《きすう》を決したのである。

当時、すでに、因島衆は毛利氏への加担を約束していたが、元就は隆景を通じて、来島衆や能島衆にも支援を強く働きかけていた。もし村上水軍が全面的に協力してくれるなら、毛利の水軍は陶の水軍にも匹敵する規模となり、厳島における両者の雌雄《しゆう》を決する戦いは、地の利からも俄然《がぜん》有利となる。すなわち、この厳島の戦いの勝敗を決するのは、隆景の交渉力にかかっていたのだ。

隆景の意を受けた小早川水軍の総大将、武勇誉れ高き浦宗勝は、ありったけの誠意で村上水軍に対して援軍を懇願したであろう。『因島村上氏文書』には、厳島合戦前後と思われる小早川隆景の村上又三郎宛の書状が残る。そこには、（因島村上の）向島支配を認めるので援軍してほしいとの旨が記されている（宇田川武久『戦国水軍の興亡』平凡社新書、2002年、32頁）。同様に、来島衆や能島衆にもアプローチしただろうと推測する。

この働きかけに加え、村上海賊衆が毛利氏に味方した遠因が、上関《かみのせき》での陶の無礼な振る舞いだと思われる。旧主君を討った陶晴賢は、天文20（1551）年、足利将軍義輝《よしてる》への進上米を廻船30艘に乗せ、村上海賊が守る上関の関所を、掟を破るどころか、鉄砲で撃ちかけながら、無法に通過していたのだ。

これを知った村上武吉は急遽、安芸の蒲刈瀬戸で陶を返り討ちにし、すべて拿捕、米は没収した。だがその後も陶氏は、村上氏の足利尊氏の頃以来の権益を無視し、瀬戸内海もまさしく戦国時代の無法海域と化したのだ。

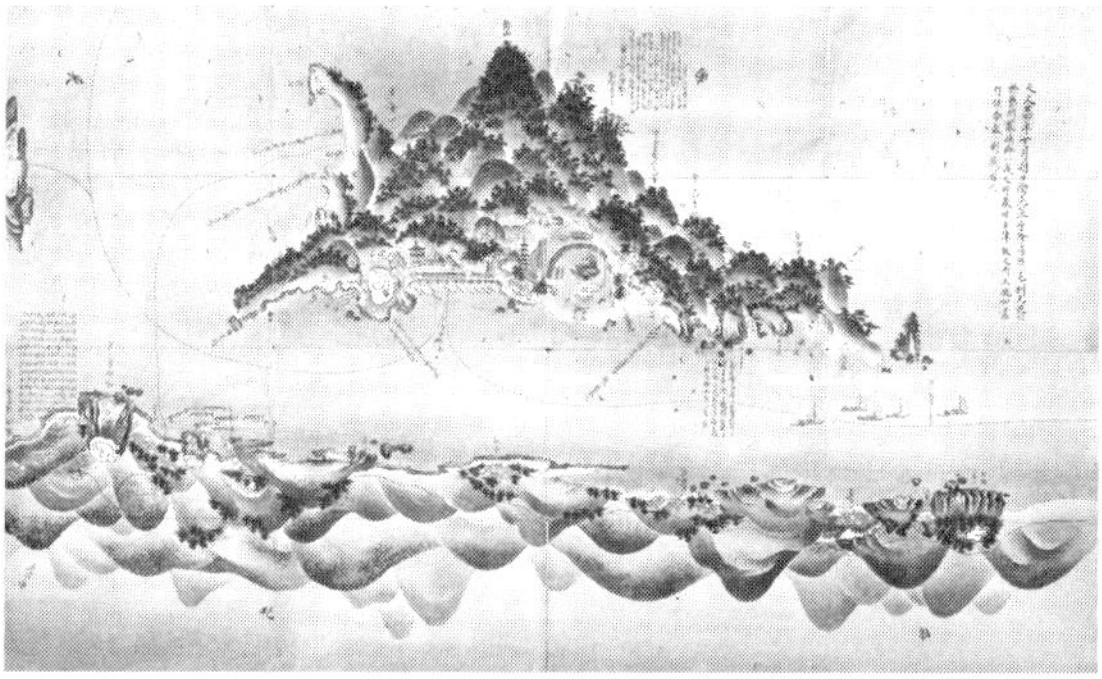
芸州厳島御一戦乃図（山口県文書館蔵）

『村上海賊史』には「陶晴賢は、天文二十一（一五五二）年二月、厳島の港津に掟六カ条を出し、村上海賊の警固料徴収を実質的に停止する旨の禁止令を出した（大巌寺文書）。村上海賊は、永年にわたり実施してきた厳島での特権を停止させられたことで、陶晴賢に対して敵愾心をもやし、陶氏攻撃の到来を待った」（村上公一『村上海賊史』因島市史料館、1972年、219頁より引用）とある。
一方、陶氏も、村上水軍への影響力が大きかった河野氏に使者を派遣し、「合わせ技」を使ってまでも、味方するように村上氏に要請している。双方から誘われた村上水軍だが、すぐさま決断したわけではないようだ。なぜなら、彼らにとってもどちらの助っ人となるかは、一族の将来を決する一大事だったからである。
天文24（1555）年9月22日、陶軍が厳島に上陸し、実

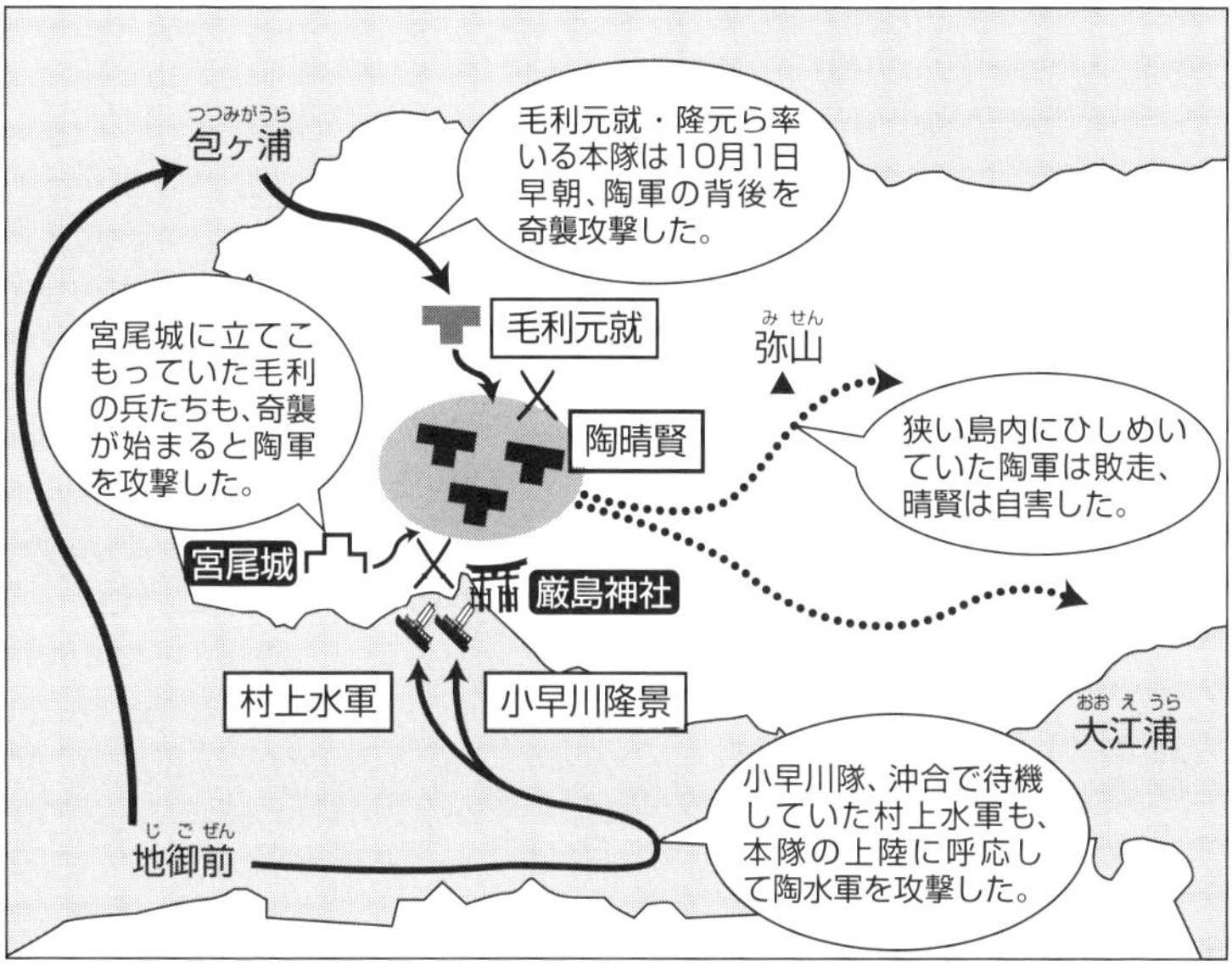

厳島合戦における布陣図

質的に決戦が始まった。しかし開始から5日間、一艘《そう》たりとも村上水軍の船は厳島沖に現れない。9月27日隆景の陣に元就から届いた書簡（『小早川家文書』531号）は、元就の気概溢《あふ》れるものとなった。

　宮ノ城、はや殊のほかに弱り候て見え候由、申し候。尾頸の堀は早々ことごとく埋め候よし申し候。心遣いこのことに候。く。く。なかなか申すもおろかにて候。しかる間、今においては、来島も何もいらず候

　この書簡で元就は、「（厳島に築いた）宮尾城が予想外に早く、弱ってきているのが見てとれ

る。城の堀もことごとく埋められてしまい、陥落寸前で大変心配している。もし城兵の救援ができないようなら、というのも愚か。今において、来島衆(村上水軍一族)の来援も不要だ」と断言している。これについて宮本義己氏は、毛利両川の水軍を統括する隆景を叱咤《しった》激励《げきれい》する最後通牒《つうちょう》的な文言とみて、「来島不要論は、水軍を仕切る隆景に奮起を促す意味合いなどをも籠められた、実に政治的な一文だった」(『別冊歴史読本　毛利元就の生涯』新人物往来社、1996年、127頁より引用)としている。

厳島の戦いの状況についてもう少し言及すれば、9月30日(晦日《みそか》)には元就・隆元・元春らの率いた本隊が、隆景と宮尾城兵の合流した小早川隊、沖合で待機する村上水軍の隊に分かれて厳島に渡海準備を進めている。折しも天候は、雷を伴う暴風雨となったが、元就は「天のご加護である」と全軍に告げ、酉《とり》の刻(午後6時)出陣を決行している。10月1日(朔日《ついたち》)早朝、嵐をついて本隊も厳島へ上陸し、陶軍の背後を襲う。これに呼応して小早川隊と宮尾城の籠城兵、そして沖合に待機していた村上水軍も陶水軍を攻撃。前夜の暴風雨で油断していた陶軍は、狭い島内に大軍がひしめき、攻撃もままならず敗退、『棚守房顕覚書《たなもりふさあきおぼえがき》』に「陶、弘中は一矢も射ず、西山をさして引き下がった」と書かれる始末だ。陶晴賢は厳島で敗走し、ついに自刃を余儀なくされた。そののち、洞雲寺《どううんじ》(広島県廿日市市)に葬られた。

このように調略、軍略ともに冴《さ》えを見せた隆景の働きによって、厳島の戦いは無事毛利の大勝利に終わり、以後、毛利氏は、中国地方における太守への階段を一歩一歩昇っていくことになる。

毛利の訓え

さて、元就は、信長や他大名のように天下統一を目指すことはせず、吉川元春や小早川隆景にも、大内の次は九州北部や中国地方における支配を盤石なものとし、地元における基礎固めに終始するよう、たびたび言い含めている。

隆景は、瀬戸内海の物流を抑えることでもともとの領地を順調に拡げ、元亀2(1571)年に元就が75歳で逝去した後は、本格的に吉川元春と「両川体制」で元就の孫、毛利輝元を強力に支えていくことになる。またこの年、出雲の尼子氏を国外に追放し、西の大友氏との停戦状態が続いていたことから、東へ力を注ぐこともようやく可能となった。

その後の詳しいいきさつは本論で述べることとして、ここではいきなりだが、隆景の生涯の「最終章」に言及したい。隆景は関ヶ原の戦いの3年前、すなわち慶長2(1597)年、65歳でこの世を去っている。彼の濃密だった生涯の中で、「交流」した同時代の人物は、まことに絢爛《けんらん》だったといえよう。特に、織田信長は隆景の1歳下、豊臣秀吉は4歳下(3歳下という説あり)、徳川家康は9歳下であり、彼らとは生涯にわたって良しにつけ悪しにつけ、特に関係が深かったといえ、この3人とは濃淡はあったものの、時に友誼《ゆうぎ》を結び、時に敵対し激突した。しかし隆景は生涯を通じ、特段、天下を希求するわけでもなかった。父親の言いつけを、何があろうと、生涯を通じ守っただけのことではあるが。

ところで、隆景は晩年、小早川家の行く末を見定めてから、秀吉にもらった九州の隠居領(5万石)をも返上し、文禄4(1595)年、故郷の居城三原城にさっさと帰っている。歴史の表舞台からは消えたものの(とはいえ、秀吉からはたびたび上洛を促されている)、三原では、城の補強、特に海城としての機能増強に没頭していたという。それはすなわち、秀吉後の動乱を読んだ「毛利海軍基地」の増強工事でもあったはずだ。隆景は死の当日においても、午前中は普段と変わりなく執務を取り続けていたともいう。彼は「天下人」になろうと思えば十分になれた器量と機略を持ちながらも、あえて「名脇役」のポジションを堅守し、「毛利ファースト」を最期まで貫いたフシがある。

戦国時代は、やたらに目立ちたがり屋の強欲で戦闘的な人物がいたりして、多くの大名は下剋上の風潮の中、隙あらば天下を狙っていた、と言っても過言ではあるまい。その中で、なぜ隆景は人格を磨き、父の教えに従って謙虚に生き抜くことができたのだろうか。あるいは、表面的にそう見えるだけなのだろうか。

しかも、結果的にとはいえ、天下を狙う信長、秀吉とも戦いながらも、ついに戦国時代を生き抜くことができたのである。毛利元就の遺訓をかたくなに守りつつも、天下人になった秀吉とも互した隆景の稀有な謙虚さとしぶとさは、それにしてもいったいどこから生まれてきたのだろう。これらの疑問には、第2章で答えていくことにしたい。

さて、秀吉は、文禄4(1595)年7月の秀次《ひでつぐ》事件(秀吉の甥・豊臣秀次が切腹させられた事件)後、7月12日付で徳川家康・毛利輝元に隆景を加えた3人に五ヶ条を示し、この条々を守るという起請文を提出させている。そこには、秀吉の息子・秀頼に忠誠を誓うこと、秀吉の法度置目《はっとちめ》を守ること、その執行を東国は家康、西国は輝元と隆景に申しつけること、が記されていた(『毛利家文書』958・959号)。

須藤茂樹氏は、「秀吉は輝元だけでは若くて心もとないが、これに隆景を副《そ》えれば十分家康に対抗できると判断したものと考えられ、秀吉の隆景に対する信頼の高さがここにも見て取れよう。」と記述している(須藤茂樹「小早川隆景の外交と戦略」新人物往来社編『小早川隆景のすべて』1997年、106頁より引用)。

また、隆景が伊予国を受領する時、豊臣秀吉は、

「日本の西は隆景に任せれば安泰」

と評したという。ちなみに東は、豊臣家にとって本当に安泰かどうかは定かではないが、徳川家康である。どうやら秀吉は隆景を、この世で正しく政《まつりごと》を行える武将であると高く評価したようだ。毛利家からは輝元も同じく大老に選ばれているが、事の真相としては、隆景を任命したいがために、形として本家筋の輝元を就任させなければならなかった、というところであろうか。あるいは、きっと本家を立てた隆景のことだ、

「輝元様を大老に就かせないのであらば(自らの大老への就任は)断る」

とでも秀吉に伝えたと、筆者は推測するのだが。

第2節　葬られた秘密

なぜ隆景は、忘れられたのか

以上が小早川隆景の大まかな人生だが、もう少し詳しく追っていきたい
平成29（2017）年には、三原城築城450年記念行事を三原市が展開していたので、彼を取り巻く状況は幾分好転しつつあるようだ。令和2（2020）年の、明智光秀主役のNHK大河ドラマ「麒麟がくる」に登場すれば、認知度がもう少々上がるかもしれない。だが、地元三原以外で、彼の卓越した構想力や実績が、いったいどれだけこの世に伝わっているのだろうか。少なくとも隆景は毛利元就の三男であり、実は戦国時代を代表する人物だったということを、果たしてどれだけの人が知っているのだろう。戦国時代人気が続く現代においても、彼の名前だけでも知っていればそれで良し、としなければならないのかもしれない。

隆景は戦国時代を代表する大人物だったのに、今はまだ、対戦相手の織田信長はともかく、明智光秀、黒田孝高《くろだよしたか》（通称官兵衛《かんべえ》、以下本書ではこちらを用いる）や豊臣秀吉に比べて、著しくマイナーな存在でしかないのはいったいなぜだろうか。その辺りから、まずは解きほぐしていかなければならないようだ。

この不思議な旅を続けることで少しずつ分かってきたのだが、彼が歴史から忘れられてしまったのは、実はそれなりの理由があった。むべなるかな、である。

まず理由の一つは、ありていに言えば、隆景に実子がなかったことだろう。そこで養子秀元《ひでもと》（隆

景の弟にあたる、毛利元就の四男・穂井田元清《ほいだもときよ》の子)に小早川家を譲る予定だったところに、抜け目のない秀吉が、

「毛利本家に、秀秋を養子にどうか」

と、横槍を入れたことが、小早川家存続にとって重大な岐路となった。遠慮がちに言っても、秀吉の私情(長年温めていた戦略の可能性ももちろん大きい)が、小早川家をこの世から葬り去った直接的な要因だったことは、間違いない。

秀秋が小早川家に来た背景を簡単に見ておくと、文禄2(1593)年に秀吉に子(後の秀頼)が生まれたことが、重要なファクターだ。このため、それまで豊臣家を継ぐ可能性もあった秀秋はあっさり「お払い箱」となり、官兵衛から子のない毛利輝元の養子にすることを勧めるという、渡りに船の戦略的だと思わざるを得ない申し出があった。

隆景は毛利家死守のため機転をきかせ、秀吉にはすぐ下の弟である元清《もときよ》の嫡男・秀元《ひでもと》を「毛利家の跡継ぎである」と紹介した上で、秀秋を小早川家にやむを得ず迎え入れる決断をした。聡《さと》い隆景のことだ。毛利家全体の行く末を展望した結果、小早川家を犠牲にしてでも、宗家の乗っ取りを回避するための断腸の思いでの決断だったことは、想像に難くない。

では、なぜ秀秋が小早川家にとって問題だったのだろうか。

秀秋は、慶長5(1600)年の関ヶ原の戦いで徳川家康に味方したことで、毛利家が長門・萩へ追いやられたのを尻目に、大出世して岡山へと加増転封されている。しかし、2年後の慶長7(1602)年10月18日、21歳で急死する。

勝手な推測だが、関ヶ原の戦いでの有名な「西軍裏切り」話に象徴されるように、諸将からは侮蔑の眼差しで見続けられ、酒色に溺れることで瞬間的にでもその重圧から逃げまくっていたからだろう。それは、間違いなく秀秋の心身をボロボロにし、やがて死を確実に招き寄せたという筋書きにつながっていく。

本人には善政を心掛けようという気持ちもあったようなのだが、ひょっとして「関ヶ原戦後」のどさくさに紛れて、闇に葬られたのかもしれない。

それを「待ってました」とばかりに家康は、おそらく秀忠に命じ、すぐさま小早川家を徳川幕府の「お家取りつぶし第一号」に認定した。憎き秀吉の甥・秀秋の失態はおあつらえ向きの口実だったはず。たちまちのうちに小早川家は雲散霧消《うんさんむしょう》してしまう結果となった。国替えといった通常の処罰でもなく、本邦初の、いきなりの「お取りつぶし」である。隆景の死からわずかに5年。聡い隆景本人ならば、秀秋を養子に迎えた時点でこの事態を予想していたかもしれないが、いやはや、まことに残念な結末だ。

一方、家康にとっては、永年のライバル小早川家を抹殺できる良い口実を、

「よくぞ秀秋は作ってくれたのう、関ヶ原に続く大金星じゃ」

という気持ちだったかと推測する。当初から狙っていたのは間違いないところだろう。

とにもかくにも、関ヶ原の大恩にこのような形で最終的に報いるとは、それほど「小早川」の家名と「秀」の字は家康にとって目障りだったという証左である。

小早川家臣団も「取りつぶし」の時点までに多数が毛利家や広島に帰還していたものの、ついに小

早川家自体が消滅する事態に陥った。ということは、その後は小早川家について何かしらを語ることは、おそらく、隆景存命中との落差があまりにも大きいこともあり、「タブー」とされたのかもしれない。徳川家の目もある。あまりにも悔しく、情けない事態となってしまった。このようにして、小早川家について「語るに口惜し」という状況がおそらく長く続く。そして、やがては忘却されてしまったのではないだろうか。

死ぬ前に、隆景がどうしても消したかったこと

しかし、最大の理由は、隆景自身にあったのだ。彼は慶長2（1597）年6月12日、三原で急逝、死因は姉の五龍姫《ごりゅうひめ》（享年46歳）と同じく脳疾患（脳卒中）だといわれている。その日の午前中、比較的元気に来客と談笑していた隆景は、午後急に容態を悪化させ、そのまま逝去した。そのときの様子を『黒田家譜』（8巻）が伝えている。

そこには、現代語訳で以下のような記述が続く（享年は誤りかと思われる）。

「従三位中納言小早川隆景卿が亡くなられた。そのとき、隆景は63歳、毛利元就の三男で、輝元の叔父。元就が生きている間は、兄吉川元春と共に、軍の大将として、武略軍功を多くうちたてた。元就が小身より起こしてついに10州の太守となられたのも、隆景の功が大きかったからである。」

普通ならば、思慮深く用意周到な隆景なので、当然遺書や辞世の渋い詩を準備万端、小早川家が永遠に生き残るためにも、家長の責務としても必ずや後世に残したはずなのだが、どうしたわけか、そういうわけでもない。史実としてはむしろ逆であって、隆景は用意周到なまでに文書類一切

を焼き捨てさせているのだ。『黒田家譜』(8巻)には、次のようにも書かれている。

平生其かける書多しといへども、最後の前かねて悉焼すて給ひし故に、一巻も残らず(傍線筆者)

現代語にすると、

「(隆景公は)多くの文を書いておられたのだが、最後(死)を前にして全て焼き捨ててしまわれたので、今は一巻も残ってないのだ」

と、少なくとも黒田家には伝わっている。これは、隆景は死に臨み、気にかかる書類を遺すことなく全て灰にして旅立っていたということを意味するではないか。隆景は見事、書に関しては処分整理した上でこの世を去ったのだ。『黒田家譜』編者の貝原益軒《かいばらえきけん》は、わざわざ隆景の「智将」ぶりを表現するために、当時伝わっていたエピソードを紹介したのだろうか。

このエピソードこそ、なぜ隆景がその功績に比べ、あまりにも「歴史」から忘却されてきたのか、その理由の一端を如実に語っているような気がしてならない。そして、どうも隆景の思惑通り、また時代を経るとともに「隆景の秘密」は見事に隠蔽され、忘却されてしまったのではないだろうか。この仮説をベースに、以下の小論を展開していきたいと思う。

『黒田家譜』と元ネタ

さて、『黒田家譜』は、延宝6(1678)年に編纂をはじめた貝原益軒によって10年の歳月を経てまとめられた黒田家の書だが、隆景に関する掲載内容は、成立事由から、どうしても黒田家に都合の良いように改変した可能性も考えられる。

ただ、隆景のことが官兵衛、長政のおかげで、黒田藩にとり他藩の人物にもかかわらず比較的多く登場するのも、『黒田家譜』の一つの特徴だと思われる。まずは、その部分の引用文献を探していきたいと思う。

本来ならば、隆景の書状などは当然小早川家にとっては「家宝」として、末永く保管されるべきもののはずだ。少なくとも、後世に『小早川家文書』として不朽の価値を持ち続けたであろう、と思われるのだが、『小早川家文書』、特に当時の隆景に関する文書のボリュームは、著しく少ないのである。

だがついに、『黒田家譜』の「元ネタ」があることが判明した。それは、隆景が元就から聞いた話をまとめたという『永禄聞書』の中にあった。この文書は、永禄年間(1558〜1570年)、すなわ

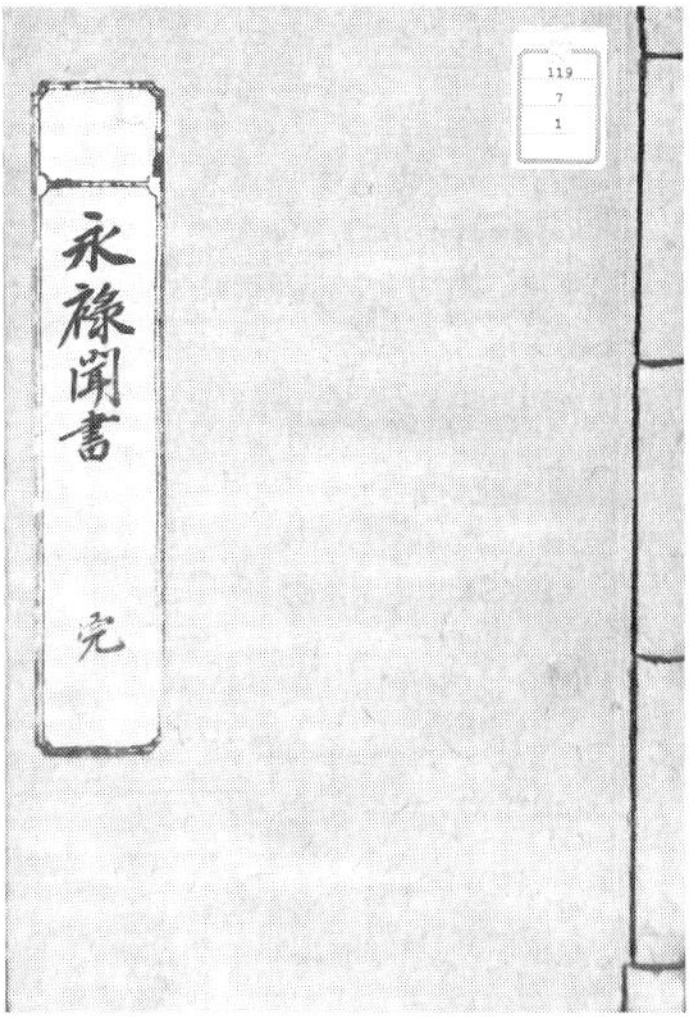

『永禄聞書』表紙
(慶應義塾図書館蔵)

ち元就が中国地方で覇を唱えはじめ、四国や九州の一部にも触手を伸ばし始めた時期から、隆景が元就から折々に受けた「薫陶《くんとう》」をまとめた書といわれる。隆景は生涯尊敬した父・元就の事績《じせき》を聞書きとしてまとめ、大切に手元に残したかったのであろう。ただ残しただけでなく『永禄聞書』だけは日々の生き方、あるいは戦い方にも大いに参考としたはずだ。特に元就逝去後は、生前を思い出しながら。

『永禄聞書』序文

その序文は、今後、隆景の生涯を研究する上では必須の資料となる可能性が大きいと考え、ここに全文を紹介したい。

先師語傳曰
中納言従三位隆景公遺言曰予平生所書集日記等
至死後悉可焼棄必以勿残置我筆跡而己就中
此書全部以非自毫故傳而今矣巻中元就公之詞
相當永禄年中也末々雖有元亀天正之事取其始以名而
謂永禄聞書者也

意訳すると、以下のような文意となるだろう。

「昔の人が語り伝えた話によると、中納言で従三位であられた隆景公が遺言で言われるには、『私が平生から書き集めている日記などは、私が死んだらことごとく焼き捨てよ。絶対に残しておいてはならん。私の筆跡だからといっても、この中に書かれてあるのは全て自分が考えて書いたものではないのだからのう』と。この巻の中には元就公がおっしゃった言葉が紛れ込んでいる場合がある。元亀・天正年間の事項も取り扱っているが、永禄から始まっているので、『永禄聞書』というのだ」

なるほど、隆景が生涯尊敬した父・元就も、よく、

「書状は処分せよ」

と言っていたらしい。例えば、隆元が後生大事に元就の書状をとっていたら、元就が焼却するか返却するかを隆元に迫る書状が残っているくらいだ。その戦略家元就の「証拠隠滅」のさまを見てきた隆景が、

「死んだ後はすべからく焼却処分せよ」

と家臣に命じたのもさもありなん、ということだろうか。

なるほど、この隆景の発言はまことに謙虚であり、

「それはそれで、なんと謙虚で潔い人生だなあ、徳のあるお方はさすがじゃのう」

などと、危うく感嘆してしまいそうだが、なかなかどうして、真相はそう単純なことではない。彼は諸将が恐れた歴戦の武将、卓越した「智謀の将」であったことを忘れてはなるまい。家臣に貴重な文献類や書状らを「ことごとく焼き捨てさせた」のには、それなりの理由があるはずだ。

単刀直入に言えば、彼自身、後世に残ると必ずや障りの出てくる書（メモ）を書いていたに違いな

い、と考えるのが自然ではないだろうか。特にそれが、時の権力者、豊臣秀吉、あるいは毛利・小早川の身内にまで、見られると困ることを書いていた、と考えてみると、存外論は立てやすい。

そのため、死に臨み、脳卒中になりながらも心おきなく冥土に旅立つために、書をことごとく焼却せよ、と命令したのだ。抹消しなければ、彼は往生できなかったのだろうと推測せざるをえないではないか。尋常ではない。

後世に少しは自分の思い出の書を残したい、あるいは、「小早川家必読の書を後世に残すのは、小早川家存続を図る上でも、家長の務めである」、と筆者は思う。しかし、隆景の場合、どうも違う。書状(企画メモ含む)が残ってしまうことは、彼の秘策や謀略が露見《ろけん》し、ゆくゆく毛利家本家にも迷惑をかけてしまう可能性は大。だからこそ、「その芽」を、人生最後の責務として摘み取った上での「往生」だった、と理解したほうがしっくりくるのだが、読者諸賢におかれては果していかがだろう。

とにもかくにも、隆景は、ついにはことごとく書状を燃やしてしまったようだが、それら燃やされた書状の一端を解明していくということが、無謀にも、本書執筆の動機かもしれない。

第2章
「隆景」はこうして生まれた

第1節　意外で偉大な将・小早川隆景

「日本一の賢人」と秀吉に言わせた隆景

本章では、隆景の人となりが、いかにして形成されていったのかを一緒に考えていただければと思う。だが、その前にまず、彼に対する当時の評価を具体的に見ていきたい。

第1章で、秀吉が、

「日本の西は小早川隆景に任せれば安泰である」

と評したことは述べたが、その他にも彼は隆景のことを「日本一」と評価している(『毛利家文書』1041号)。そして、秀吉は隆景が三原で逝去した際、その報を伏見城で聞くと、思わず手を打ち、「近世日本の賢人にてありし」(『毛利秀元記』3巻)、すなわち、

「(本当に惜しいことだ。)近世日本の賢人であったものを」

と述べている。続いて、秀吉の前にいた側仕えの坊主が、「中国(地方)のよき蓋でした。」と言ったのを聞き、秀吉は、

隆景を中国の蓋と見たる事、不便なる眼なり。日本の蓋にしても、蓋の余る程なる隆景にてありしものを

と、隆景に賛辞を贈っているのである。つまり、秀吉は、

「そうではない。日本の蓋として、日本を治めたとしてもなお余りある才智の人が、隆景だったのだ」

と言い返したほど、その死を嘆いている。

ちなみに、出典の『毛利秀元記』は、元就の四男・穂井田元清の子である秀元の生涯を記したもので、著者は三吉規為、成立は慶安4(1651)年である。長谷川泰志氏によると、『黒田家譜』の元になった記述もあるようで、この「日本の蓋」の話も『黒田家譜』8巻に載っている(長谷川泰志「小早川隆景の遺言と安国寺恵瓊―『黒田家譜』を中心に―」広島経済大学『広島経済大学創立五十周年記念論文集下巻』2017年、187頁)。

このような隆景に対する異例ともいえる高評価は、元来の敵方だった秀吉のみならず、秀吉の参謀として長らく仕えた軍師・黒田官兵衛によるものもある。

官兵衛が恵瓊《えけい》と語らった、隆景への回想談も味があるので、以下にご紹介したい。

慶長4(1599)年、朝鮮の地で見回り中だった安国寺恵瓊が黒田官兵衛に出会い、物語りしたときのことだ。このとき官兵衛は、ことさら隆景への高い評価を恵瓊に語ったという(『毛利秀元記』4巻)。

日本の賢人、根切にて候。上様の御事は申すに及ばず、隆景果て給ふなればなり。隆景の才智は、針の耳をも潜り給ふべきやうに覚えし人なり大意は、「これでもう日本には賢人がいなくなったのぅ。上様(秀吉)のことはもちろんだが、隆景が亡くなられたからだ。隆景は本当に聡い(才智あふれる)人だったのに」

ということになろうか。

また隆景自らが、『黒田家譜』8巻では、次のように官兵衛に語る。

貴公の才智甚敏《するど》にして、一を聞て二を知るほどの聡明《そうめい》なれば、人の言を聞とひとしく、即時に善悪を決断し給ふ事、

以上の内容は、

「(あなたは、事を決断した後にでも後悔が多いのではないのでしょうか。というのも)あなたの才智はとても鋭く、一を聞いて二を知るほどの聡明《そうめい》さで、人の話もそれと同様に、少し聞いただけですぐさまいいか悪いかの判断をされる」

そして、こう続く。「私は、貴殿ほどの切れ者ではないから、逆に十分時間をかけて熟考したうえで判断するが、後悔することもまた少ないのだ」

ここで隆景は、以上のように比較論のなかから二人の違いを示している。多分に、官兵衛ののちの考察が入っているかもしれないが。

官兵衛は、このエピソードを懐かしく思い出したことだろう。まことに二人に信頼関係があってこそのアドバイスであり、このやり取りからは両者の肝胆相照《かんたんあい》らす間柄も偲《しの》ばれる。長らく外交担

当として接触があり続けた二人ならではの発言と捉えたい。

かつては敵同士だったのに、これはあまりに高評価過ぎるコメントではないだろうか。隆景のいない日本にはもう「かしこい人」はただの一人も残っていない、という旨を公言しているのだ。いささか不思議に思うのだが、かつて敵対した小早川隆景に対して、どうして秀吉や官兵衛による評価が異常に高いのだろう。小早川家や毛利家中からの高評価ならば、単なる身贔屓《みびいき》ということで納得もできようが、かつて戦った敵将を、なぜ、秀吉や黒田家においてさえも、これほどまでに、一種の畏敬の気持ちも含むような高評価が存在したのだろう。なにせ、彼らの隆景に対する評価は、「日本一」であり、「日本最後の賢人」なのである。

さらに、宣教師ルイス・フロイスまでもが、隆景を、

この殿は、その（深い）思慮をもって平穏裡に国を治め、日本では珍しいことだが、同国には騒動も叛乱もないので、日本中に著名（な人物）である。（松田毅一・川崎桃太訳『フロイス日本史11』中央公論社、1979年、35頁より引用）

とわざわざ記録して、イエズス会本部に報告しているほどだ。ちなみに、これは隆景が伊予国を治めていた頃の記述である。

シンプルに考えれば、次のような解釈が妥当かもしれない。詳しくは後々解明していきたいのだが、備中高松城（現・岡山県岡山市北区）の戦いを挟んだ講和や本能寺の変、中国大返し、中国国分

けやその後における一連の隆景の理知的な振る舞いや言動が、戦国の世を生き、歴戦をくぐり抜けた勝者でもある秀吉や官兵衛には、的確に評価されたということだろう。とりわけ「戦略」における当時の武将にはありえなかったほどのスケールの大きさ、深い読みが、秀吉や官兵衛を唸らせたに違いない。

隆景は現在では忘却の彼方にあるが、当時は秀吉や信長と互角、あるいはそれ以上の器だった。しかし、「元就の訓《おし》え」があったことにより、あえて天下を目指すことを自制した。秀吉や官兵衛公認の「日本一の賢人」ならば、そのまま日本を治めるのが妥当だったといえそうなものだが、父の訓えを終生守ろうとした隆景は敢えてそうしなかっただけのこと、と思えてならない。

黒田家が物語る隆景

ここでもう少し、『黒田家譜』に記されているエピソードから隆景を追ってみたい。黒田官兵衛が隆景を慕っていた影響からか、隆景のエピソードが少なからず見受けられる。ただし、家譜は家の名誉にふさわしい事項は載せ、あるいは反対に家に都合が悪い事項は割愛する編纂物だと考えていた方がよいので、扱いには注意を要する。

さて、その内容だが、例えば、隆景は後に秀吉から筑前・筑後に領地を給された時も、立場としては本家を立て、公の場においては必ず毛利家の家臣・小早川家として自ら進んで輝元の下座を占めていた。また、隆景亡き後、慶長2(1597)年に安国寺恵瓊が官兵衛(当時は隠居して如水を名乗っていた)の元を訪れると、官兵衛はおおよそ次のように語っており、そこにはその後の毛利の行く末を予想した言及もなされていた(以下、『黒田家譜』8巻の内容)。

「隆景殿が亡くなって、日本では賢人が絶えてしまった。この人の存在は毛利家にとって、いわば船頭であった。彼によって中国地方はよく治められていた。故に、亡くなられたといえども、今が生前と変わらないのは、ひとえに隆景殿の力の残りである。例えば船を漕いでいて、にわかに船を止めたとしても、それ以前に艪《ろ》によって作られた推進力により、5間、10間(1間は約1・8メートル)、船は先に進むだろう。これと同じことである」

そして、こうも語っている。

「毛利輝元殿も、隆景殿の遺産によって、今までは見事に(毛利家を舵《かじ》取りしてきたかに)見える。しかし今後は、輝元殿自身の思案が大事になるだろう…」

隆景によって蓄積されてきた以前からの「艪」によって作られた推進力は、やがて消えるものであり、その後が「危険」だ、と官兵衛は言わんとしたのだろうか。

彼らが敵味方に分かれて備中高松で激突したのが天正10(1582)年。それから15年後には「日本最後の賢人」とまでの評価を、なにせ当時敵方だった官兵衛が隆景に贈っているのだ。それだけでなく、秀吉にも、

(自分が死んだら)「東日本は徳川家康に、西日本は小早川隆景(毛利輝元含む)に任せればよいのじゃ」

とまでの評価・信頼を受けた隆景。これはいったいなぜなのだろう。そしてその彼が、官兵衛や秀吉に比べ、それ相応の評価がなされていなかったのはなぜか。秀吉と激突した備中高松の戦いか

ら中国大返しまでの経緯には、やはり何か、歴史の表に出ていないエッジの効いた極秘事項が存在するのではないだろうか、と妙な胸騒ぎがするのだ。しかし極めつけとして、隆景はその証拠をきれいに燃やしてあの世に旅立っている、となると、疑問は尽きない。そうすると、「状況証拠」を積み上げるしか他に手立てはあるまい…。

だがひとまず、どのようにして隆景の「賢人」の素養、すなわち稀有《けう》な「人となり」は形成されたのかを、隆景が読んで学んだ書籍などから考察してみたい。そして、次の4つの疑問に答えていきたい。すなわち、

①なぜ、隆景には元就ばりの戦略（謀略）家の一面が形成されたのだろうか。

②なぜ、どこに行っても領民に慕われる優秀な為政者となったのだろうか。

③それほどの器を持ちながら、なぜ、天下を狙おうとしなかったのだろうか。

④毛利家三男ではあるものの、小早川家当主である彼が、なぜ、毛利宗家に最期まで尽力したのだろうか。

紙本着色毛利元就像
（重要文化財、毛利博物館蔵）

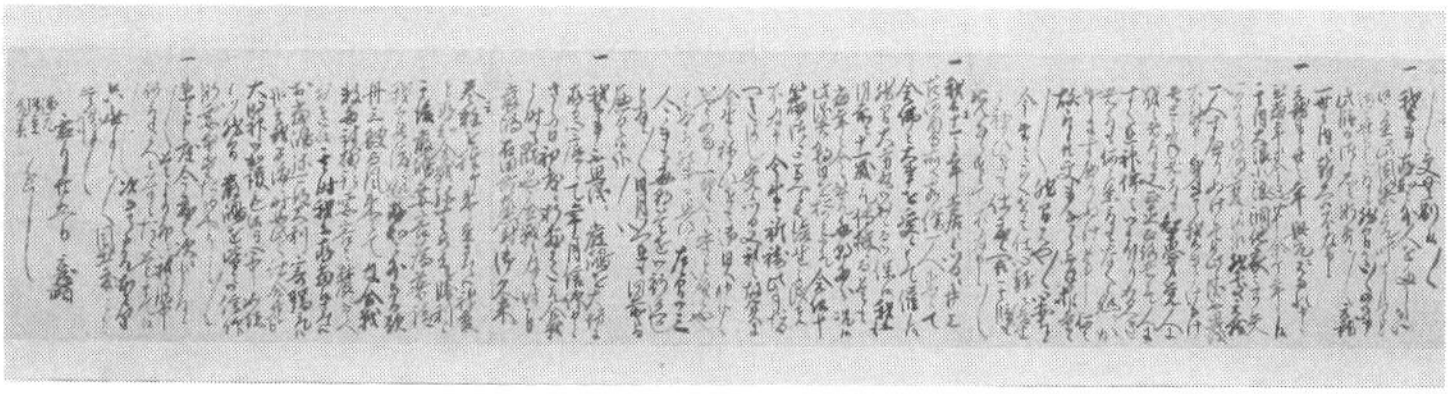

三子教訓状（重要文化財、毛利博物館蔵）

第2節　「隆景」を形成したリベラルアーツ

父・元就の訓え

まず、隆景の父・毛利元就が隆景に施した「リベラルアーツ」から、その端緒を探ってみたいと思う。毛利家の著名な『三子教訓状』から見ていきたい。この教訓状は、毛利家や隆景らにとっては、戦国の世を生き抜くことの「基本戦略」となったものといってよいだろう。教訓状自体は、弘治3(1557)年、周防富田の勝栄寺《しょうえいじ》(山口県周南市)で書かれた毛利元就自筆書状を意味し、俗に言う「三本の矢」伝説のルーツと言われている。

還暦を超えた元就は、書中、くどくどと隆景ら三子に(他の子どもたちを含めて)、一致協力して毛利宗家を末永く盛り立てていくよう、自分の生きざまを振返りながら諭《さと》している。当時、長男・隆元と次男・元春および三男・隆景との間には隙間《すきま》風が吹いており、融和の必要性もあったという。そこで、元就は自らの「政治思想」を説きながらしつこいほどに湿っぽく、

「兄弟の結束こそが家の存続の道である云々〜」

と三子に訴えている。そのさまは、まことに微笑ましい。どうやらこれが、隆景のその後の戦い方、秀吉との付き合い方にも如実に影響を与えていると思われてならない。また、この「家族愛」こそが毛利のネットワー

ク上における中心だったと思われるのだ。

父・元就の書状を熟読した隆景らはおそらく、家名存続の懸かった難局などにおいては、まず、毛利家の行く末を念頭に置いて戦略を熟考し、計略を練り込みながら交渉に臨んだであろう。特に隆景は、『三子教訓状』に示された以下のことを自身の「人生」や「戦」においての基本戦略にまで昇華していた。すなわち、
◇「毛利宗家を守ること」
◇「一族の結束」
◇「太陽（自然）・厳島信仰」
◇「地元第一主義」（天下を狙わず）
の4点だ。そして、次の件は『三子教訓状』をより発展させたと筆者には解釈できると思うのだが、「吉川広家卿自筆覚書」（『吉川家文書』917号）にも、

当分五ヶ国十ヶ国御手に入れ候は、時の御仕合せにて候

すなわち、
「我々が五ヶ国、十ヶ国を手に入れられたのは時の運であり、これ以上望むべきではない」

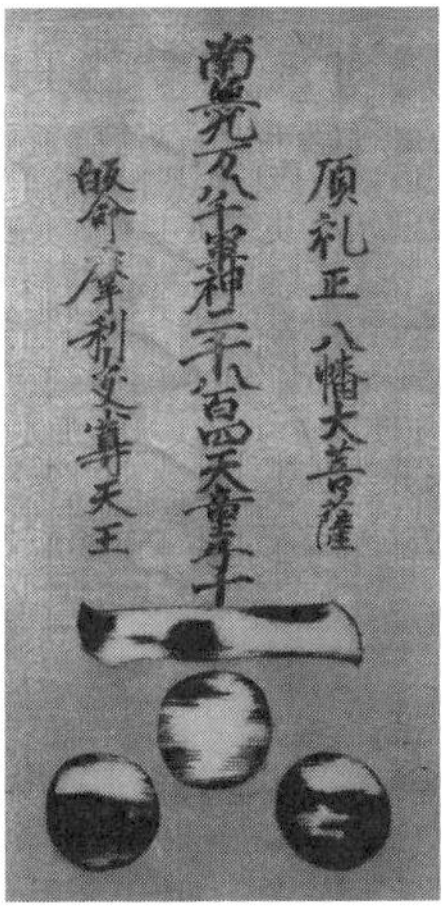
毛利元就軍幟
（毛利博物館蔵）

と元就が、口を酸っぱくして常日頃語っていたことが述べられている。地元を大事にする、すなわち、毛利の敢えて「天下を競望せず」との基本姿勢は、いわば極めて重要な「家訓」だったといえるのだ。

元就はこの基本さえ守れば、言葉に尽くし得ぬ程に、「不思議」と毛利家は守られたのだ、とも伝えたかったようだ。『三子教訓状』には、従来の長い戦乱の下においては、天下を目指すどころではなかったことや、義理がらみでやむなく参戦せざるをえなかったことなどの弁明が続く。しかし、それでも無事生き抜くことができたことの「不思議さ」を、ここで元就は手を変え品を変えて語っている。特に、第七条においては、隆景らの亡き母、妙玖《みょうきゅう》のことまでも持ち出していることも象徴的であろう（『毛利家文書』405号・毛利元就自筆書状）。

妙玖ゑのみなの御とふら（弔）いも、御届も、是にしくましく候

元就が伝えたかったのは、
「(兄弟仲良くして、三人が力を合わせることが)亡き妙玖の供養にもなり、これに過ぎたるものはないであろう」
ということだろう。

隆景はまだ多感な少年だった13歳の頃に母・妙玖と死別した。といってもその前年、隆景は既に竹原小早川家の家督を継いでいる。日常的な母と子の関係があったのはそれまでで、中でも天文9

（1540）年から翌年にかけての吉田郡山城での籠城生活が最も濃密な時を母と過ごせたかと思われる。子どもながら、尼子氏との籠城戦においての緊張をはらんだ生活が、すなわち甘酸っぱい母との大切な思い出の日々だったことであろう。

どうやらこの件は、元就一流の、少年のころから母と離れて暮らした「母想いの隆景」への「決めゼリフ」として、あえて盛り込まれた一文のようにさえ思えてくるが、読者諸賢におかれてはいかがだろうか。

『江家軍略』と『六韜三略』

やや毛利家の歴史をたどることにもなるのだが、押さえておきたいのが毛利の「家風」だ。もう少々お付き合い願いたい。

毛利家は元来、大江家を祖にする。今から約900年前の平安時代末期、後の大江家の領地となる神奈川県厚木市から愛甲《あいこう》郡一帯が「森庄」と呼ばれていた。その一帯はやがて「毛利庄」と呼ばれるようになる。すなわち、そこが「毛利」の源流だと言われている。

大江家の中で著名な人物といえば、大江広元であろう。鎌倉時代に入ると大江広元は源頼朝に招かれ、政所《まんどころ》の別当として鎌倉幕府の創設に大きな役割を果たした。広元の功績の中でも特筆すべきものは、源氏の家来を全国に置いて統治する「守護地頭システム」の確立で、鎌倉幕府の前半を扱った歴史書『吾妻鏡《あづまかがみ》』文治2（1186）年閏7月19日条によれば、頼朝が守護地頭を配したのも、実は広元の献策によるものだったという。

この制度を実現した功績により、広元は頼朝から「森庄（のち毛利庄）」を賜り、越後国佐橋荘・南条庄（現・新潟県柏崎市）と安芸国吉田庄（現・広島県安芸高田市）を与えられた。その末裔《まつえい》が毛利氏として、戦国時代に吉田から版図《はんと》を拡げていったのだ。元就が戦国の世を生き抜くことができたのは、彼の資質によることは勿論だが、それ以外にも、大江家伝来の戦略、軍略の秘伝書を所持していたことも大きく、その一つが『江家軍略《ごうけぐんりゃく》』だったと言われている。

その『江家軍略』を、平安時代後期には大江匡房《おおえまさふさ》が源義家に、また南北朝時代には毛利時親《ときちか》が楠木正成に、それぞれ伝授したという。もちろん、代々安芸毛利家当主には伝えられており、元就の父・弘元《ひろもと》は、これを元就とその庶弟《しょてい》・相合元綱《あいおうもとつな》に直接伝授したといわれている。元就も隆元ら三子には少なくとも伝授し、直接・間接的に実戦を通じ、その軍略を徹底的に指南したことであろう。

さて、同書の特徴としては、敵との「外交」を専らとしており、撹乱《かくらん》、内応や間者を駆使しての情報戦と、戦による死者を出すことによる双方の（物理的・精神的）損害を最小限に抑えることを重視した点が挙げられよう。大陸伝来の兵法との共通点も多いようで、特に『孫子』に類する箇所が目立つ。もともと『江家軍略』は『呉子』や『孫子』をベースに成立した書なのかもしれない。大江家由縁の知恵者が、これら「舶来」の書を日本流にアレンジしたものだとも思われるのだが。

また、毛利家臣・玉木吉保《たまきよしやす》が元和3（1617）年に著した自叙伝『身自鏡《みのかがみ》』（玉木土佐守覚書）によれば、元就自身が14歳のときには既に『孫子』、『呉子』や『六韜三略《りくとうさんりゃく》』などをすでにマスターしていたという。

中でも『六韜三略』は、わが国では大江家のみに伝わっていたという珍しい兵法書であり、これこそが毛利家秘伝の兵法書といってもよいだろうし、『江家軍略』はひょっとすると、その概要版なのかもしれない。その『江家軍略』の中の一書『闘戦経《とうせんきょう》』は、そもそも『孫子』がなければ成立不可能だったのではないかと思われるほどの戦略書であり、いずれにせよ『孫子』の兵法が大江家兵法の根幹を支えていたのは間違いあるまい。ただ、「孫子は詭道《きどう》を説いており、闘戦経は直道を説く」という解釈もある。この書は孫子ら「舶来」の書と違い、「これ日本の国風なり、これ和軍の道筋格別に立て、知るべきなり」とあるところから、日本独自の軍学の書としての評価は高かったようである。なお、玉木吉保の『身自鏡』の記述が、のちのち、戦国期を代表する事件の謎を解決する糸口になってくるのだが、それは改めて述べることにしたい。

『孫子』の兵法

『孫子』は隆景に限らず、戦国時代の武将にとっては必読の書であったろう。遡れば、『三国志』に登場する魏の曹操《そうそう》もこの書を愛読していたといい、本人の手による注釈書まで残っているほどである。また、毛利元就親子の基本戦略にも『孫子』の兵法が如実に現れていると思われる箇所がある。

ちなみに、『孫子』がわが国に伝来し、最初に実戦に用いられたことを史料的に確認できるのが、『続日本紀』天平宝字《てんぴょうほうじ》4(760)年の条であるという。そこには、当時大宰府に左遷されていた吉備真備《きびのまきび》の元へ、『孫子』の兵法を学ぶために下級武官が派遣されたことが記録されているという。吉備真備は23歳のとき遣唐使として入唐し、41歳で帰国するまでのどこかで『孫子』を入手し、習得したのであろうか。それが後に評判だったことも覗《うかが》われるが、阿曽村邦昭氏によると、実際には真備が『孫子』を唐から持ち帰ってはいないといい、その理由は、すでに同様の書籍が日本にもたらされていたからだという(阿曽村邦昭「吉備真備―ある遣唐留学生の政治的生涯―」ノースアジア大学総合研究センター教養・文化研究所『教養・文化論集』第5巻第2号、２０１０年、１８８頁)。残念ながら、真備の時代には既に日本に伝わっていたようだ。

それはともかく、そもそも『孫子』は中国の春秋・戦国時代の思想家・孫武の作とされている兵法書であり、後に「武経七書《ぶきょうしちしょ》」の一書に数えられ、古今東西の兵法書のなかでも最も著名といっても過言ではないだろう。昨今わが国で、またまた間歇《かんけつ》的な『孫子』ブームとやらで、関連本の発刊が相次いでいる様子を見ても、未だに根強い人気があるようだ。特にビジネス書においてそれが顕著であるのは、戦国時代に比べれば随分と微笑ましい事象ではある。まあ、ビジネス現場においては、戦略に失敗したとしても命までは取られはすまい。

本論に戻ろう。『孫子』では戦を行う際、事前に敵味方の実情・戦力などを詳細に比較・分析し、充分な勝算が見込める時にのみ兵を起こすべし、と説いている。すなわち、勝算がある際には迅速に行動し、戦況に応じた想定戦略を実際の戦闘行動に落とし込み、戦闘後には再度情勢を確認し、分析・検討する。それはなんだか現代のビジネス現場における戦略思考にもつながりそうだ。全ての戦争行為について、「ＰＤＣＡサイクル」でオペレーションを連続させることこそが、『孫子』の兵法の基本概念となっていると言えるかもしれない。

以下、その特徴および基本戦略として名高い『謀攻篇』を押えておきたい。なぜなら、毛利家の成長に大きく影響を与えたのがどうやら『謀攻篇』ではないか、と思われるからだ。

守屋洋・淳氏によれば、戦わずして勝つ、勝算なきは戦わずという二つの前提に立ち、弱をもって強に勝つ戦略・戦術を追求しているのが『孫子』である、という（守屋洋・守屋淳『孫子・呉子』プレジデント社、２０１４年、17〜18頁）。孫子は、「十二分に熟慮して軽がるしく戦端を開くべからず」という非好戦的な思想を根底では持っていたようだ。また、孫子は単に戦争という事象を一つの出来事として捉えているのではなく、国家運営と戦争遂行との関係性をも俯瞰《ふかん》しながら、国家を運営する上でのさまざまな局面においての判断材料として、「謀攻」こそを重要視していたというのだ。

次に『謀攻篇』のポイントを押さえておきたい。隆景の戦を観望できるかもしれない。

『孫子・謀攻篇』のポイント（戦の基本編）

以下は、筆者が概要を3点にまとめたものである。

◇戦わずして、相手を屈服させるべし

孫子曰く、「兵を用いて戦を行うときは、当然のことだが相手の国を傷つけることなく手に入れるのが最上の策である。相手の国を滅ぼしてしまってから手に入れるのは、次善の策である。すでに人民も国土も傷つけ、修復に時間もかかるからだ。したがって戦とは、百戦百勝することだけが最上の策ではない。つまり、戦わずに相手の兵士を屈服させることこそが、最善の策なのである」

この項からはルイス・フロイスが評価したような、隆景の伊予などでの民衆統治のさまが想起される。この評価は、もちろん民に「善政」を敷いたことが大きい。しかし、従前は敵国だった領地が「稀有」なほどに治まったということは、相手の国を、可能な限りにおいてではあるが「傷つけ」ることなく戦をした結果でもあるだろうと、筆者は推測するばかりである。

◇一度負けると元も子もない、戦はなるべくするな

孫子曰く、「戦をするには莫大な金がかかる。そもそも、戦が起こることで国はいきなり存亡の危機に瀕することになるのだ。たとえ戦で百戦百勝したとしても、その戦にかかる経費や人の犠牲を考えると、それは莫大なものになる。つまり、戦をなるべく起こさないことこそが、最善の策なのだ」

備中高松城の戦いで、隆景はこの基本方針に則り、とことん「熟考」したことであろう。第4章で改めて言及したいが、その結果、驚くべき戦略によってこの絶体絶命の場をほとんど無傷で凌《しの》ぐことができている。なお、秀吉軍も同様である。

◇相手の謀を断たせ、次に相手の同盟関係を断つ

孫子曰く、「だから、最上の策は相手の謀を断たせること。次善は相手を援助する国の同盟関係を崩すことだ。そして、その次は戦によって攻めること。最低なのが城攻めをすることであり、いかんともし難い状況に陥ったケースのみに用いる策である。しかもその準備期間は長い。使用する攻城櫓などの兵器を準備するだけでも3か月、さらに城壁よりも高い土塁を積み上げて陣

を作るのにも3か月は要するだろう。その間に兵はどうしても待ちきれなくなってしまい、城壁に向かって攻撃すれば、3分の1は殺されるだろう。結局、手痛い損害を被った上に、後々の戦への悪影響は免れない。

ここで孫子は、戦においては、できる限り事前に相手の策を封じることこそが先手必勝につながり、次策として、相手の同盟関係を解消させることに全力を傾けるのが重要だと言っている。

この戦略が途中まで比較的うまく進捗した一例として、播磨の上月城における攻防を簡単にご紹介したい。永禄9(1566)年、月山富田城で毛利氏は尼子氏を滅ぼしたが、重臣・山中鹿之助は京に逃れ、その後信長の傘下で上月城を与えられて尼子勝久とともに尼子氏再興を目指して奔走する。

一方毛利氏は、三木城の別所氏や荒木村重を寝返らせることで信長軍の同盟関係を破壊し、一時的には攪乱に成功、秀吉軍は別所氏の対応だけで忙殺されることになる。その間、見殺し状態になった上月城は孤立無援となり、毛利軍の猛攻を受け、天正6(1578)年、ついに落城してしまう。山中鹿之助も鞆への護送途中に殺される。彼といえば、

「願わくば、我に七難八苦を与えたまえ」

と、尼子の再興を祈念したと言われるが、毛利氏はひょっとして、尼子攻めの渦中に急死した毛利隆元の暗殺犯(黒幕)として彼らを認識し、言わば当主を謀殺された仕返しとして、徹底的に「艱難辛苦」を与えたのではなかろうか。

このように毛利氏は、「相手を援助する国の同盟関係を崩す」ことに成功したが、その後、毛利氏

も「艱難辛苦」を味わうことになる。

すなわち、上月城の戦いには勝ったが、やがて播磨一帯は織田方の手に落ちるとともに、東瀬戸内海の制海権も失った。毛利氏の後の戦局に甚大な悪影響を与え続けた事例、と言えるかもしれない。

なお、同盟に関して補足すれば、守る時は逆に、身内の同盟関係強化こそが「次善」の策となるという。なるほど、安芸国人一揆や家臣団の『連判状』および『三子教訓状』などは、全て身内の同盟をより確固なものにするために採られた施策だ。

以上の内容を整理すれば、次のようになるだろう。

◇戦争は国家の重大事なので、軽々しく始めるべきではない
◇情報収集と分析による綿密な情勢判断こそが重要
◇不敗の体制を取り、勝算のある戦略構想を練るべき
◇戦略構想を実現する為には、効率的な戦略計画を立て、実行せよ
◇相手のみならず、味方の同盟関係は重要、疎《おろそ》かにするな

『呉子』の兵法

さて、『呉子』は、紀元前400年頃、楚の宰相・呉起《ごき》がまだ魏の将軍だった頃の発言をまとめた書だ。この書も「武経七書」の一つといわれている。その内容は、呉起を主人公とした物語形式となっており、戦時における部隊編成の方法や、状況に応じた戦い方などを詳細に説く。ご存知の通り、

この書は『孫子』と並んで評される兵法書だが、後世への影響力では圧倒的に『孫子』の兵法に軍配が上がるだろう。その理由について、守屋洋・守屋淳氏は次のように言う。

このように、『孫子』は、合理的な思考を積みかさねることによって戦争に内在する法則性をとり出すことに成功している。しかもその考え方はあくまでも柔軟であって、どこにも無理がない。二千五百年後の現代でも、そのまま応用できることばかりだ。（守屋洋・守屋淳『孫子・呉子』プレジデント社、2014年、19頁より引用）

とはいえ、毛利元就がその「智謀」に応用したと思われる書が、この『呉子・応変篇』だろう。ここには彼が兄弟や毛利家の団結を繰り返し説いた「基本理念」がはっきりと見えるからだ。例えば、

衆を用うるは易を務め、少を用うるは隘《あい》を務む。故に曰く、衆を用うる者は易を務め、少を用うる者は隘を務む

これこそが、厳島の戦いに用いられた毛利元就の基本戦略だと考えられよう。

すなわち、3500ないし4000の寡勢で、その5倍の兵力を擁する陶軍を粉砕するためには「隘《あい》」の地・厳島に陶軍を誘き出すことこそが要諦《ようてい》であり、この奇襲戦略の背景にあったのが『呉子・応変篇』ではないだろうかと、小和田哲男氏も指摘されている（小和田哲男『戦国大名と読書』柏書

房、2014年、92~99頁)。この書をベースとして、既述の書や実戦経験から「厳島奇襲作戦」が編み出された可能性は高く、「毛利の智謀」が宮島において見事に結実した一例だ。

ちなみに、『四書五経』とともに戦国武将が成長していく過程における必読書といえば、『武経七書』だろう。それらはいわゆる兵法書であり、既述の『孫子』『呉子』の他、『尉繚子《うつりょうし》』『司馬法《しばほう》』『六韜《りくとう》』『三《さん》略《りゃく》』『李衛公問対《りえいこうもんたい》』をまとめた名称である。

『永禄聞書』の訓え

『永禄聞書』は第1章で述べた通り、隆景が父・元就から聞いた話をまとめた書と言われている。その中で元就が「大名家マネジメント」の方針を説いた一節が11頁にあるのでご紹介したい。

戦国時代は勝者ばかりが注目されるが、毛利氏の周りを見渡しても、大内氏、武田氏、尼子氏、山名氏、と名門が次々滅亡していく様を見て、元就流の分析を加えたものとみてよいだろう。

元就が言わんとしたことの概略は、以下の通りである。

「国が滅び、家を失ってしまう者は(戦国時代ではもちろん)多い。その後の道行きは、人様々である。だが、滅びるパターンとして、1つは、武士なのに武勇を忘れる者である。また、武勇を好むといいながら、短期で勇敢な者は、怒りにかられると、自分が悪い事を認めることもせず、非道徳的な行いをする。また、敵国に勝つために道理を無視して攻め、領地を掠《かす》め取ろうとするような道理のない人間も、1つの例である。武勇を好まない人は、自分が大名家に生まれたことを自慢し、告げ口をしたり、自分に媚びへつらったりする家臣を近くに置いておごり、酒や色にふける。家臣たちの仕事や忠義について評価することもない。自分の意見に従う者だけに褒美や録を与えるので日々、忠臣はその家を去り、(家を滅ぼすような)怪しい家臣が集まる。だから結局、国が衰微して富を貪るようになり、仕える侍は皆、義を忘れて戦力も弱くなる。まったく惜しいことだ」

ひとことで言うならば、おそらく元就は、人生を振り返り、反省も含めて、家を保つことは非常に難しいということを訴えたかったのだと思われる。だからこそ、家臣を含めた領国マネジメントこそが大事であり、自分の分(地元の領土)をこつこつ守ることに専念することの重要性を説く。毛利の「天下を競望せず」の考え方のベースは、ここにも見受けられるだろう。

また、隆景の一生を俯瞰すれば、これらのややくどい元就の訓話を自分の身に深く刻んでいたのではないかと思われる。以上に挙げたさまざまな事項について、読書で基礎固めをしながら、元就の訓話を「現場」で体得していったのではないだろうか。

まさに、その訓話通りの統治をしていたからこそ、彼の領国はいつも日本では稀有、と評判となるほどに治まっていたのだろう。「中国者の律儀」、すなわち、毛利氏は武将との約束を決して違えず、たとえ毛利氏にとって不利になる約束でも一度結んだら優先するという評判を、戦国時代においては珍しくも得ていたというこの言葉は、元をたどれば元就や隆景の行いにたどり着く。もちろん、元就は大江氏直伝の謀略を用いたが、それなりの返り血を浴びている。特に、元就が大いに期待して毛利の跡継ぎに据えた長男の隆元が尼子氏との戦の最中、まるで毒を盛られたかのように急死したことで、彼は人間の因果応報のことわりを痛感することになったのではなかろうか。

したがって、深く仏教に帰依していた元就は、生きることの難しさや天下を競望することの無意味さを理解せざるをえなかったのだ。約束は守り、余計な因果を断ち切るためにも、必然的に「律儀」な振舞いを心掛けた、と思われてならない。

隆景が先述のように伊予の大名になったとき、「平穏に領国を治めており、騒動も叛乱もない」という比較的に客観的と思える評価を、外国人宣教師・フロイスからなされたのは、むしろ当然のことだろう。

舘鼻誠《たてはなまこと》氏は、「戦国の世をみつめてきた宣教師ルイス・フロイスは、天正十三年に伊予の大名となった小早川隆景の領国経営のありさまを、このように高く評価していた。」と述べている（舘鼻誠「小早川隆景と領国経営」新人物往来社編『小早川隆景のすべて』1997年、54頁より引用）。

なお、平穏に治められた領国・伊予国だが、当初は戦場となった村々から民が逃げたケースも多々見られたようだ。そこでまず、「新領主」隆景は治安維持に全力を尽くしている。彼が実際に伊予を預かったのは1年弱だったが、その間に急速に混乱は収まっていく。その安定振りは、日本国内でも稀有な出来事としてフロイスも注目し、同時に隆景の名声も知れ渡ったという。

ちなみにその後、隆景は九州に国替えされているが、それを聞いた伊予の領民たちは動揺し、再び略奪が始まり、混乱に陥ったという。

曲直瀬道三の訓え

いささか意外な人物かもしれないが、曲直瀬道三《まなせどうさん》こそはどうやら、毛利家にとっては間違いなく、一本の太い精神的支柱であったといえる。彼はご存知のように、戦国〜安土桃山時代にかけての随一の医師である。永正4(1507)年、近江国(現・滋賀県守山市)に生まれ、彼はそれまでの観念的な治療方法を改め、実証的な臨床医学の端緒を開いて「道三流医道」を完成させ、のち「医聖」と称されるようになった。元就とは永禄5(1562)年、初めて会い、その後元就の疾病治療のため何度か中国地方を訪れ、道三流医術を伝えている。

元就は永禄9(1566)年、月山《がっさん》富田《とだ》城(現・島根県安来《やすぎ》市)攻略中に風痺《ふうひ》(脳梗塞、あるいは脳出血に起因する麻痺)を患ったとき、なんと命を曲直瀬道三によって救われている。やがて、道三の技、見識、人柄などに元就本人が心酔してしまい、元就は道三に、毛利家繁栄の道と諫諍《かんそう》(争ってまで、目上を強くいさめること)の法までを問う。また、道三もわが子の名に「元」の諱《いみな》をつけるほどに、二人は意気投合したという。『永禄聞書』にある元就の訓えは、曲直瀬道三の訓えをベースに元就が咀嚼《そしゃく》した思考だった、と考えると、「毛利家の訓え」の源としてしっくりくるだろうか。

曲直瀬道三肖像画(杏雨書屋蔵)

当時、「天下の名医」の名をほしいままにしていた道三は、元就だけでなく足利義輝、織田信長、豊臣秀吉・秀次・秀頼、徳川家康・秀忠、蒲生《がもう》氏郷《うじさと》、後陽成天皇ら当時の著名な人物から呼ばれた。一方で、分け隔てなく無名の庶民の診療まで行うなど、超多忙な人生だったようだ。だが、なぜか道三はとりわけ元就に強い思い入れがあったのだろう、そんな多忙にもかかわらず、元就のために時間を割いている。

翌永禄10年2月、道三は律儀にも、後に毛利家の家訓とまでいわれることになった提言をまとめた書状を、元就のために提出している。それが「雖知苦斎一渓道三言上目録」だ。この書状の宛先には、元就ほか毛利一族5名が名を連ねており、隆景の名もその中にあったことは言うまでもなかろう。

道三について、もう少し述べたい。少年時代の道三の聡明《そうめい》さには、どんな大人もが舌を巻いたという。彼は生まれつき頭脳明晰であったようで、いつも傍らに『四書』を置き、いつもそれを紐解くような幼少時代を送っていたという。後に、相国寺で五山文学の盛隆にも出合い、経典研究や『三《さん》体唐詩《たいとうし》』などの漢詩にも造詣を深くしている。また、当時の大学・足利学校では『四書五経』などの漢籍類を中心に、兵学から医学まで幅広く学んでいる。

そして、『四書五経』などを習得した上で、さらに医術の造詣をも加味した道三流「毛利家繁栄の道と諍諫《そうかん》の法」は、やがて水が流れるように、毛利家の家訓と位置づけられていく。それは隆景にとっても戦国の世を生きる指針となり、後の彼の人生に多大な影響を与えたであろうことは、容易に想像がつく。

まとめ

以上を踏まえて、52頁で提示した①〜④の疑問の答えをまとめたい。

①優秀な戦略家としての一面は、『孫子』をはじめとする兵法書から形成されたと言えるだろう。

②優秀な為政者としての性格は、後に隆景が『永禄聞書』としてまとめていたように、元就から薫《くん》陶《とう》を受け、「大名家マネジメント」を学んだことで形成されたと思われる。

③そして、天下を狙わなかったのも、元就が口を酸っぱくして教えた「地元第一主義」を忠実に守ったことの表れだろう。

④最後に、隆景が毛利家に最後まで尽くしたのは、このように父元就の経験にもとづく訓えと母・妙玖との、小早川家に入るまでの短かったが深い愛があったからこそ、と思えてならない。

さて、これらの「リベラルアーツ」を踏まえると、毛利家は「地元第一主義」で天下を狙っていなかったことは自明である。それが「天下と競望せず」ということだ。それなのに、なぜ、「天下布武」を常時考えていたあの大物、すなわち織田信長と戦端を開くことになったのだろうか。その経緯を次章で辿《たど》ってみたい。それが、後の本能寺の変につながる重要な契機となってくるからだ。

第3章

毛利氏、対信長戦に引きずり込まれる

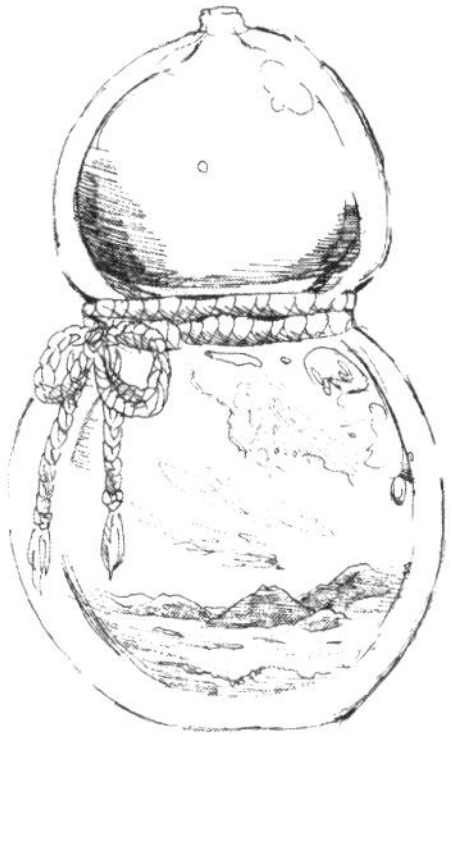

第1節　毛利・織田戦争の幕開け

義昭、鞆へ

足利義昭といえば、足利家最後の将軍として著名だが、実際の彼はなかなかどうして、スマートな都会風の紳士とはかけ離れた存在だったようだ。あろうことか、相当にネチネチとした食えない性格だったとみてどうやら間違いあるまい。

そのことは、京都を追放された後の義昭の行動、すなわち最後まで執着した信長への仕返しと、上洛および足利幕府再興への意欲に見てとれる。

「将軍なのに、そこまでやるかぁ〜」

後世になってこう言われてしまうほどに、執念深いまでの粘り腰を、様々な局面で遺憾なく発揮しているのだ。たとえ絶体絶命のピンチに度々直面しようと、その一流の粘着性を存分に発揮し、自らはなかなか将軍職から退こうとはしないし、上洛も最後まであきらめない。従来の歴史教科書などによると、義昭は元亀4(1573)年、信長に京都から追放され、やがて足利幕府は滅亡したとされている。このあとの義昭は、ひょっとして「名誉職」にでも就き、風流や元の仏道に励んだのだ、と思われているかもしれない。だが、そんな人生とはさらさら無縁で、その後も反信長陣営のコネクションを頼って自らは将軍の「立場」のまま、御内書(将軍の私文書だが、次第に公的効力をもった)を連発し、信長支配地以外ではむしろ堂々と君臨していたのだ。

その根拠はこれから説明していくが、彼こそが、「織田vs毛利」の戦いの契機を作った犯人なのである。この決戦においては、義昭こそ依然、「公式」な征夷大将軍であり、当時「官軍」とは「毛利軍」のことを指した。確かに、信長はさまざまな官位を受けていたのだが、理由はともかく、最後まで「征夷大将軍」には就任していない。

さて、天正4(1576)年2月、近畿で信長に追い詰められた義昭は鞆に無理矢理移ってきており、その行動自体が明らかに織田氏と毛利氏の断交に直結したことは、想像に難くない。それから実に12年間も、義昭は鞆に「将軍」のまま、滞在を続けることになるのであった。このときの鞆への「無理矢理移座」は、毛利にとっては非常に迷惑な将軍様の行動だったことであろう。同年2月8日付の隆景、吉川元春と安国寺恵瓊《えけい》宛御内書からもそのことが読み取れる。

この時点では、毛利家はまだ頑《かたく》なに例の「家訓」を遵守しており、「天下云々」からは一定の距離を置こうとするベクトルも小さくなかったはずなのだが、相手の気持ちを些《いささ》かも慮《おもんぱか》ることのない流浪の将軍義昭は、ついに、勝手に鞆に現れ、

「(毛利は天下と距離を置くのが元就の遺言というが)そんなことは預かり知らぬ」

とばかりに、

「万事を投げ打ち、上洛(公儀への御馳走)に協力するようにせよ」

と申し付けている。非常に迷惑な押しかけそのものであり、この御内書を読んだ隆景達の動転のさまが目に浮かぶようだ。従来何とか、あえて事を荒立てずにここまで来たが、これで信長との衝突はついに決定的となった。つまり、毛利氏の庇護《ひご》を得ることと、毛利氏を信長との戦いに巻き込むことこそが、義昭の狙いであったようにも映るのだ。

また桑田忠親氏も、鞆にたどり着いた義昭を次のように描いている。義昭に信長暗殺の願望があったことがうかがえる。

（義昭としても）備後の鞆の館にあって、信長の動向を探ると同時に、かつての足利家臣であった細川藤孝や明智光秀の行動を伝え聞き、彼らの裏切り行為を憎んでいたに相違ないが、藤孝はさておき、光秀の不安定な存在には、常に注目していたことだろう。強豪信長に対しては、諸国の大名に御内書を送っての大包囲作戦のほかに、内部攪乱策をも練っていたであろう。
（桑田忠親『流浪将軍　足利義昭』講談社、1985年、171頁より引用）

従来、義昭の領内への移座には反対だった毛利氏だが、ついに義昭を受け入れるに至る。ただ一方で、毛利家中においては大変名誉なことだと捉えた向きもあったという。ただ、いずれにせよ、家の存続に係る緊急事態が、ついに毛利(小早川)氏を襲うことになったのだった。

そして隆景も、義昭の動座からしばらくした頃には、ようやく肯定的な文を綴っている。天正6(1578)年3月16日付の、「妙寿寺宛書状」(『毛利家文書』838号)には、

「急遽《きゅうきょ》、義昭が鞆に動座されたが、元就、隆元を知らない遠国の大名からも問い合わせがくる。当代の面目が立ったというものじゃ」

という内容が書かれている。ようやく毛利家も最近は全国区となった、ということだが、当初の混乱は大変なものだった。

確かに鞆は、かつて足利尊氏が新田義貞追討の旗を揚げた、足利家にとっては大変由緒と縁起の良い場所だ。さらには、都を追われた10代将軍・足利義稙《あしかがよしたね》も大内氏の庇護の下、都へ復帰を無事果たすことができた吉兆の地でもあった。

「何としてでも、足利家の栄光よ、再び！」

という足利家の願いの叶いやすい「地域ブランド」が当時の鞆にあったから、義昭は動座したのかもしれない。

その地で運営された義昭の亡命政権は、近年は「鞆幕府」と呼ばれている。義昭が鞆に「幕府」を移そうと考えたのは以上の要因の他に、もちろん紀伊・由良での戦況悪化が第一に挙げられる。なお、地元福山市の鞆では「ところが第四の幕府〝鞆幕府〟が存在していたのです」（川西利衛『鞆幕府』福山商工会議所、1983年、2頁より引用）とあるように、少なくとも40年近くも前からこの存在は知られていたのである。

さて、天正4（1576）年にかけての由良周辺は、ほぼ全てを信長勢に囲まれつつあり、逃げ出すように、そして起死回生を図るため、足利義昭は由良を諦めて鞆に脱出する。では、なぜ鞆が絶対的な移転候補地として選ばれたのだろうか。その理由は、毛利家のキーマン・隆景の存在だったのだ。武田信玄亡き後、これからの信長包囲網の核となるのは毛利氏をおいて他にない。瀬戸内海の地図と睨《にら》めっこすれば分かることだが、鞆と隆景の居城地・三原は目と鼻の先とはいわないまでも、現在の福山市と三原市はJR山陽線鈍行で約30分、当時の船での移動も村上水軍のお膝元でもあり、比較的容易だったことだろう。また、キーマン隆景の「影」、すなわち情報参謀であった安国寺恵瓊《えけい》が鞆・安国寺の住持を務めていたことも、大きな要因だったと思われる。

もちろん義昭の主な狙いは、ズバリ毛利(小早川)による庇護であり、ひいては対信長戦線の前面に彼らを巻き込むことにあったはずだ。だからこそ義昭は思い切って近畿から鞆の地に移ったのだろう。あくなき、ただただ「上洛したい」という欲望が義昭をすっぽりと包んでおり、確かにその実現の可能性は飛躍的に上がる。

こうして鞆に移った義昭は、由良のように日頃から身の危険に晒されることはなくなった。毛利(小早川)配下の村上水軍が、地元の大可島城《たいがしまじょう》(現・広島県福山市)を守っていたことも大きな要因だ。その証拠に、しばらく途切れていた御内書の発給が、「鞆幕府」以後、再び活発化する。その地で義昭は、「鞆幕府」の「征夷大将軍」として、安心かつ精力的に諸国大名に向け援助(御馳走)強要を再開できたのだ。ただ先述のように、おそらく毛利氏は当初この事態に驚愕し、家中で慎重な会議を重ねたであろうが、同年5月には義昭の目論み通り、毛利として「反信長」と旗幟《きし》を鮮明にせざるをえなくなっている。もはや、元就の「天下を競望せず」どころの状況ではない。義昭の思惑通り、ついに毛利氏は、対織田戦の最前線に引っ張り出されることになっていく。

このようにして義昭は、新たな亡命地・鞆で毛利氏という強力な後ろ盾を得て、再び新たな戦いを信長に仕掛けることが可能となった。元亀元(1570)年には石山本願寺顕如《けんにょ》が信長と開戦していたが、毛利氏も安芸門徒の動きに押し出されるように義昭の御内書を奉じ、天正4(1576)年、石山本願寺と共に闘うことを諸大名に(いささか誇らしく)宣言している。これをもって、怒涛《どとう》のような信長との6年に及ぶ激戦の帳《とばり》は、ついに上がったのである。

毛利・織田戦争の推移

隆景は、義昭の「亡命」が毛利氏の将来をも左右する一大事であるということを当然ながら痛感していたことだろう。そもそも、義昭を鞆で庇護すること自体が、天下布武を目指していた信長・秀吉らとの敵対関係を決定的とした。その上、毛利輝元が「鞆幕府」の副将軍職を引き受けたことは、あからさまな対決姿勢を全天下に示したことになる。このお家存亡の危機に直面しながらも、「足利将軍」に頼られることは名誉なこと、との受け取り方はあったものの、『三子教訓状』の基本を守る隆景としては、「副将軍」をことさらに喜んだ輝元に対し、

「軽々しくはしゃがぬように」

と、さすがにこのときは強く諌《いさ》めている。しかし輝元は、「副将軍」に就任できたことが、既述のように余程嬉しくてたまらない。

「これでようやく祖父元就公を超えたんじゃわい」

とばかりに、無邪気に喜んだことだろう。

なおこの頃、毛利では既に「両川《りょうせん》体制」が確立されており、山陽側に「鞆幕府」が位置したことから、義昭を直接庇護したのは隆景だったということになる。したがって、鞆幕府に対する交渉のキーマンも隆景だ。天正4年(1576)4月、安芸国吉田における軍議において毛利家中の対信長戦についての意思統一を図りつつ、3か月後、初めて両軍は大阪湾の木津川河口で激突することになる。これ以降、毛利は、「結果的」に本能寺の変までの6年間、織田軍と死力を尽くして戦い続けたのだった。

なお、この戦いは第一次木津川口の戦いと呼ばれ、織田軍に攻囲されていた石山本願寺への兵糧搬入を目的とした毛利水軍（小早川水軍・村上水軍ら）と、それを阻止しようとした織田水軍（九鬼《くき》嘉隆《よしたか》率いる九鬼水軍）との海上での戦いだった。両水軍による船軍《ふないくさ》が木津川の河口で繰り広げられたのだが、結果、兵糧は無事石山本願寺に運び込まれ、毛利方の圧勝に終わっている。

毛利方が大勝した要因は、織田方にない武器、すなわち焙烙玉《ほうろくだま》や火矢などの飛び道具を相手の軍船に次ぎ次に投げ入れて、一気に河口の防衛線を突破したことにある。本来ならば大将である信長が出陣して乱戦にでもなってしかるべきところ、あっという間に毛利方の勝利となったので、信長は「是非に及ばず」とばかりに、出馬を中止したと『信長公記』にあるほどだ。

しかし、天正5（1577）年9月、手取川（現・石川県白山市を主に流れる川）の戦いで織田軍を打ち破った上杉謙信が翌天正6（1578）年3月にあっけなく逝去してしまう。その後、同年11月の第二次木津川口の戦いにおいて、九鬼水軍の新兵器・「鉄甲船」が毛利水軍に壊滅的損害を与え、東瀬戸内海の制海権は脆《もろ》くも織田方の手中に落ちてしまう事態となる。

それまで毛利氏が優勢だった戦線は、一転、毛利氏の撤退に次ぐ撤退という有様となっていく。石山本願寺ももはや完全に孤立してしまい、天正8（1580）年、ついに、正親町天皇《おおぎまちてんのう》による和睦を経て、信長に降伏してしまうことに。これで「信長包囲網」は完全に機能不全に陥り、反対に、秀吉が播磨から中国路に戦線を拡大。やがてついに、備中において毛利氏と激突することとなる。

義昭の御内書送付先

名前	根拠地	義昭との関係など
毛利輝元	安芸	鞆幕府の副将軍として、義昭を支える
吉川元春	安芸	鞆幕府の近臣、毛利氏重臣
小早川隆景	安芸・備後	鞆幕府の近臣、毛利氏重臣
安国寺恵瓊	安芸	鞆幕府の近臣、毛利氏使僧
浦宗勝	備後	小早川水軍大将
上杉氏	越後	のち「信長包囲網」の一員
武田氏	甲斐	のち「信長包囲網」の一員（信玄は上洛中、急死）
石山本願寺	摂津	信長包囲網、一向宗ネットワークの一員
島津氏	薩摩	上洛への協力と毛利氏に敵対する大友領への侵攻を義昭に勧められる
荒木村重	摂津	上洛への協力と信長からの離反を義昭に勧められる
別所氏	播磨	上洛への協力と信長からの離反を義昭に勧められる
小寺氏	播磨	上洛への協力と信長からの離反を義昭に勧められる
長宗我部氏	土佐	毛利氏（鞆幕府）と軍事同盟
土橋氏	紀州（雑賀）	天正10年6月9日付光秀書状で、既に土橋氏が義昭と通じていたことが判明することから、以前に義昭からアプローチがあったことが判明
水野氏	西三河他	武田勝頼への働きかけを依頼
北条氏	伊豆	北条・武田・上杉の和睦を勧めた御内書が残る

第2節　「鞆幕府」の体制と財政

再開された「御内書作戦」と「鞆幕府」の概略

しかし、当然とも言えるが、そんなことで帰洛を諦める義昭ではなかった。その後も「征夷大将軍」としての虚仮《こけ》の一念か、「御内書作戦」に彼は没頭し、「鞆幕府」は粘り強くうごめいていく。どうやら義昭にすれば、手紙一枚で有力大名を将棋の駒のように動かせる「戦国ゲーム」に「オタク」の如くはまり、没頭していただけかもしれないが。やはり、鞆に移った義昭は心機一転したかのように、再び「御内書作戦」は活発化している。それも、ほぼ全国規模だ。

内容はもちろん、

「信長を追討し、早く私を帰洛させよ」

ということに終始し、信長包囲網は再び

動き始めたのだった。

さて、ここで「鞆幕府」の概要を見てみてみたい。義昭は、副将軍以外にも毛利家重臣を近臣とし、さらに御供衆や外様衆に取り立てている。そして「鞆幕府」は、信長により所領没収や追放処分の憂き目にあってきた旧守護・守護代などの人物や、義昭を頼りに自家の再興を狙おうとする人物が次第に参集し、やがては反信長勢力の一大拠点の様相をみせはじめる。外交面でも毛利の後ろ盾を得たことで俄然《がぜん》活発化し、毛利・石山本願寺・上杉謙信らによる「信長包囲網」はその後着々と補強され、天正6（1578）年10月には、信長方の有力武将だった荒木村重さえも黒田官兵衛らの度重なる説得を振り切り、この包囲網に加担して信長に反旗を翻している（詳細は第4章で後述）。どうやら、信長の九鬼水軍が浦宗勝に率いられた小早川水軍や村上水軍たちに敗れたという事実は、明らかに強烈なインパクトで、「鞆幕府」のご威光はこのときばかりは眩《まばゆ》いばかりに輝いたに違いない。

なお、82〜83頁の表は一部を抜粋したものだが、「鞆幕府」の陣容は総勢100人を超えている。ちなみに義昭の京都時代の幕府は総勢120名程度だったという。遜色《そんしょく》はない。かつての「足利幕府」も応仁の乱をはじめとして度重なる混乱のなかで将軍は安易に殺されるなど、まことに不安定な存在だったが、元亀4（1573）年まで幕府は京都に踏みとどまっていたとみなされていた。その後、義昭は再び流浪の身となったものの、まだ大名などから頼られる権威と、体制利用価値とを併存していた、ということだろうか。

義昭が荒木村重に「寝返り」（上洛への馳走）を指示したように、有力大名や織田方重臣であっても、彼は味方に抱き込むべく御内書を多々発した。脈があれば、さらに義昭家臣である小林家孝らが直接出向き、説得工作を行っているのだ。

藤田達生氏によれば、「義昭は、大胆にも近臣一色藤長を派遣し、信元に武田勝頼への『一味』を依頼している。家康にも、同日付で同文の御内書が発せられているのである(『古証文』)」(藤田達生『証言　本能寺の変　史料で読む戦国史』八木書店、2010年、182頁より引用)といい、様々に御内書は発給された。光秀にも、陰に陽に、隆景の構想に基づいた「御内書作戦」が展開されたと見て間違いあるまい。ちなみに、信元とは家康の家臣・永田信元を指す。

ただ、なかなか現物は表に出にくい運命にあるのか、特に敗軍武将宛の御内書が残ることは至難だったと思われる。内容にもよるが、その存在自体が秀吉(信長)方に知られることだけでも「お家の一大事」であり、危険文書だけあって秘密裏に焼却処分されることも多かったであろう。しかし、毛利氏(隆景)は、「鞆幕府」から御内書が信長打倒のメッセージを載せて発信されることを黙認しつつ、あるいは加担したであろう。なにしろ、鞆幕府の陣容を見れば分かるように、隆景と輝元は御内書の添状作成担当でもあったし、むしろ積極的に義昭の「信長包囲網」構築に貢献した可能性もある。対織田戦争において、むしろ隆景は御内書を積極的に活用したとみて差し支えないだろう。

このようにして将軍義昭と毛利氏との一体化は進み、「鞆幕府」は起動していったのだ。なお、輝元をはじめ、毛利氏の重臣は軒並み「鞆幕府」における要職に就いている。毛利国人衆も積極的に貢ぎ物を持参し、さまざまな「政府要職」に就いた。もちろん「現足利将軍」の義昭がいずれ上洛するのは当然、と彼らは認識し、そのときの「見返り」を期待してのことだったであろう。

鞆幕府の陣容の一端

名　前	役　割	備考（注2）
【毛利家中】		
毛利輝元	添状作成	副将軍、毛利氏家督
吉川元春		近臣、毛利氏重臣
小早川隆景	添状作成	近臣、毛利氏重臣
安国寺恵瓊	使僧	近臣
神田（三浦）元忠	津之郷御所提供	毛利氏重臣
児玉就方		毛利氏重臣
益田宗兼		毛利氏重臣
三沢為虎		御供衆、毛利氏重臣
村上亮康	義昭一行の警固	大可島城主
渡辺民部少輔	一乗山城城主・常国寺御所提供（注1）	
【幕府衆】		
飯川信堅	添状作成	申次
伊勢上野介	使者	御供衆、政所執事伊勢氏一族
一色昭孝	添状作成、使者	近臣、御供衆。のち在通と称し家康に仕え高家となる。毛利氏家臣山内氏が滞在経費を負担する
一色昭辰	添状作成、使者	
一色昭国	添状作成、使者	丹後一色氏一族
一色昭秀	添状作成、使者	近臣
一色藤長	添状作成、使者	御供衆
飯尾昭連	奉書作成	奉行衆
飯尾為忠	奉書作成	奉行衆
上野秀政	添状・奉書作成、使者	近臣、御供衆、家来あり
海老名新太郎	使者	番衆

大蔵院日珠	使者	上杉氏・武田氏・北条氏に派遣
大館藤安	添状作成、使者	番衆、上杉氏に派遣
狩野光茂	使者	
小寺政識		播磨御着城主、荒木村重の謀反に与同
小林家孝	添状作成、使者	番衆、摂津花隈城で荒木村重の謀反を工作
城 行長	添状作成、使者	奉行衆
瑞林寺	使者	
曾我晴助	使者	河野氏に派遣
武田信景		若狭守護武田義統実弟、武田勝頼の元へ派遣され、天正10年3月甲斐で処刑される。
武田刑部大輔	使者	御供衆、若狭守護武田信豊の実弟信実か？
内藤備前守	使者	丹波守護代内藤ジョアン（如安）、信長に所領を没収
細川輝経	使者	取次あり
真木島昭光	添状作成、使者	近臣、番衆、家来あり。毛利氏家臣吉見氏が滞在経費を負担する。
陽光院	使者	
松田藤弘	添状・奉書作成、使者	奉行衆
松田左衛門尉	使者	番衆か？上杉氏に派遣
柳沢元政	使者	厳島神社大宮棚守房顕・元行父子との取次、のち毛利家臣
大和淡路守	使者	北条氏に派遣
蓮華坊	添状作成	
六角義堯	添状作成、出兵	近江守護六角義賢子息、家来・取次・厩方あり

藤田達生『証言　本能寺の変　史料で読む戦国史』（八木書店、2010年）82～85頁の表を参考に筆者作成。
※毛利氏は、重臣及び役割のある者、幕府衆は役割のある者及び特筆すべき者を抜粋した。
（注1）どちらも現・広島県福山市。
（注2）御供衆とは、将軍の出行に供奉した人物。奉行衆とは、室町幕府の法曹官僚である奉行人。

　このようにして義昭の「帰洛本能」は、自動的に毛利氏を信長との長期戦に巻き込むこととなった。周辺情勢を見渡せば、対織田戦争に勝利するために、ついには、信長抹殺の道を取らざるを得なくなる。つまり、正面から対決するだけの戦力を毛利氏が維持していくことは、もはや不可能になっていた。「窮鼠猫を噛む」状況に陥ってしまったといえば、はたして言いすぎであろうか。そしてついには、本能寺の変勃発の契機へと繋《つな》がっていくことになる。

　さて、そもそも、御内書とは将軍の公文書であり、

「あれしろこれしろ、さあ、信長を退治せよ、そして上洛への馳走をせよ」

　などと指示する内容が多い。とりわけ義昭の場合は懲りることもなく、「上洛帮助《ほうじょ》」をあちこちの武将に送りつけている。当時はいまだ公的に「足利将軍」という肩書き(権力)を義昭は残していたので、信長の影響力が及んでいないエリアでは、特に効果を発揮したかと思われる。いわば、信長の天下布武を筆一本で邪魔し続けたのが、義昭(の御内書)であったということになる。なるほど、これが「筆は剣よりも勁《つよ》し」ということなのだろう。

　さて、義昭は鞆に移座すると水を得た魚のように、先述の通り、再び御内書を全国の大名・重臣たちに書きまくっているのだが、そこには相も変らぬ、

「早く上洛し、幕府を復興したいのじゃ」

　という強力な思念がこもっている。これぞ虚仮《こけ》の一念、そして怨念さえも感じられてくるのは、はたして筆者だけだろうか。

征夷大将軍の威光

このように義昭は、信長に追放された後も「征夷大将軍」としての権威をある程度保持し続けている。「幕府」の規模自体は京都の頃に比べて著しく小さくなっていたとはいえ、後述するように財政も意外に安定しており、幕府機能は引き続き鞆においても存続していたのだ。すなわち、信長によって京都の槙島城《まきしまじょう》で足利幕府は終焉を迎えたのではなく、実は鞆に動座した後も、少なくとも備中高松城近辺で毛利氏と一体化した「幕府軍」が機能していた限りにおいては、名実ともに存続していたに違いあるまい。足掛け7年、織田軍と対峙するに相応しい巨額の軍資金の存在は、そのまま「鞆幕府」の存在証明であろう。

「いや、それは毛利のカネ(銀)だ」

とは言い切れない関係に、義昭と毛利氏はあったということだ。義昭にすれば「毛利はトップが副将軍輝元なので、将軍様に従うのは当然」ということで、鞆幕府は信長との戦費も含めて6年間資金繰りがついた格好になった。さて、時の公家、神官、僧の日記にも、足利幕府滅亡の記録は一切ない。すなわち、「公的」にも足利幕府は鞆で存続していたことになる。

鞆幕府は毛利の庇護のもと、備中の御料所からの年貢の他に、足利将軍の専権事項であった五《ご》山《ざん》住持《じゅうじ》の任免権行使による礼銭の獲得や、日明貿易を通して足利将軍家と関係の深かった宗氏や島津氏からの支援もあり、財政的にはさほど困難な状態ではなかったのだ。

そして毛利氏は、東アジアの交易ネットワーク(明および朝鮮を主とする貿易)における大内氏の権益をまるごと引き継いでおり、例えば、赤間関(現・山口県下関市)は活況を呈したという。また、小早川家はそもそも隆景以前から「沼田家が太宰府および朝鮮交易に関わったのに対し、竹原家は、大内氏に属して、勘合貿易の仕事に携わった」（西ヶ谷恭弘「小早川隆景の戦略と築城」新人物往来社編『小早川隆景のすべて』1997年、143頁より引用）とあるように、「海の稼業」を得意としており、隆景も「先祖伝来」の交易を積極的に続けていただろう。さらにまた、毛利国人衆の益田氏らも、独自に朝鮮半島とのパイプを持っていた。

そして見落としてならないのが、毛利輝元が副将軍の立場を利用し、石見銀山を活かして軍資金を稼いでいたことである。実際には、毛利は「鞆幕府」に石見銀山を朝廷の御料所として献呈していたことも伺えるが、これは大きな意味を持つだろう。なぜなら、当時、世界の銀産出量のおよそ3分の1を日本が占め、そのかなりの部分を石見銀山が占めていたことからしても、銀の産出量と前述の「密貿易」を合わせた収益は「幕府」運営と織田軍との戦費を賄《まかな》うに十分事足りたことが推測されるからである。いずれにせよ、信長垂涎《すいぜん》の銀山やそれに付随する莫大な貿易利権を、「鞆幕府」は毛利氏とともに有することになったのである。

さらに西国においては、足利家の威光も未だ根強いものがあったようだ。足利尊氏の時代から、再起の場を九州・瀬戸内地域に定められたがごとくに「都落ち」するとまずは西に逃れ、また再起を期すというパターンが足利家には存在したといっていいほどでもある。そして足利期、地勢的にセンターに位置付けられた地こそ、鞆であったのだ。

「鞆幕府」の財政

足利将軍家に一時の栄華は無くなったとしても、先述の通り、通常の足利将軍の専権事項のほか、勘合符による日明貿易や石見銀山経営を通しての膨大な収入、そして、将軍家と関係の深かった宗氏や島津氏からの支援もあり、「鞆幕府」の財政は意外に潤沢だった可能性は著しく高い。

また、明の萬歴《ばんれき》9（1581、和暦で天正9）年には朝鮮国王が「日本国王」に対し返書を送っていることが確認されている（『朝鮮通行大記』）が、この国際的にも通用していた「日本国王」とは信長ではなく、「征夷大将軍」義昭を指した。すなわち、当時、東アジア外交が密貿易を含めてすこぶる活況を呈していたのだが、広く東アジアにおいては、日本の国王とは、依然として義昭だったのだ。

元来「海賊稼業」の主業務の一つが、「貿易・海運業」である。時の権力者（足利将軍）は利権独占のために勘合貿易を展開したが、その「勘合札」および「勘合貿易利権」が毛利領内に転がってきたことで、さぞかし毛利水軍部隊による積極的な「貿易・海運業」が展開されたことであろう。

なぜそう言えるのか、一例を挙げる。以下、山口県ホームページ「山口県の文化財　日明貿易船旗・高洲家文書」を参考にまとめると、萩藩士高洲（高須、以下こちらを用いる）家に伝わる『高洲家文書』には、天正年間（1573～1592）に毛利氏の赤間関代官として活動した高須元兼《もとかね》の受給文書群が収められている。高須家は、元々山名氏、大内氏のもとで活躍、最終的には毛利氏に帰属した。文書の内容は、赤間関代官（元兼）が関料徴収、関船管理、町人支配、日明貿易管理を管掌したこと、そして毛利氏の貿易で唐物（鉄砲に使用する硝石、唐糸等）貿易に対応していたことを具体的に示している。

余談だが赤間関は、山口県文書館の説明によれば、「対岸の門司関とともに古くから瀬戸内海への出入り口に当たる要衝」で、「遣明船の利益の一部を徴収・管理する機関が置かれて、明側から、いわば国家による入国管理地と認識されていた場所」だという。（山口県文書館　第12回中国四国地区アーカイブズウィーク・アーカイブズ展示解説シート『防長と海―その記録と記憶―』「日明貿易船旗」より引用）

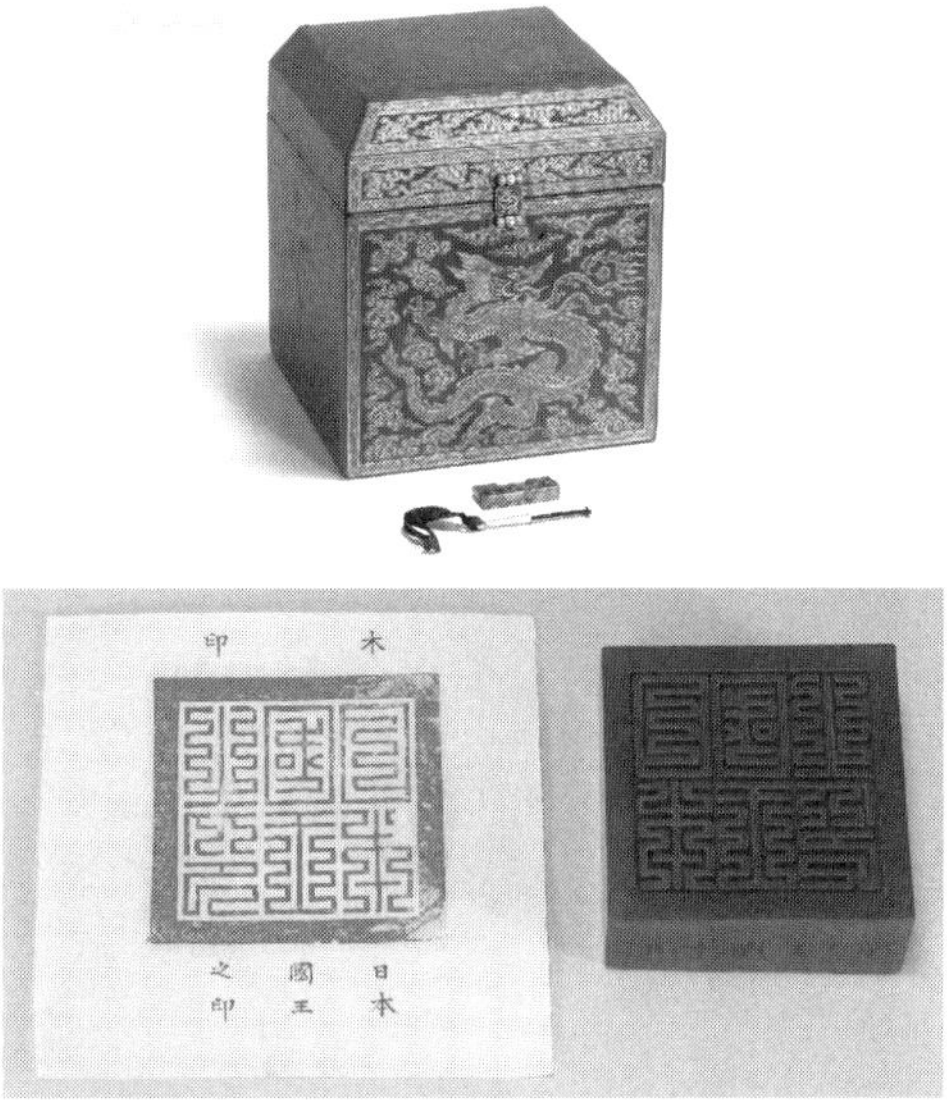

日本国王乃印、上は印箱（2点とも重要文化財、毛利博物館蔵）

つまり、毛利氏が赤間関の高須元兼を通して明と貿易をしていたことが証拠づけられるのだ。

そして、面白いモノが山口県防府市の毛利博物館に伝存していた。それが「日本国王乃印」（重要文化財）である。この印は、大内氏の滅亡と同時に彼らの利権をも毛利が奪取した際の戦利品だと思われるが、おそらくこの印を実際に使用して作製された勘合札によって、「鞆幕府」（毛利）は東アジア貿易を独占に近い形に持って行った可能性が高い。そもそも、鞆の浦は室町時代において、既に東アジア貿易の中継基地の一つだった。また、毛利氏（特に村上水軍や小早川水軍）は元来「水軍活動」にも優れており、国家間ではない「非公式ルート」での交易はお手のものだったであろう。だからこそ、鉄砲や硝石などの武器の入手が他の諸大名に比べて時期的にも早かった。また、足利義昭と毛利氏や島津氏などとの友好関係が16世紀後半、特に天正期においても続いた要因の一つは、信長包囲網成立とも連動するが、東アジアとの貿易利権を「鞆の足利幕府」が握っていたこととも深く関係すると思われる。

さらには、山口県文書館と鞆に近い広島県立歴史博物館（福山市）に、「日明貿易船旗」も所蔵されている（後者は複製）。この旗は、天正12年（萬歴12年、1584）に明の泉州《せんしゅう》府《ふ》晋江県《しんこうけん》（現・建省《けんしょう》泉州市《せんしゅうし》）の商人が毛利氏（高須元兼）と長門・赤間関で取引を行った証拠とされ、豊田氏によると、やはり、交易には石見の銀（白銀）が利用されていたという（豊田有恒『世界史の中の石見銀山』祥伝社新書、2010年、131頁）。

重要文化財・日明貿易船旗
（山口県文書館寄託　高洲家文書）

村上水軍

今ではなかなか理解しづらいことだが、当時、物流は圧倒的に船（海）運に依拠した。もちろん便利で整備された道路施設もごく限られたエリアでは存在したが、陸送は大八車が精一杯だ。つまり、制海権が非常に大事だったということであり、村上水軍の帰趨が戦国大名の命運を左右したことに繋がったということだろう。例えば、隆景が浦宗勝を通じて村上水軍を味方に引き入れたことが、陸上においても相

大山祇神社のクスノキ群、乎知命（おちのみこと）手植え、とある（樹齢2600年）

能島村上氏の居城・能島城跡（撮影　脇山功）

乗効果を発揮したことは想像に難くない。そのため、戦国大名は競って海の権力を掌握することに注力していたと言われ、まったく領海を持たない山国の甲斐武田氏までもが水軍を組織していた。まるで「海を制する者は、自ずと陸を制する」という、世の東西を問わない法則がそこにはあったかのようだ。そして、日本一の村上水軍と組むことは毛利元就のみならず、後に「海賊禁止令」を出した秀吉までもが、やっきになったことであった。

因島土生港沖　村上水軍の支配した島々には、今でもピット（船をつなぐ棒を差し込む穴など）が岩場に残る

ここで少し村上水軍のルーツにも言及しておきたい。大三島にある、伊予国一宮だった日本国総鎮守大山祇《おおやまづみ》神社の樹齢2000~3000年の大クスノキ群が物語るように、その歴史は古代に通じ、それがそのまま水軍の源流にも繋がる。もともと、古代の海の民は「海人《あま》」と呼ばれ、海に関する生業についていた。彼らは平安時代の頃より瀬戸内海の要地を支配した荘園領主からの海上警備や、源平の戦いとともに合従連衡して海賊となりながら、「海の領主」へと成長していく。やがて、その有力な勢力である河野水軍や、その流れを汲んだ村上水軍は芸予諸島を中心に、戦国期にはその制海権を大きく拡大してい

くこととなる。彼らの活動範囲は、瀬戸内海に留まることなく、交易のために朝鮮半島や東アジアへと広がっていったのだ。倭寇としての活動もあり、多面的な生業(漁業、海運業、造船、軍事など)を持つ集団、すなわち「広い海域に割拠する弱小の海辺土豪を支配し、関銭や水先案内、海上の警固、海上武力の提供などの海上諸権益(公事)に存立の基盤をおき、陸地の大名権力とも接触しながらも、海上に独立した勢力を誇示した海の武士団」(宇田川武久『戦国水軍の興亡』平凡社新書、2002年、9頁より引用)へと、やがては成長していく。

彼ら海賊衆は、瀬戸内海の複雑な潮流や地勢・天候を知悉《ちしつ》し、安宅船や関船を自在に扱った。戦場では日頃の訓練から船軍《ふないくさ》に優れ、平時においても海の関所における関銭の徴収や護衛、そしてその機上輸送力を生かして糧を得、徐々にその勢力を拡げて時に陸の勢力と連携していったのだ。そして、瀬戸内海における村上水軍の支配力はやがて屹立《きつりつ》した。例えば、天正14年(1586)年に能島付近を通航した宣教師ルイス・フロイスは、次のように記している。

この海賊は能島殿といい、強大な(勢)力を有していたので、他国の沿岸や海辺(の住民たち)は、(能島殿)によって破壊されることを恐れるあまり、彼に毎年、貢物を献上していた。(中略)我らはちょうどこのたび伊予国への途上、(能島殿)の城から約二里の地点にいたので、副管区長(コエリュ)師は、一人の日本人修道士に贈物を携えさせ、彼に交渉するように命じ、(能島殿)に対して、我らがその(交付する)署名によって自由に通行できるよう、好意ある寛大な処遇を求めた。(能島殿)は、その修道士に尊敬を払い、(中略)怪しい船に出会った時に見せるがよいとて、自分の紋章が入った絹の旗と署名を渡した。（松田毅一・川崎桃太訳『フロイス日本史5』中央公論社、1978年、198～199頁より引用）

これまで見てきたように、「鞆幕府」の財政は、寺院の任免権行使による礼銭らなどの収入が主であった。それはいささか厳しいものだったという通説に比べ、実は、石見銀山をバックボーンとした日明貿易などにより膨大な収益を上げ、存外潤っていたと推測される。

「鞆幕府」の石見銀山

念のため、当時、一体どのくらいの銀が石見銀山から産出されていたのか、ここで改めて確認しておきたい。時節による変動はあるものの、日本はおよそ世界の3分の1を16世紀後半から17世紀の初めにかけて産出している。これについて豊田有恒氏は、正確な統計が残っているわけではないと断ってはいるが、次のように述べている。

（当時世界の総産出量は）100万クルサード以上になったと記録されている。当時の換算レートによれば、各説あるものの100万クル

石見銀山所有者の推移

大永　6年	(1526)	大内氏が間歩を開く
享禄　4年	(1531)	小笠原氏
天文　2年	(1533)	大内氏
〃　6年	(1537)	尼子氏
〃10年	(1541)	小笠原氏
弘治　2年	(1556)	吉川氏
永禄　1年	(1558)	尼子氏
〃　5年	(1562)	毛利氏
天正10年	(1583)	毛利・豊臣両氏
慶長　5年	(1600)	徳川氏

『仁摩町誌』
(仁摩町教育委員会、1972年)p93より

サードは40トン近い重さだったとされる。さらに輸出量は拡大し、鎖国の直前には、100トン近くまで達していたという。累計6000トンの銀が海外に流れたという推計も、あながち根拠のないものではない。（豊田有恒『世界史の中の石見銀山』祥伝社新書、2010年、141頁より引用）

当時、日本産の銀は、南欧を中心に「ソーマ銀」と呼ばれている。その語源は、石見銀山が石見国佐摩村にあり、南蛮人は佐摩を「ソーマ」と発音していたからだ。

また一説では、当時、1年間に日本から海外流出した銀は約200トンといわれ、世界全体の銀産出量（年間420トン）の約半分を占めたとも言われている。いずれにせよ、いささかもったいないことだが、大量の銀が海外に流出したことは間違いないようだ。

ところで、対信長戦の軍資金は「鞆幕府御料所」であった石見銀山が大きく貢献したという一件だが、毛利氏は勘合貿易によって武器までも「正式輸入」していたことが近年判明した。先述のように、『高洲家文書』には毛利氏の公私にわたる唐物（硝石、唐糸など）の需要に対応したことを具体的に示す記録がある。

毛利氏はもともと鉄砲採用にも貪欲《どんよく》で、すでに弘治3（1557）年、周防須々万沼城《すすまぬま》（現・山口県周南市）への攻撃をはじめとして、出雲の尼子氏や豊後の大友氏との戦いでも鉄砲を使用している。ちなみに信長は、同時期の永禄3（1560）年の桶狭間の戦いでは刀剣を用いて乱戦を行っており、元就の先見性が改めて確認できる。

また本多博之氏は、天正年間前半の毛利氏の銀の使途として、美作祝山城への天正8（1580）年の軍事支援を例にとり、「現物の兵粮の代わりに銀を送り届けていたことがわかる」（本多博之『天下統一とシルバーラッシュ』吉川弘文館、2015年、67頁より引用）と述べている。

さてこのように、「ソーマ銀」は交易の結果、武器弾薬に変身して備中高松城の攻防でも威力を発揮し、秀吉も、いわゆる「力攻め」が対毛利戦においてはかなりハードルが高いと認識したことは、想像に難くない。したがって、なるべく早期に毛利とは講和し、「ソーマ銀」と毛利軍を自分のために温存して天下統一に活用しようと考えたとしても、大きく的外れてはいないだろう。それが「天下」への最短距離だ。毛利氏（鞆幕府）の豊富な軍資金と強力な軍備を「転用」および活用し続けることこそが、「天下布武」に向けた最重点戦略の一つだったに違いない。これが、信長の方針と異なるところだ。一方、隆景もそれを好餌《こうじ》に秀吉に講和を持ちかけたことは、改めて述べるとしたい。

なお、毛利軍（鞆幕府軍）が信長と6年間戦争を継続できた要因は、企業経営の基本要素、則ち「ヒト・モノ・カネ」を持ち出すまでもなく、第一は「カネ」に相違なかろう。石見銀山一山で、結果的にみても、戦費（対織田戦争以外にも戦を行っていたのだが）を十分まかなえる軍資金があったということは大きかろう。モノはともかく、毛利軍には中々の人物（ヒト）が揃っていたことは認めるが、織田軍のそれを凌駕していたとは、とても思えない。

ちなみに、毛利が秀吉と国分け交渉をした後の石見銀山の帰趨だが、なぜか両者が仲良く共同運営している点にも興味がそそられる。秀吉が毛利の利権をすべて取り上げたわけではないのだ。

「鞆幕府（毛利）軍」＝「公儀軍」

また、ここで改めて確認しておきたいのが、義昭こそが足利家の後継者であると世間で公認されていたとすれば、「形式上」、足利幕府は信長の京都占拠により、鞆に一時的に避難しているだけだ、という解釈も成り立つだろう。

ならば、正規の幕府は未だに「鞆幕府」を指すことになり、その幕府の軍隊である毛利軍こそが「公儀軍」、その大将が毛利輝元（実質は小早川隆景）だったことになる。毛利輝元は、このとき既にナンバー2で「鞆幕府副将軍」の地位に昇っていた。後々のことになるが、関ヶ原の戦いにおいては安国寺恵瓊らがわざわざ説得しなくとも、

「我こそが西軍大将である」

と既に自認しており、

「あわよくば『毛利幕府』でも開いて征夷大将軍になるつもりだったのではないか」

と勘ぐられても、輝元本人は何も反論できないだろう。

それはともかく、当時、毛利の戦いは「公儀」の戦い、毛利軍はあくまでも「公方様御供奉」（将軍様のおとも）であって、将軍義昭様上洛のための武力行使（従軍）を求められたのに過ぎない、ということになろう。すなわち毛利家は「副将軍家」の地位を得たことによって、世間にも格段と知られることになり、「公儀軍」として「逆臣信長」駆逐に邁進することになったといえるのだ。

存外しぶとかった「鞆幕府」

さて、このように「征夷大将軍」としての一定の格式と軍資金を保持しながら、「鞆幕府」の「統一幕府化(京都帰還)運動」は続き、義昭は外交努力(御内書執筆)に益々励んでいる。確認していけば、以下の通りとなるだろうか。

征夷大将軍の重要な業務(ビジネス)であった奉書発給が、通説の「足利幕府滅亡」の頃の天正4(1576)年以降再び活発化しており、例えば、その一つの動向が、天正7(1579)年8月13日付『永養寺文書(京都浄土寺寺院文書)』として残る。ということは義昭が「京都から追放」されても、京都の永養寺は鞆在住の義昭に奉書発給を依頼していたのだ。永養寺は、なぜ京都から相当な手間とコストを費やしてまで、「鞆幕府」の義昭に奉書作成を依頼したのだろうか。それは、見合う便益があったから、あるいは発給する機関(幕府)が鞆にしか存在しなかったから(と京都では認識されていた)と解釈して違いあるまい。そもそも「足利幕府」が滅亡していたとすれば、ありえない話ではないだろうか。

また、中世、近世を通じて我が国で最も権威があった文書といえば公帖《こうじょう》(官寺住持の任命書)だが、その発給権も当時は征夷大将軍(関東は鎌倉公方、古河公方の専権)にあった。義昭に関する公帖は天正3(1575)年以降、140余件発給されたことが確認されており、最後の公帖記載は実に文禄2(1593)年3月5日付となっている。その一方で、信長情報が掲載された公帖は皆無であり、「日本の中枢」における彼らの位置づけが分かって面白い。

さらに、『公卿補任《くぎょうぶにん》』(神武天皇から明治元年までの各年、公卿の氏名や官位などを年代順に記した職員録、と言えるもの)によれば、征夷大将軍を辞す天正16(1588)年1月13日までは、足利家の「源義昭」こそが征夷大将軍であった、と記録されている。あの秀吉さえも、源氏でも平氏でもないので当時正面から征夷大将軍になれなかったが(他の戦国大名の多くも似たり寄ったりだが)、どうやら当初、足利義昭の養子となることによって征夷大将軍になろうと画策したりしている。しかし、足利尊氏以来200年ほどの間、征夷大将軍職は「足利家の家職」というのが当時の「常識」だったであろう。もし仮に、秀吉が足利家と同じ清和源氏出身であったとしても、他家の人間がおいそれと征夷大将軍に就任することは有り得ないと認識され、彼が征夷大将軍になることは到底不可能だったに違いない。出家後の義昭をその死去まで「正式」な足利将軍とみなす社会認識も確固として存在したのであろうし、だからこそ、事実『公卿補任』においては、義昭の死去まで「足利幕府」は粛々と存続したのかもしれない。結局、「世間の常識」に敗れた秀吉は、とうとう関白に「転出」せざるをえなかったのでは、と勘繰ってしまう。

キーマン安国寺恵瓊――国宝不動院にて――

広島市内で唯一現存する国宝木造建築物といえば、牛田山麓《さんろく》の不動院(旧安芸国安国寺)だ。ちなみに、原爆被害から戦後再建された仏教寺院の多くはコンクリート製であり、実際に大規模な木造建築の寺院にはほとんど出くわさないのも、広島の特徴の一つであろう。その不動院本堂で、音曲と語りの会があると聞き、初めて出掛けて行ったことがある。21世紀が始まろうとしていた頃の話だ。その日、催しが始まるまで少々空き時間ができたので、広い境内を散策してみた。本堂向かって左奥に古い墓地があるのだが、なんと、隆景の「相棒」安国寺恵瓊がそこに眠っていたのである。

彼の首か胴体は、確か京都建仁寺にあったはずだが、どうやら不動院には遺髪が埋葬されているようだった。ゆっくりと周囲を見渡せば、秀吉の墓（遺髪）も仲良くあるではないか。しかも、そこには毛利に滅ぼされた安芸武田一族の墓も並ぶ。南無、そうだ。不動院は元来、恵瓊ら武田一族の菩提寺（安芸国安国寺）であり、恵瓊の数奇な一生にも思いを馳せさせるに十分な、血が錯綜した死者達の聖域だったのである。大内や毛利に滅ぼされた武田一族をはじめ、なぜか秀吉、そして関が原の戦いでは敵対した勇将福島正則たちに、恵瓊は今でも囲まれて眠っていたのだ。お陰でその日の音曲と語りの会は、不思議な臨場感をもって体感することとなった。

ここで恵瓊の略歴を簡単に確認しておきたい。天文23（1554）年、毛利元就の攻撃で銀山城の安芸武田氏が滅亡すると、家臣に背負われた幼少の恵瓊は安芸の安国寺（現不動院）へと脱出し、そのまま出

仲良く眠る恵瓊と秀吉（の遺髪）（不動院墓所〈広島市東区〉）
2018年の西日本土砂災害で安国寺恵瓊の墓も被災してしまい、その後恵瓊の墓は修復·移動され、秀吉の墓と隣同士になっていた

家して一命を取り留めたという。その後、京都の東福寺に入り竺雲《じくうん》恵《え》心《しん》の弟子となった。だが、恵心がたまたま毛利隆元と親交があったため、それをきっかけに恵瓊も安芸安国寺や毛利氏と関係を持つに至ったようだ。いやはや、やはり数奇な運命ではある。

不動院墓所から見た、春の本堂（国宝·不動院金堂は、恵瓊が、周防山口の大内氏菩提寺だった凌雲寺から移築した）

また、僧としては天正2（1574）年、思い出の安芸国安国寺住持となり、後に京都の東福寺、次いで南禅寺の住持へと出世街道を駆け上っている。元亀年間には東福寺の首座となり、当時から将軍義昭の使者だったという（『鹿苑寺公文帳』）。やがて中央禅林最高位にまで上りつめ、いわば、仏教界きっての大物へと出世し、慶長4（1599）年には建仁寺再興にも尽力している。

しかし、関ヶ原の戦いで敗れ、遂に、六条河原にて斬首、さらし首となってしまった。後にその遺髪を、危険を承知で安芸安国寺まで送り届けたのが建仁寺の僧ではあるまいか、と不動院では語り継がれているという。

卓越した恵瓊の情報収集・分析力

僧として異例の出世を遂げた恵瓊だが、仏教界の最高位に就いたことによる交際ネットワークの拡大は、そのまま毛利の情報収集力と戦略に直結する。以降は単に地方大名の外交担当者に留まることなく、深く朝廷をはじめとした各界トップ層への食い込みと、最高レベルの情報収集力を蓄えることができたに違いあるまい。その情報収集力と分析力が、秀吉や信長に関する有名な「予言」にも結実しているが、これは後に、第4章でご紹介したい。

毛利家に中央の情勢を恵瓊ほどのレベルでもたらす者は他におらず、勢い毛利家内での彼の立ち位置にも大きな変化が現れたことだろう。いわば、一地方大名の情報判断力を超えた日本国内を見渡すだけの大局観を、毛利氏は恵瓊から得ることになったのだ。輝元はまだしも、隆景は広島にいながらにして中央の動向をつかむことができ、的確な情勢判断のうえでの戦略立案が可能となったことであろう。

恵瓊が的確な助言をした一例を挙げる。『巻子本《かんすぼん》厳島文書』によれば、まだ信長とも友好関係を維持していた天正4(1576)年、足利義昭が鞆に押しかけ女房のようにやってきた時に信長や秀吉の実力を知悉《ちしつ》している恵瓊は、最後まで義昭が主張した、

「宇喜多直家と結んで信長と対決せよ」

という方針ではなく、

「宇喜多は信用すべきではない。秀吉と結ぶべきである。それが毛利の生き残る唯一の道であろう」

と必死に説いたのだが、ついに受け入れられることはなかった。やがて宇喜多は、その後見事「恵瓊の予言」通りに毛利を裏切って秀吉に寝返り、のち毛利は備中で存亡の危機を迎えることになる。

また恵瓊は、仏教界の地位上昇に伴い、常人では計り知れないほどの情報収集力と状況分析力

を兼ね備えていたからこそ可能な「予言」を連発したことだろう。

さて、その後も恵瓊は毛利家中では特に隆景と深く信頼関係を築き、様々な難局において、二人はまるでタッグを組むように、主導的に毛利氏の活路を開いていったのだった。

第4章 備中高松城の戦いから本能寺の変へ

第1節　備中高松城の戦いにおける毛利（隆景）・秀吉両者の思惑

山陽の最高司令官、隆景

信長と6年間戦っていた当時、毛利氏は山陽は小早川隆景、山陰は吉川元春が支配を担当する「両川体制《りょうせん》」を整えていた。したがって、「鞆幕府」の「副将軍」として宗家の毛利輝元が吉田に控えていたものの、備後の港町鞆は山陽側に位置することから、隆景が実質的には「所轄」することになる。

では、恵瓊からもたらされる高精度な「上方情報」を活用して、隆景はいったいどのような対織田戦を構想し、「鞆幕府」活用戦略を練っていたのだろう。少なくとも「将軍」義昭の「信長包囲網」構築運動と毛利家存続のための戦略を連動させていこうと、隆景が熟考していたことは間違いあるまい。隆景が熟考を得意とすることは、第2章の48頁の、黒田官兵衛に語ったエピソードで述べた通りである。

備中高松城の戦いから本能寺の変に至る謎解きは追々進めるとして、天正5（1577）年、秀吉が織田軍の指揮官として播磨入りすると、宇喜多直家の支配下となっていた西播磨の上月《こうづき》城や福原城、播磨三木城、因幡鳥取城などの毛利方の城を次々と落とし、徐々に戦線は毛利氏の敗退とともに西に移動する。翌天正6（1578）年の第二次木津川口の戦いにおける大敗北以降、かつての勢いが「鞆幕府」方にはなくなってしまう。そして、ついに天正10（1582）年5月、かの「水攻め」で有名な備中高松城の戦いが始まることとなった。ちなみに、このとき隆景は50歳、輝元は30歳である。ただ、その戦いは子細を眺めてみれば、どうにも不可解な戦いなのである。以下、その一端を見てみることにする。

通説にみる備中高松城の戦い

天正10(1582)年3月、信長から中国方面軍司令長官を任された秀吉は、三木城や鳥取城などを陥落させた後、姫路から軍勢を引き連れ、備中に入った。ちなみに本能寺の変が起きるのは、姫路出立の約2か月半後の6月2日である。秀吉は、毛利氏を裏切った宇喜多氏と合流、総勢3万の兵で、備中に現れた。毛利氏が備前国境沿いに配置した七城(宮路山城《みやじやまじょう》、冠山城《かんむりやまじょう》など)を次々に破り、残るは清水宗治が3千強の城兵と共に守る備中高松城のみとなった。しかし、城兵は毛利の援軍を信じ、意気盛んに城を死守。この城は足守川《あしもりがわ》沿いの低湿地の中に築かれた平城で、四周を沼や田に囲まれていた。今もその気配が色濃く残る。

秀吉軍は備中高松城の包囲を4月15日には終え、2回にわたり攻撃を試みたものの、城兵の抵抗が激しく、あえなく敗退する。力攻めはいたずらに多数の犠牲者を出すのみだった。そこで、黒田官兵衛の「備中高松城を『水攻め』して落とす」という、斬新な提言を採用する。

同時に秀吉は、5月7日、本陣を従来置いていた竜王山から備中高松城外の蛙ヶ鼻《かわずがはな》に移動。翌8日、早速ここを起点に三十余町(約3キロメートル)の長堤を築き始め、20日頃に竣工したという。22日にようやく毛利両川(吉川元春、小早川隆景)が備中高松城周辺に着陣するものの、「湖上」に浮かぶ同城を眺めるだけで、もはや手出しができない戦況だ。やがて本当に信長本軍が備中に姿を見せれば、万事休す。やむなく毛利氏は、秀吉に和議を申し入れる。ただ秀吉は、圧倒的優位に立っていたことから、領地を含め、なかなか厳しい要求を毛利に申しつけたという。

そんな中、6月3日夜、秀吉陣は毛利方に送られた使者を捕らえた。その者が隠し持った密書には、なんと「明智光秀が、本能寺で信長の抹殺に成功した」との旨が記されているではないか。
茫然《ぼうぜん》自失《じしつ》する秀吉だったが、

備中高松城の戦い　布陣図(丸印は筆者)
出典:おかやま観光ネット
(https://okayama-kanko.net/sightseeing/special.php?f=info_special_10)

「光秀を倒し、上様の仇を討てば、天下は殿のものになりますぞ」

という官兵衛の励ましによって我を取り戻し、毛利氏と突然講和をまとめ上げ、城主・清水宗治は切腹。急遽、上洛が開始される。すなわち、ここに奇跡的な「中国大返し」がスタートした。

以上のような筋が、おおむね、従来語られてきた備中高松城の戦いをめぐる通説であろう。この通説では「水攻め」の成果を誇張し、秀吉がいかにも「本能寺の変」を急に、それも明智方が毛利に速報しようとして送った密使が間違って秀吉陣に迷い込んだことで、信長の死という驚愕の事実を「初めて」知ったとする。そして、彼は上様の仇を討つため、やむを得ず「急遽」毛利氏と講和し、奇跡の大返しを始めたのだ、という、義侠心《ぎきょうしん》溢れる秀吉のさまが描かれる。

だが、果たして本当にそうだろうか。通説への疑問点は満載だ。さすがに各方面から異論も出始めているようだ。以下、本章で検証していきたい。

天正10（1582）年、信長の「天下布武」は目前に迫っていた。

「次は信長様の天下で決まりじゃのう」

とばかりに、全国各地では、信長の世の、近い将来での到来を覚悟していたことであろうし、緊迫度は最高レベルに達していたことだろう。秀吉は中国方面軍司令官として信長から派遣され、備中高松城を包囲する一方、隆景は毛利輝元・吉川元春と共に3万の兵を率いて備中高松に赴いた。そしてこの時点で既に、3万の秀吉軍と兵力では拮抗していた。

ということは、この3月に武田氏を滅ぼした信長本軍が備中高松に着陣すると、どうなるのか。諸説あるものの、秀吉はあまり大量虐殺を好まず、調略に秀でた戦を展開することが前半生では多かったといえるが、一方で信長の戦いは、比叡山延暦寺や伊勢・長島の一向一揆との戦いにもみられるように、一旦ボタンの掛け違いが生じると、癇癪《かんしゃく》を起こしたように敵対勢力を殲滅《せんめつ》するケースもまた多い。したがって、信長が備中高松に姿を見せるということは、その戦力差もさることながら、着陣と同時に毛利掃討作戦が開始され、毛利氏が武田氏のように殲滅される可能性はすこぶる大だった、と推測できよう。

急転する戦況

備中高松城の戦いにおける毛利氏(隆景)と秀吉両軍の動向だが、実は当時、毛利軍は兵法の原則に反して、兵力を分散せざるをえない状況にあった。九州大友との戦い、村上水軍の分裂・離反などにより、毛利の強さの象徴ともいえる瀬戸内海の制海権は根底から揺らいでいた。当時、秀吉の三島村上水軍への調略も刻一刻と進んでいた。それが伺えるのが、やはりこの高松の戦の直前に毛利氏から秀吉に鞍替えした、上原氏ゆかりの旧家にあった書状(天正10年4月24日付の秀吉密書)である。そこで秀吉は、海上勢力の塩飽《しあく》諸島のみならず、能島・来島の両村上氏が信長に臣従したことを記している(藤田達生『秀吉神話をくつがえす』講談社現代新書、2007年、149頁)。来島村上氏のみならず、かねて昵懇《じっこん》だった村上武吉の擁する能島村上氏までもが、信長に人質を差し出し臣従しているのだ。

この事態は毛利の地元広島でも噂となり、民衆にも騒動は波及している。実際、厳島神社の宝物まで対岸に避難させたり、いつ海から村上水軍(能島や来島)らが広島湾に姿を現し襲撃するか、不安に陥ったという(沖屋騒動)。

いずれにせよ、隆景は備中高松に兵力を集中させることさえ、もはや困難な状況にあった。西の大友らの動きも不穏だ。

一方、秀吉が東瀬戸内海において活動範囲を拡大できたのは、三好氏に一味する海賊衆のネットワークを活用して、その制海権を西に移動させていったからだと考えられている。そして、天正10(1582)年5月7日には信長が四国(長宗我部)征伐の朱印状を発し、四国における従来の方針を変更し、四国における中心人物を長宗我部氏から三好氏に変えている。ここで、その朱印状の文面(寺尾菊子氏所蔵文書)を紹介する(読み下し文は藤田達生『証言　本能寺の変　史料で読む戦国史』125頁より引用)。

今度四国に至り差し下すにつきての条々
一、讃岐国の儀、一円その方に申し付くべき事、
一、阿波国の儀、一円三好山城守に申し付くべき事、
一、そのほか両国の儀、信長に至り淡州出馬の刻、申し出すべき事、
(以下略)
天正十年五月七日　(信長朱印)
三七郎殿

ここで、信長は四国における方針を大転換させた。それがこの書状の重大性でもあり、本能寺の変を誘引した遠因の可能性も大いにある。概略は次の通りである。

「四国は今後、
一、讃岐はその方(三七郎＝三男の信孝)の領土
一、阿波は三好氏の領土
一、そのほかの両国(伊予・土佐)の処置は、信長が淡路に出陣したときに、公表する。」

この一件についても、秀吉が海賊衆の実力や制海権の重要性を理解して、あるいは調略を進め、うまく信長に進言したのが直接の要因だろうと考えられる。

そして、ここで長宗我部氏はまったくのカヤの外だ。つまり、5月7日をもって事態は急転回した。この変更は、長宗我部との取次ぎを外された明智光秀をも驚愕させた。その理由は、後に詳しく述べるが、それほどまでに、中四国地方を支配下に収めるためには、制海権を持つ村上水軍らを「秀吉水軍」として換骨奪胎していくことが重要であり、それは半ば完成を迎えようとしていたのだ。

これまで見てきたように、従来は御内書作戦を中心に、毛利氏は義昭と一緒になって信長包囲網を築いていたが、石山本願寺をはじめ、別所長治の三木城、吉川経家《つねいえ》の鳥取城などが次々と撃破され、圧倒的に秀吉優位の戦況となってくる。そこで秀吉とすれば、瀬戸内海賊衆への調略に一層邁進していく余裕も生まれたのだろう。一方、毛利（隆景）も従来から海賊衆（水軍）に依拠する戦略を展開してきたものの、その海賊衆が秀吉得意の調略により寸断され、崩壊の危機であったことこそが、備中高松の戦いに多大な影響を及ぼしたことも、もはや容易に推測できるだろう。

さて、備中高松城の戦いに向けての秀吉の動向としては、宇喜多氏を寝返らせた後、毛利方の諸城を次々と陥落させて備中に侵攻すると同時に、毛利方への調略も激しさを増し、このことも毛利が講和方針決定へと傾いた一因だと考えられる。例えば、上原元将《もとすけ》は元就の三女を妻に迎え、毛利でも重臣の位置づけだった。備前との国境を守る要衝・日幡城の守将だったが、その彼さえも秀吉の調略に下る。このことが他の毛利の家臣に与えた影響もさすがに大きい。

『身自鏡』によれば、当時、毛利側の重鎮5人以外は秀吉に通じていたという。それほどまでに、海・陸への調略は深く進行していたといい、当時、毛利陣中には味方への疑心暗鬼からくる厭戦気分も蔓延したことであろう。毛利お得意の『孫子・謀攻篇』戦略、すなわち敵の同盟を崩すことをはじめとする戦略が、明らかに逆手に効いている。その上、毛利軍はここに至って、兵法の原則に反してでも、兵力を分散せざるをえなかった。これではどうあがいてみても、備中高松城の戦いにおける勝利の可能性は皆無に等しいではないか。

「中国戦線」異状アリ

こうした状況下において、当時、毛利方は秀吉軍を食い止めることで精一杯だった。つまり、やがて姿を現すであろう信長本隊のことを考えれば、毛利にとってのこの戦いは和戦両方を睨《にら》む余裕もあるはずもなく、和睦こそが唯一の生き残り策だったことは明らかだ。もちろん常在戦場の常で、戦闘態勢は保持したままでの駆け引きとなるが。通説では、この講和は秀吉から持ちかけられたとされているが、事実は毛利側(隆景)から持ちかけられていた。その根拠について、藤田達生氏は次のように述べている。

実は、秀吉の攻勢によって劣勢に立たされた毛利氏は、天正九年以来、信長の代理である秀吉と中国地域を対象とする領土交渉(中国国分《くにわけ》)を重ねていた。

そして本能寺の変の直前には、毛利氏は講和の条件として「備中外郡切り取り候城下二郡、備前・作州(美作《みまさか》。岡山県北部)の内残りなく、伯耆《ほうき》(鳥取県西部)三郡」を差し出すことを伝えていた。毛利氏と秀吉との講和は、ほぼ成立していたのである。（藤田達生『謎解き本能寺の変』講談社現代新書、２００３年、１４６頁より引用）

また、この講和交渉はやはり毛利氏側から持ち出されたものであるという（『小早川家文書』２７６号、『毛利家文書』８５９号）

では、この差し迫った状況で隆景はどういう戦略を描いたのだろうか。確かに彼は前述の通り、アシがつかないように用意周到さで証拠となるものは「悉《ことごと》く」燃やし、安心して天国に旅立ってしまっている。だが、講和を隆景から持ち掛けたのならば、秀吉側の圧倒的有利な戦況に見合う餌（講和条件）を提示しなくてはならないだろう。それを考えると、焼却した書状の中身がおおよそ分かるというものだろう。

隆景は上方情勢に詳しい恵瓊《えけい》を使って秀吉と交渉させていた。彼はいわば、隆景が戦略を立案構築するうえでの重要な役割を果たした情報将校だったわけだ。もちろん彼は名うての交渉担当でもあった。当時、大徳寺住持であった恵瓊は、信長と秀吉の力量を十二分に知悉《ちしつ》していた。彼の情報を元に味方の状況と情勢を冷静に解析した隆景は、信長軍との全面対決を避けることこそが最重要事案である、と考えたはずだ。秀吉との激突および信長の着陣をなんとしてでも回避するために、すぐさま講和を選択し、全精力を傾けて秘密裏に話し合いを進めたのであった。

しかし、本当はそれだけではあるまい。ここで隆景は、ついに書状類すべてを「時代から抹殺」したくなるような乾坤一擲《けんこんいってき》の策に出たのだった。「窮鼠《きゅうそ》猫を噛む」戦略がここで発動されることとなる。

赤松之城（備中高松城）水責之図（東京都立中央図書館所蔵）

それがお得意の、将軍義昭の御内書を存分に活用した策である。その具体的な内容は第2節に譲るとして、先に敵方だった秀吉軍の動きを見てみたい。

なぜか動かない秀吉

一方、秀吉方も兵力は3万と、毛利方と互角であるものの、前述の状況から全面的な戦になってしまえば、圧勝は間違いないところだ。が、秀吉も動かない。

秀吉の5月19日付、「溝江長澄《みぞえながすみ》宛書状」には、

「8日に高松城を取り巻いた。高松城は平城であったのを数年でこしらえて、その上三方が深田で攻め口がないので、廻りに堤を丈夫に築かせ、近所の川を切り懸け、水攻めに申し付けた。早くも端城の土居を水が超えたので、落城にはさして時間がかからない」

と余裕があるところを自慢しながら記している。ちなみに溝江長澄は、元朝倉氏の家臣で、降伏後秀吉の与力になったと思われる。この書状は彼が越中の魚津《うおづ》城攻めに参加していたときに送られたものだ。この内容から

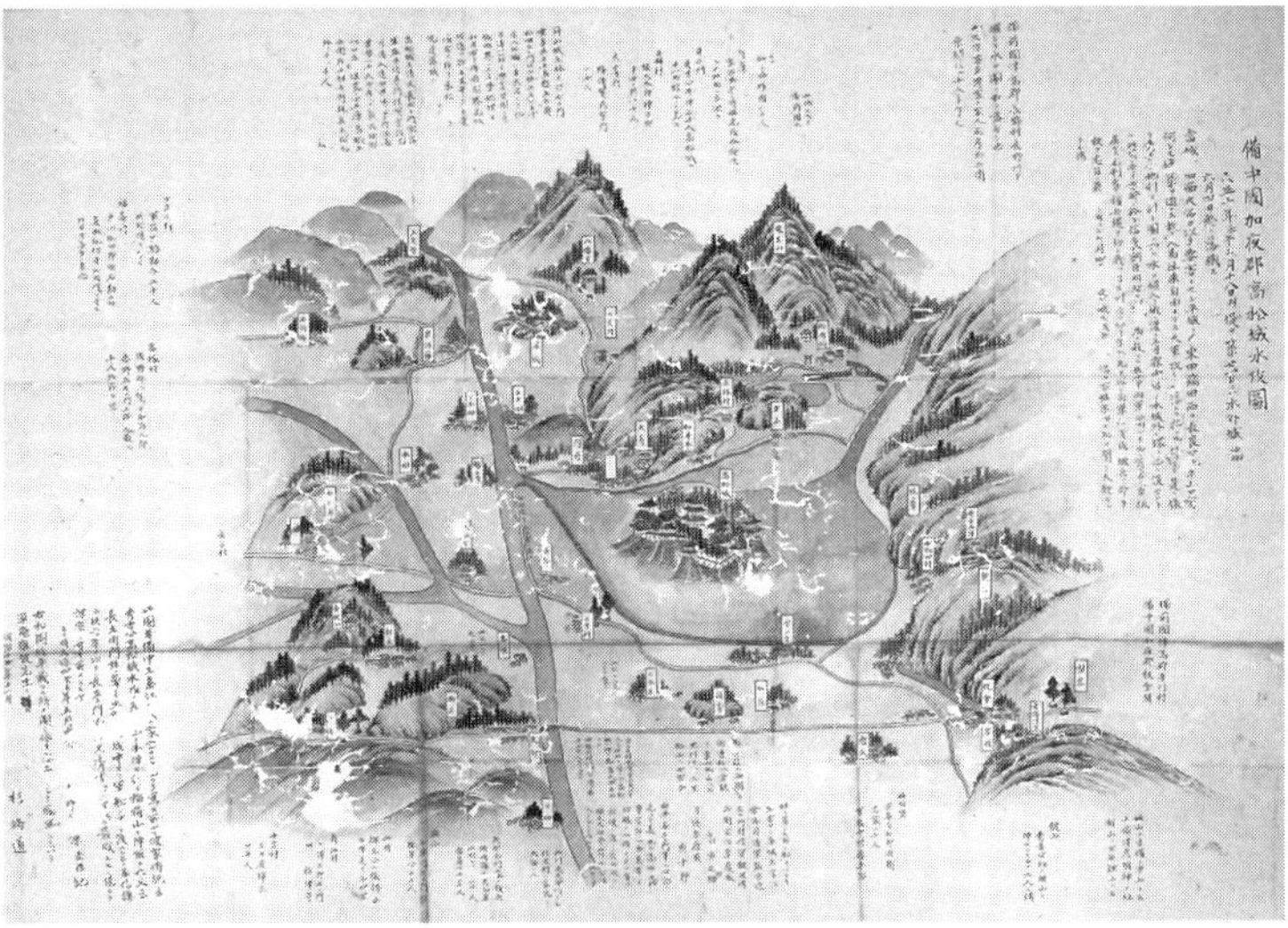

備中国加夜郡高松城水攻図写（山口県光市文化センター所蔵）

少なくとも、堤（あるいは水攻め）は5月18日以前に完成していたことが分かる。しかし、秀吉は動かない。いったいなぜなのだろうか。

隆景と秀吉の「密かな講和」

秀吉は、毛利との講和や後々の事を考えて、「あえて動かないこと」を選択したのではなかろうか。通説のように信長の手柄とするために、健気にも信長の着陣をひたすら待っていたのだろうか。そして、水攻めの準備が整ったところで支援を依頼された信長がそれに応じ、やがては信長軍本隊が備中高松に陸続《りくぞく》と現れるはずだったのか。もしそうなれば、もちろん平和裏に講和交渉を進めることなどは不可能。ついに毛利は殲滅《せんめつ》され、もちろん秀吉軍も無傷では済まない。

備中高松城の戦いの日程

月日	動きの概要と結果
(天正10年)3月15日	秀吉は姫路城から備中へ向け、2万の軍勢をひきつれて出陣。
4月15日	秀吉軍は宇喜多勢を先鋒に、約3万の大軍で備中高松城を包囲。
この間	秀吉軍は2回にわたって攻撃を加えたが、城兵の逆襲を受けて敗退。
5月8日	秀吉、築提工事に着手。
5月18日	この日までに築堤が完成。
5月21日	毛利氏着陣。隆景は日差山の鷹ノ巣城に着陣。
6月2日	本能寺の変発生。
6月4日	講和が成立、城主・清水宗治が自刃。 秀吉、京へ向けて備中高松を出発。
6月5日	秀吉、沼城（現・岡山県岡山市東区）に到着。

ここで、第3章で述べた内容を思い出してほしい。秀吉は、その後の「天下統一」事業のために、毛利氏と銀を利用しようとしていた、と述べた。すなわち、本心からすると、毛利との全面対決は避け、双方の戦力をなるべく保持し、かつ、できるだけ毛利軍を味方に組み込むことを切望した、と思われる。

一方、動けば負ける毛利氏(隆景)。このとき既に備中高松では、極度な緊張感が両陣営を覆っていたことであろう。司令長官隆景が日差山《ひさしやま》の鷹ノ巣《たかのす》城に着陣したのは、実に、水攻め用の築堤工事が完了し、戦も大詰めを迎えた5月21日のこと。このような戦況下において、毛利氏にとっては講和こそが存続するための唯一無二の選択肢。講和のためには、もちろん双方共に納得する便益を追求した戦略・

仕掛けが必要であり、その一つが「時間つぶし」のための「水攻め」だったのであろうか。

先述のように、隆景着陣以前から、もちろん恵瓊と秀吉方・黒田官兵衛の外交戦は展開されており、例えば藤田達生氏の言うように、天正9年から中国地域の領土交渉はすでに行われていた。通説にあるように信長横死《おうし》であわてて交渉開始となり、すぐさま講和がまとまったというのは、やはり何かを隠蔽《いんぺい》するための秀吉の工作であったとしか考えられまい。

そもそも秀吉は信長の正式許諾がないままに、講和に応じている。たとえ双方の思惑が一致したといっても、それは信長の怒りを買う行為だっただろう。だが、信長の知らないところで交渉することしか、生きる道はありえない。洩《も》れれば、光秀のように「足蹴」程度で済まされることはなく、死罪しかないことも自明だ。

信長としては、武田家、あるいは比叡山の如く、天下布武に大きく立ちはだかる敵、例えばその一つである毛利など蹴散らすのが定石だろう。つまり、

「義昭やら毛利は目障りでかなわぬ。ええい、ひと思いに踏みつぶしてしまえ」

という肚《はら》だったはずだ。

歴史に「もし」はもちろんないのだが、もし本当に信長が備中高松に着陣していれば、秀吉の「勝手」な講和交渉は露見してしまい、こんどこそ秀吉自身は重罪となったはずだ。なにせ「初犯」ではない。例えば、天正5(1577)年、上杉謙信と戦をしていた柴田勝家のサポートを信長に命じられたが、途中で柴田勝家と仲違いし、戦場を勝手に離脱。信長を激怒させたことがある。

講和交渉においては調略などソフトパワーでの戦いは熾烈《しれつ》を極めたが、後手に廻り講和を目論む

毛利からの申し出の通りに、秀吉も、なるべく講和に持ち込みたいと考えた。秀吉は元来天性のリアリストで、自らが天下を目指すための「ヒト」「カネ」「モノ」を無傷のまま、講和することで手に入れようとするのも妥当と思われる。裏ではそのための調略は緩めず、村上水軍だけでなく、近年では小早川水軍大将・浦宗勝への調略でさえ、ほぼ完成していたことを伺わせる文書も発見されたという。村上武吉・元吉親子に対しても、秀吉は食い込み、信長に忠誠を誓わせている（天正10年4月19日付、村上元吉宛羽柴秀吉書状）。

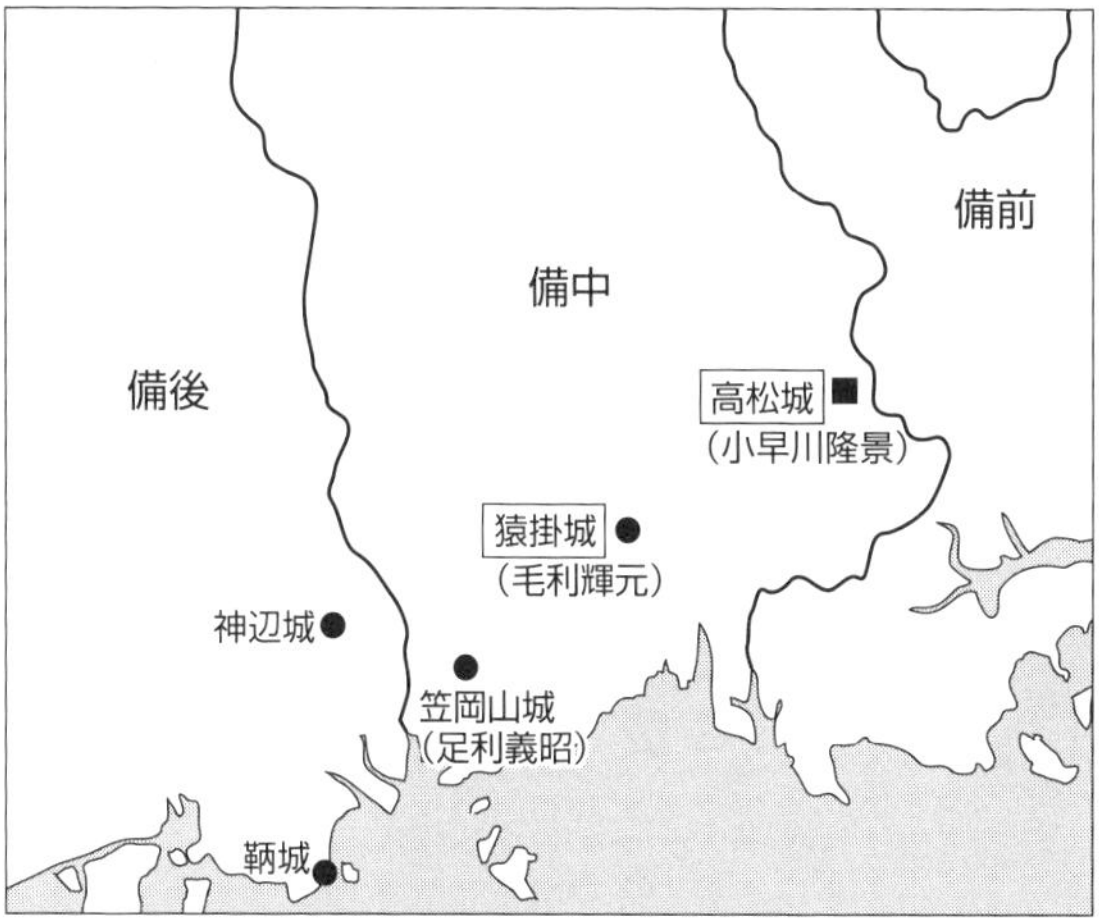

備中高松城・猿掛城の位置関係

　隆景も備中高松城を眺望する日差山に着陣したが、大きな戦は始めない。一方、大将・毛利輝元は形だけ、備中高松から約20キロメートル離れた猿掛城（現・岡山県倉敷市から矢掛町あたり）に陣取っている。地図を俯瞰するように眺めれば、いかに毛利氏の腰が引けていたかがお分かりいただけるだろう。

　したがって、高松城水攻めの真相はやは

り、単に時間調整とパフォーマンスのために実行されたと指摘されても、あながち否定できはすまい。さらには、水攻めプロセスにおける時間の経過と両軍の動向をみれば、その可能性は著しく高かったと言わざるを得ない。どうやら、毛利氏(隆景)と秀吉は、何らかの「情報」を共有しているのではないか、と想定しておいた方がよいということになる。

作られた「水攻め」神話—平成の備中高松城から—

概観してみれば、あえて水攻めをする必要性には、大きな疑問符が付くこともお分かりいただけるだろう。林信男氏によると、当時、洪水頻発エリアであった備中高松城周辺は、大規模な築堤工事を行わなくても、雨季においては毎年水没することが多かったという(林信男『備中高松城水攻めの検証　附高松城址公園保興会のあゆみ』1999年)。あたりは往古より、雨季には必ずといっていい水没危険地帯であったのだ。最近はともかく、治水工事が不十分だった16世紀において、洪水は何も珍しいことではなく日常茶飯事だったとのこと。つまり、秀吉がわざわざ「備中高松城の水攻め」と喧伝しなくても、雨季になれば日常風景の一コマとして、備中高松城周辺は「水攻めの様相」を常態として見せただけのことだ。

戦後もよく水没した備中高松城周辺
(1985年6月25日、林信男撮影)

ということは、何か秀吉に隠したいことがあったからこそ、逆に、隠すがために「水攻め」を喧伝した、と勘繰られても仕方あるまい。真実を糊塗《こと》するためには、地元の当たり前な事象をネタに、「秀吉神話」を創造してはめ込めばよいのだ。

さらに、「水攻め」において違和感を感じてしまう理由は、堤防の長さにもある。

現代の備中高松城付近は遺構がそこかしこに見え、あたりの風景に没頭してしまうと、ふと当時の戦場の様子を夢想してしまうほどに、あたり一帯は当時の気配を保っている。あれは21世紀になってしばらくした頃だったろうか、初めて備中高松城を訪ねたときにはまだ観光客もまばらだったこともあり、実際、当時に思いを馳せることができる雰囲気が辺りには強く残っていた。城跡は足守川沿いの田園に守られるようにして残り、戦で切腹した城主・清水宗治の首塚も未だに周囲に睨みをきかしていたように思えるほどだった。例の、秀吉が短期間で築いたという水攻め用の堤もその一部は蛙《かわず》ヶ《が》鼻《はな》に残っていた。

しかし、この堤防が定説のように高さ7メートル、長さは約3キロメートル(三十町余)だったというのは、どうやら、御用作家作成の伝説でしかなかったようだ。

例えば、この堤防について、従来から語られてきた数値は、「あまりにも巨大過ぎるのではないか」との指摘がさすがに地元でもなされ、実際に岡山市教育委員会は平成10(１９９８)年、発掘調査を行っている。その結果、実際には高さ70センチから1メートル、長さもおおよそ10分の1の「３００メートル+α」程度の規模だった、と発表した(岡山市教育委員会『備中高松城水攻め築堤跡―高松・城水攻め築堤公園建設に伴う確認調査―』２００８年3月)。伝承はやはり、誇大でありすぎたようだ。

さらに、地理学の専門家からも関心が向けられたようで、林氏の論説をさらに発展させて「学術的」にさまざまなシミュレートがされている。例えば、根元裕樹氏らの研究によれば、複数のシナリオで水攻めを再現し、「蛙ヶ鼻周辺の水攻め堤は、その高さが約3・0mであったと考えるのが合理的であるという結論に至った」（根元裕樹、泉岳樹、中山大地、松山洋「備中高松城水攻めに関する水文学的研究―洪水氾濫シミュレーションを用いて―」『地理学評論』2013年86巻4号、315頁より引用）という。

信長の「逆賊」だった秀吉

以上から、105頁のような、「官兵衛の考えた『水攻め』が毛利軍を苦しめた」という話は創作だと思われる。その伝説を作ろうとした秀吉には、やはり「何らかの思惑」があったと考えざるをえない。いったいそれは何か。

現場を調べることは調査における「いろは」の「い」だが、今までみてきた「高松城の水攻め」は、出来の悪い「忠臣」秀吉の演出劇であることが判明した、と言っても差し支えないだろう。やはり、それは、自分には都合のよからぬ事実を隠して、自らを天下人にするための神格化工作の一環、すなわち、信長にとって代わっての「天下布武」実現に向けての「小道具」、にしか過ぎなかったということが、これでご理解いただけるのではなかろうか。すると様々な一連の謎もようやく解けてこよう。

つまり、真実を隠蔽した理由は、やましいから隠さざるをえなかった、ということだ。おべっかの上手い秀吉は、実は、信長の「忠臣」なんかではなく、その反対だったのだ。下剋上の気風を十分もつ秀吉は、上昇志向を持つことが強烈だったことはよく知られている。下層民出身による（異説はあるが）、何かしらのコンプレックスの裏返しだろうか。残念ながら、秀吉の本性は、晩年の彼の振る舞いからも、それが一層如実となったと言わざるをえないだろう。

本論に戻ることにしよう。以上からも本能寺の変が起きる前から実質両者は、少々の小競合いはあるものの、まるで、あらかじめ講和していたかのような対陣の仕方なのだ。しかしながら、御用作家や後世の者が「水攻め」を大々的に喧伝したことから、備中高松城の戦いはいわば、さして重要でもない「水攻め」をクローズアップした「摩訶不可思議」な戦いになってしまっていった、と言えるだろう。つまり、「水攻め」を実施し、それに衆目を集めさせることで、何らかのことがはかどりやすくなった、と考えるのが自然な解釈ではないだろうか。

では、もう一度現場の体制をみてみよう。毛利方は当時、「副将軍」毛利輝元を「両川」が補佐しており、積極策、すなわち好戦的で、武勇誉れ高い吉川元春に対し、安国寺恵瓊からの上方情報で的確に状況を把握した小早川隆景は、慎重に徹した戦術を練っていた。そこには、「義昭さまを動かして御内書を光秀に送り、一働きしてもらおう」

という秘策がベースに存在する。悉く焼却処分された隆景の文書を解読すれば話は早いのだが、そのゾーンは研究者が参入不可能なエリアのようなので、あえて「火中の栗を拾う」のは、守るべきものもない者だけなのかもしれない。

第2節　隆景の秘策「御内書」の活用

隆景の御内書活用戦術

この戦いの講和交渉において、隆景は恵瓊を通じ、旧知の秀吉と官兵衛らに5か国割譲を持ちかけて双方の妥協点を探る一方、後方撹乱《かくらん》策として義昭の濫発する御内書を十二分に活用したであろう。秀吉側からもっと過酷な交渉条件が提示されたという説もあるが、隆景としてはここを切所と、毛利氏の生き残りを賭けた大勝負を挑んだ。はたして、そうする以外に、他に策はあるだろうか。武田氏殲滅の余韻も強力に漂うこのころ、もし信長が本当に備中高松に姿を見せたときは、毛利氏が「なで斬り」にされる、ひいては「根切り（根絶やし）」にされるおそれが多分にあったのである。したがって、隆景としては「窮鼠猫を噛む」ぐらいのことしか、他に策はない。

そして、「公儀軍」の実質指揮を執る隆景は義昭の鞆動座以来、直截《ちょくさい》にいえば信長（と秀吉）をいかに排除するかを第一目標とした長期戦に突入しており、「御内書」は戦術上、「飛び道具」として最も効果的で重要な切り札だった。また隆景は、義昭の御内書の内容はある程度把握できる立場にあり、義昭も周囲にあれこれ吹聴しながら御内書を連発していたのだった。先述した通り、この時期義昭は「公的」にはいまだ「征夷代将軍」「日本国王」であり続け、「足利幕府」という看板を背景とした策謀の実質的効能も大きく、隆景も、対信長戦においてそれを存分に活用したのは、生き残るためにはむしろ当然といえるだろう。

義昭の御内書は、「信長包囲網」増強の可能性を有する大名にはもちろんのこと、信長方の重臣達にも味方になる芽があれば、すかさず発給されている。考えうる勝利への策を実行するのは戦国の世の習い。隆景は、少なくとも「副将軍」毛利輝元や義昭の側近・真木島昭光らと同じく、御内書の添状作成担当でもあるので、先述のようにどの大名に宛てたものか把握できる立場でもありえる。なお、真木島昭光はもともと足利幕府の奉行衆で、槇島《まきしま》城城主だった。将軍義昭が京都を追われたのちも、そのまま義昭に随行し、鞆では義昭の側近筆頭となり、義昭を補助して信長包囲網の増強に邁進している。

御内書を出して脈があった武将には「幕府」は密使を派遣している。

一例を挙げる。別所長治《べっしょながはる》は天正6（1578）年、秀吉の播磨侵攻の最中、信長に離反して三木城に立てこもった。信長に離反した理由が、当時の激戦地・播磨における二つの勢力の特徴を表していると考えるので、以下に挙げてみたい。

まず、別所氏が反旗を翻した理由の一つが、自らの一族が播磨の守護赤松氏に繋《つな》がる一族であるのに、どこの馬の骨か分からない秀吉ごときの軍門に下ることは恥である、という名門意識があったことが考えられる。もう一つの理由は、播磨国内には浄土真宗の門徒が多く、連携がとれる素地があったことである。信長の悪評、すなわち一向一揆への仕打ちに対する恨みや不信感もことさらに大きかったであろう。

これも突然降ってわいた出来事ではなく、その背景にはやはり義昭の御内書による調略があり、義昭もまた、自らの離反工作の成功を素直に喜んでいるようだ（ただ結果として、長治は「三木の日干し」と呼ばれる長期間に及ぶ兵糧攻めの末、兵を救うことを条件として切腹して果てる）。

さらに同年（1578）、側近小林家孝を1年間ほど義昭の名代として摂津花隈城《はなくま》（現・兵庫県神戸市中央区にあった）に派遣し、今度は別所の立てこもる三木城の攻略に参加していた荒木村重の抱き込みにも成功している。村重は信長に差し出していた人質を見殺しにしてまで寝返り、ついに有岡城（現・兵庫県伊丹市）で、信長に謀反を起こす。このように、石山本願寺への食糧運び込みに成功した第一次木津川口の戦い（1576年）からこの攻防にかけての約2年間が、義昭の御内書による「信長包囲網」が最も順調に機能した時期と重なるのかもしれない。

村重の行動にどうしても納得のいかない黒田官兵衛は、翻意させるため有岡城へ赴いたが、逆にそのまま地下牢に幽閉されてしまう。結果、官兵衛の信長への人質だった子（松寿丸《しょうじゅまる》・後の黒田藩初代藩主の長政）は、裏切ったと勘違いした信長に殺されるところだったが、機転を利かせた秀吉の家臣（軍師）・竹中半兵衛に匿《かくま》われ、後に官兵衛は裏切ったのではないことが判明し、脱出後、黒田親子は涙の再会となる。ちなみに、黒田家の家紋は竹中家の家紋を敬意と感謝でそのまま授かったものだという。そのとき、どれだけ官兵衛が彼に感謝・感激したかが、これで分かるというものだ。

一方、有岡城は、ついには村重の逃亡により陥落し、一族は無残な最期を迎えたが、その村重自身は毛利氏の元に逃れ、尾道にしばらく住んで茶人になったとされ、村重ゆかりの史跡もある。浄土寺からほど遠くない場所にある筒湯地蔵尊である。ちなみに村重は信長の死後、秀吉に許されて堺に戻り茶人として復活する。

なお、谷口克広氏によれば、三木合戦において、「同じ九月、毛利軍に本願寺軍も加わった一隊が、三木攻囲軍の一角を襲ったのである」という（谷口克広『織田信長の外交』祥伝社新書、2015年、

266頁より引用)。石山本願寺蓮如と鞆幕府軍の連携は、たしかにこの時期までは順調に運んでいた。

以上は、義昭の御内書作戦が上手くいった一例だろう。このことは、精査する必要はあるが、山陽道の毛利軍司令官だった隆景が関与していないという方が、おかしいのではないだろうか。しかしその後、宇喜多の動きなど含め、秀吉軍の攻勢が加速する。

なるほど、これらは信長包囲網増強に直結する戦術であったし、義昭にすれば、征夷大将軍の任務(ここでは、なにがなんでも京都へ帰還すること)を遂行し、奉行衆をはじめとした旧室町幕府のキーマンと、ただ連絡をとっただけかもしれない。あるいはそのこと自体が、隆景による大戦略の中でのカードの一枚であった可能性も否定できまい。

だが結果的に、それは義昭一流の戦術眼でもって、あるいは隆景の分析力も含めて、信長軍中の微妙な人事の綾までも解析したのか、そうした日々の努力の積み重ねが、織田方であった荒木村重や別所長治らを寝返らせることに繋がったといえよう。

こうして義昭の御内書は、毛利家、恵瓊の他、浦宗勝といった毛利の重臣など、信長方重臣も含め、79頁の表に記すように、多くの武将に発行された。

それでは、その中で、天正4(1576)年6月12日付で加賀の金沢御堂にいる七里《しちり》頼周《よりちか》に出した御内書をみていきたい。

当国に至り移座の処、毛利馳走せしめ、既に海陸、行《てだて》に及び候、然らば此の節加越早速無事を

遂ぐ、其の国忠勤を抽《ぬき》んずべき調肝要に候、委細藤安《ふじやす》演説すべく候、猶《なお》昭光申すべく候也

（略）

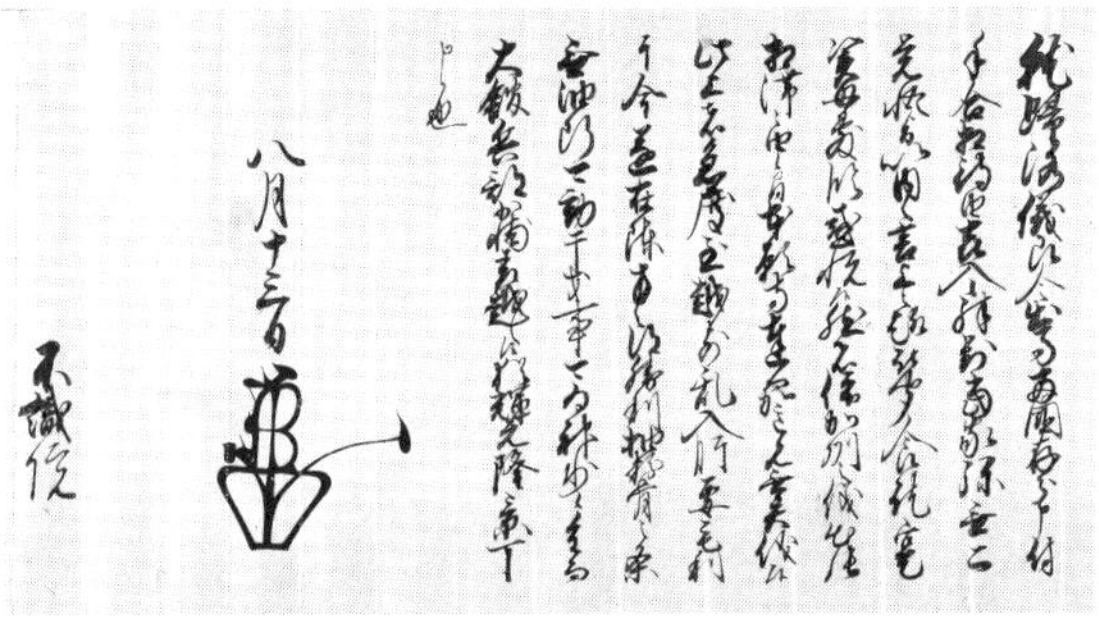
八月十三日
不識院

天正4年8月13日付上杉謙信宛足利義昭御内書
（米沢市上杉博物館蔵）

この時期は加賀の一向一揆の終盤に差し掛かった頃であり、七里頼周は、大坂の石山本願寺より金沢に遣わされた上使で、信長包囲網の一翼を担った勢力のキーマンだったことが分かる。

義昭はこの年の2月に鞆に移った。以降再び、毛利氏の庇護《ひご》のもとで積極的に幕府への忠勤を呼びかける御内書を発給し始め、信長包囲網を完成させようと躍起になっていた頃だ。

この御内書で義昭は、

「備後に移座して毛利に馳走させている。既に、海陸共に手立ては整っている。だから、いままさに加賀越後を早く無事に（信長包囲網）を幕府のために整えることが肝要である。委細は藤安（幕府申次衆の大館藤安）が演説する。なお（真木島）昭光が申す」

と述べている。

また、この御内書の記された翌7月には、石山本願寺への食糧・弾薬運び込みに成功した第一次木津川口の戦いが勃発している。加賀の一向衆の七里らも、さぞや気勢が上がったことであろう。

また、上杉謙信宛の御内書としては、天正4（1576）年8月13日付のものを挙げておく。先述したがこの年、毛利の庇護のもと、鞆に入った義昭は、再び信長包囲網構築に余念がなかった。近畿・東海以外は未だ「鞆幕府」賛同勢力が強く、その接着剤の役割を担ったのが彼の御内書であった。義昭は甲州・相模・越後の和睦と、彼の上洛を命じる御内書を武田、北条、上杉の三者に二度（7月23日、8月13日）発しており、後者は毛利輝元の副状付きであった。なお、同年には木津川河口で毛利氏が信長を撃破しており、この御内書の重みは一層増したと考えられる。

このようにみると、北陸あるいは遠隔地への御内書や「幕臣」真木島昭光の書状が威力を十二分に発揮していることが分かる。

明智光秀肖像画（本徳寺蔵）

「幕臣」として本能寺の変を起こした光秀

そして、義昭が御内書を送った中には当然のことながら、旧足利の幕臣で、かの「本能寺の変」を起こした明智光秀もいた。彼もまた、義昭を推戴していたのだ。

それを明確に示しているのが、天正10年6

月12日に書かれた「土橋重治《どばししげはる》宛光秀書状」だ。土橋重治は雑賀《さいか》の反信長勢力のリーダーで、彼は義昭の指示によって動くことを光秀に確約していた、ということもこの書状から判明している。この書状は、東京大学史料編纂所架蔵影写本『森家文書』所収の写しがかつてより存在していたのだが、2017年、ついに原史料も発見され、改めて記載された内容が注目されている。

この書状により、本能寺の変が決して短絡的・突発的な動機によるのではなく、「将軍足利義昭を奉じて室町幕府を再興する」という明確な構想の下でのクーデターだったことが明解となった。

なおもって、急度御入洛の義、
御馳走肝要に候、委細(闕字)上意として、仰せ出さるべく候条、
巨細あたわず候、
仰せの如く、いまだ申し通ぜず候ところに、
上意馳走申し付けられて示し給い、快然に候、然れども
御入洛の事、即ち御請け申し上げ候、
その意を得られ、御馳走肝要に候事、(以下略)
六月十二日　　光秀(花押)
雑賀五郷
土橋平尉殿
御返報

口語訳すると、以下の通りである。

「必ず(将軍義昭様の)ご入洛の件では、ご奔走(サービス)されることが肝要です。委細は(将軍義昭様から)お命じになられますので、ここでは詳しく申し上げませんが。

仰せのように、今まで音信がありませんでしたが、貴人(義昭様)のご意向をかなえるために奔走すべきだと命じられていたことをお示しいただき、ありがたく存じます。しかしながら(貴人の)ご入洛の件につきましては、既に御請けしています。そのようにご理解されて、(貴人へ)ご奔走されることが大切です。(略)」

土橋重治に対して貴人、つまり義昭の上洛を伝えている。注目されるべきは、土橋氏にも別に義昭から指示が飛んでいたようであり、このとき初めて、光秀と土橋氏に「巨細あたわず」、すなわち、大きな違いはない、とする。同じ反信長グループだったことも分かる。

6月12日といえば、天下分け目の天王山、まさしく秀吉と決戦した山崎の戦いの前日ではないか。光秀が切羽詰まっていた分だけ、本音が出た。さすがに臨場感ある文章になっている。本能寺の変の余韻も醒めやらぬなか、貴人・義昭(「足利将軍」)のため、大義をもって必死となりながら協力を勧めているさまがここから読み取れる。

光秀があらかじめ義昭を奉じていたからこそ、このような指令を発したものと考えられるのだが、少なくともこの書状の存在は、「鞆幕府」から光秀に「上意」(御内書)が届けられていたことの証左となるだろう。

シンプルに考えてみれば、隆景としては光秀を足利義昭の御内書で動かし、本能寺で信長を亡き者にすることが、毛利氏の絶体絶命の危機を脱することのできる最短距離の策でもある。

もちろん光秀が想定通り活躍するかどうかは一種の賭けだが、ごく基本的な戦術といってよいだろう。別に奇を衒《てら》う策でもない。ただ、「大義」を光秀に与えることができるか否かが、非常に重要なポイントとなる。その手段こそが、義昭が光秀に下した御内書だったと思われる。今は存在するはずもないので推測に過ぎないのだが、その内容は、おおよそ次の文意だっただろう。

「『足利家』をかつて再興させた栄えある任務を、このたびはその方が再び担うのである、馳走せよ」

やはり、土橋氏への書状もそうだが、光秀は義昭を奉じて本能寺の変を起こしたと考えて間違いあるまい。隆景の戦略通りに義昭から発せられた御内書を契機として、光秀は、再び「幕臣」として本能寺の変を起こしたことになる。なるほど、もともと、幕臣でありながらも信長の重臣を兼ねた「二重国籍」であったのだが、それは当時公認されていた事項なので、特に問題視する必要もない。

さらに光秀は、先の書状で見たように、他の旧足利幕府の奉行衆(土橋氏ら)に参戦を呼びかけていた。元幕府方だった若狭武田氏や近江京極氏は、そんな光秀の呼びかけに応じている。「征夷大将軍」の威光は未だに残存していたのだ。

義昭の出陣

ところで、備中高松城の戦いにおいて、「征夷大将軍義昭」自身もやる気満々であった。彼は「鞆幕府本軍」を鞆から笠岡（岡山県）まで進軍させていた。その軍勢は、備中国・笠岡湊や村上景弘《むらかみかげひろ》（村上武吉の従弟。名は隆景から一字をもらい小早川水軍として活躍した）の笠岡山城にも入り、杉山城（現・岡山県浅口市鴨方にあった）、走出村《はしりでむら》（現・岡山県笠岡市にあった村）折敷山《おしきやま》城などにも陣取った。

しかし、そこは備中高松城から約20キロメートル離れた猿掛城にあった毛利本陣より遠い、かなりの「安全地帯」だった。とはいえ、『中国兵乱記』によれば、備中高松城の戦いに、義昭もまた勇ましく「出陣」したという。

なお、『中国兵乱記』は合戦の後、慶長19（1614）年までにまとめられた書物だが、その編者が備中高松城で副将として入城していた中島元行である、ということに大いに意味があるように思う。中島家にとって名誉ある事項に絞った自慢話も多いだろうが、本人および中島家に伝わる真実も多く含まれると考えられるからだ。

虚勢かどうかは知らないが、いや、義昭はおそらくは本気でこのとき、

「信長、秀吉、きやつらの首、わが手でカッ切ってくれようぞ」

とでも（貴人にはあるまじく）きっと吼《ほ》えたことだろう。

もちろん、義昭自らが出陣したことは「鞆幕府」全軍の士気を高め、

「いざ、朝敵を退治せん」

とでもいう空気が、幾分かは行軍の中にあったのではないだろうか。備中高松城からは遙《はる》かに遠

かったものの、義昭本人も「鞆幕府将軍」としての本領をこのときは十二分に発揮したと思われる。

後に義昭は、本能寺の変後、6月13日に義昭が隆景の片腕、浦宗勝に宛てた御内書の中で当然のように、本能寺の変は自分の手柄だと、吐露している(藤田達生氏の『証言　本能寺の変　史料で読む戦国史』236頁に掲載の「本法寺文書」より引用)。

信長討果上者、入洛之儀急度可馳走由、対輝元（毛利）・隆景（小早川）申遣条、此節弥可抽忠功事肝要、（以下略）

この御内書のおおよその意味は、

「私が信長を討ち果たしたので(この義昭が毛利を動かして光秀に信長を討ち取らせたので)、はやく上洛の儀を急いでワシに馳走せよ、ということを輝元と隆景に申し遣わせ」

となる。すなわちこの御内書では、義昭自身が、少なくとも、本能寺の変は自分が起こして信長を討ち果たしたのだ、とわざわざ「告白」しているのだ。

しかし、本当に「信長を討ち果たした」のなら、なぜ、ついに夢がかなった将軍様の「上洛への馳走」を誰一人としてしようとしないのだろう。成功したのだから早く上洛させてあげればいいのに、義昭がせっつけばせっつくほどに誰も相手にしなかったのはなぜだろう。

その後、さすがに義昭も自分が「裸の王様」、つまり、「御内書発給」担当者でしか過ぎなかったことを悟ったのだろうか。おとなしく天正15(1587)年まで、備後に住み続けることとなる。

「信長抹殺プロジェクト」起動

この時期、信長包囲網強化というより、逆に綻《ほころ》びが目立つ中、直接の信長暗殺指令は当然発せられたことであろう。

「信長スナイパー」としての第一人者のケースを見てみたい。杉谷善住坊《すぎたにぜんじゅぼう》は実際、信長を狙撃し、かすり傷を負わせた事件を起こしている。それは元亀元（1570）年の朝倉攻めの際、信長が浅井長政に挟撃されて一時京都に逃げ、ほとぼりがやんだので岐阜城へ帰還する途中、発生している。杉谷は、信長を近江国の千種《ちくさ》街道（千草越え）で待ち構え、至近（約20メートル）から狙撃した。結果としてはかすり傷を負わせただけで失敗に終わったが、この事件は当時かなり有名な話だったようであり、『信長公記』のみならずルイス・フロイスも『日本史』で言及している。

このように、信長に「お陀仏」になってもらいたいと、敵対勢力はすべからくその姿を夢想したに違いない。ましてや毛利軍は当時、6年間も長きにわたり織田軍と交戦中だったし、秀吉軍に落城攪乱され、敗け戦を重ねて備中まで押されてしまい、もはや勝利の目途は立たなくなっていた。というより、信長が備中に姿を見せれば、武田氏のように殲滅されて雲散霧消してしまう可能性が日に日に高まっていた。

ここで、戦国大名の「座右の友」、孫子の言葉を出したい。守屋洋・守屋淳氏の書籍から、その解説とともに引用する。

「明君賢将《めいくんけんしょう》のみ能《よ》く上智《じょうち》を以《も》って間《かん》となす者《もの》にして、必《かなら》ず大功《たいこう》を成《な》す」

勝敗の鍵を握るのは、情報である。名将がはなばなしい成功を収めるのは、相手に先んじて敵情を探り出すからである。情報の収集に金を出し惜しんではならない。（略）ただし、情報活動はつねに秘密にしておかなければならない。こちらの意図を察知されたのでは、せっかくの効果も半減してしまう。（守屋洋・守屋淳『孫子・呉子』プレジデント社、2014年、184〜185頁より引用）

と言う。戦わずして備中高松城の戦況を打開する最善の策といえば、この情報戦を活用しながら、秀吉方の大将信長たった一人を亡きものにすることに、読者の皆様のどなたも異論はないだろう（実際、当時は足利将軍家をはじめ毛利家でも長男隆元が出陣中に急死したことなど、各地で不自然な急逝が散見される）。

そして、この策はあろうことか、講和を望む秀吉の意向にも適《かな》っていた可能性もまた大きいのだ。

このようにして「信長抹殺プロジェクト」は始まったが、「実行担当者」として隆景の白羽の矢が立ったのが、狙いすましたように軍事同盟を結んでいた長宗我部氏の縁者（旧申し次でもある）明智光秀だった可能性は著しく高い。これから推測をまじえ、なぜ実行犯が光秀だったのかを述べていくが、光秀個人の考えや性格については第5章で検証するので、さしあたりこの、明智と長宗我部、そして毛利との同盟関係について詳しく見ていきたい。

第3節　実行犯・明智光秀と中四国の反信長ネットワーク

『石谷家文書』が語る長宗我部と光秀の関係

まず、もともと明智光秀と長宗我部元親は同族関係だ。従来、長宗我部氏にとって光秀は、対信長交渉のキーマン、窓口ともいえる「取次ぎ」として捉えられていたが、『石谷家《いしがいけ》文書』の発見により、光秀と長宗我部元親、そして毛利氏との強固な関係性が改めて確認された。

ここで『石谷家文書』をあらためて解説しておきたい。従来の本能寺の変に関する「常識」を覆す証拠となりうるからだ。以下、この文書が発見されたときの報道を引用する。

> 明智光秀が織田信長を討った本能寺の変（１５８２年）の４年前、土佐の長宗我部元親が信長の了解のもとで四国征服を進めていたことが、林原美術館（岡山市北区）が所蔵する石谷家（いしがいけ）文書からわかった。同館と県立博物館が29日、発表した。元親側から光秀側に宛てた手紙で、元親と信長の良好だった関係が浮かび上がり、信長の一方的な四国政策の転換が変の引き金になったとする説を補完する史料と言えるという。
> 文書から見つかった手紙は、１５７８（天正６）年に元親の家臣中島重房らが詳細不明の「井上殿」に宛てたものとみられていたが、東京大学史料編纂（へんさん）所が赤外線写真で撮影した結果、緊密に連絡を取り合っていた光秀の家臣の斎藤利三と石谷頼辰とに宛てたものとわかった。手紙では、信長から元親に出された朱印状に対する感謝を述べ、阿波への出兵など戦略を記し

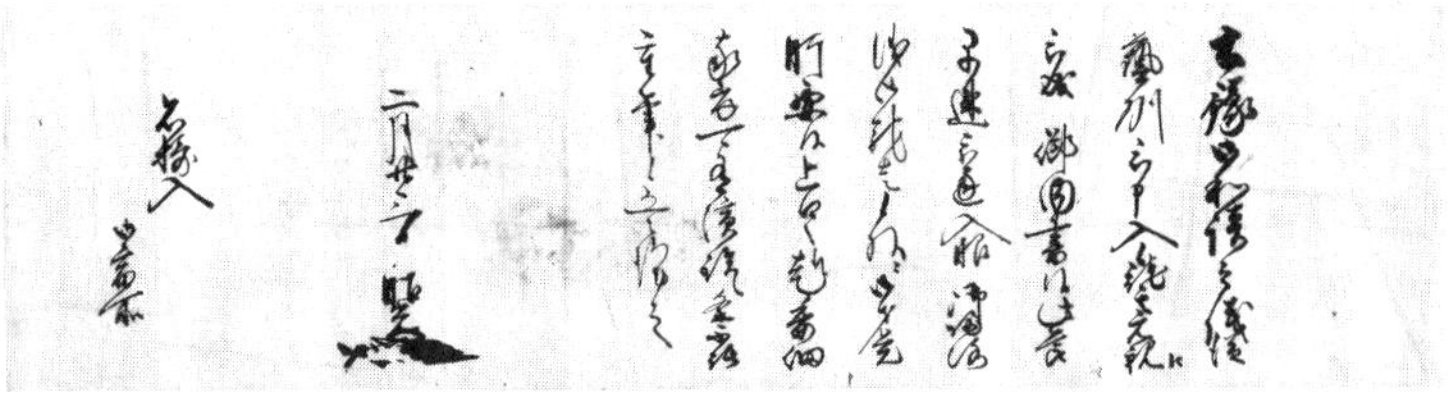

（年号不明）2月23日付石谷光政宛真木島昭光書状（石谷家文書　巻第1）
画像提供:林原美術館／東京大学史料編纂所撮影／DNPartcom

ており、信長の了解を得て、四国征服を進めていた証拠と言えるという。

だが、その後、急速に勢力を広げる元親を警戒した信長が政策を変え、土佐と阿波半国のみの領有を認めたことに元親が反発。両者の仲介役の光秀は面目をつぶされ、信長と元親の間で板挟み状態になったとされる。（「長宗我部元親と信長、元は仲良し？本能寺4年前の手紙」2015年5月31日、朝日新聞デジタルより引用）

その『石谷家文書』の中に、天正10年（1582）2月23日に書かれた、義昭の側近・真木島昭光から石谷光政《いしがいみつまさ》に宛てた書状がある。芸州（「幕府副将軍」の毛利輝元）の語がしたためられており、小早川隆景の知略があらわれていると思われる。宛名の石谷光政はもともと足利幕府の奉行衆で、このときは養子の頼辰《よりとき》とともに長宗我部氏に仕えていたが、そこには重大な内容が記されていた。

土・予御和談の儀、芸州より申し入れられ候、それにつきて元親え　御内書なされ候、この節早速入眼を遂げられ、御帰洛の儀、

御馳走候様に御才覚肝要に候、上口の趣、委細家孝演説あるべく候条、恐々謹言、

二月廿三日（真木島）昭光（花押）

石摂入（石谷光政）

御宿所

この書状の概要は、次のようなものである。

毛利輝元の申し入れにより土佐の長宗我部氏と伊予の河野氏の和睦がなされることになり、その御内書が将軍足利義昭から長宗我部元親のもとに下された。将軍義昭の帰洛のためには、元親の馳走が重要であると、真木島昭光が申し添えている。文中の「上口」とは、瀬戸内海東方を指す。（浅利尚民、内池英樹編『石谷家文書　将軍側近のみた戦国乱世』吉川弘文館、2015年、59頁より引用）

毛利が土・予（長宗我部と河野）和解について、元親宛に御内書を発給させ、かつ、毛利と長宗我部が軍事同盟に向かう端緒となった文書として注目される。義昭にしても、この文書で元親に、帰洛に向け「馳走」せよ、と命じているのである。むろん、小早川隆景の狙いは、長宗我部元親に連な

る人脈まるごとを取り込むことであったろう。

　この書状が出された背景を少し述べると、天正10(1582)年1月、信長と長宗我部元親の関係調整のため、光秀のもとから石谷光政の子息・頼辰が土佐に下っていた。それを知った毛利(隆景)の要請を受けた義昭が、すぐさま2月に石谷父子にアプローチしたものと思われる。

　さらに、長宗我部宗親の正室は石谷頼辰の義理の妹であり、頼辰は光秀にも仕えていた。そのため、光秀は石谷氏のルートを通して長宗我部氏との「取次業務」を開拓していた、ということも解明される。なお、石谷頼辰は、光秀の重臣・美濃の斎藤利《とし》三《みつ》の実父、斎藤利賢《としたか》の子にあたる。さらに付け加えるならば、光秀の死後斎藤氏は逃れて長宗我部氏を頼り、やはり土佐に流れ住んでいる。

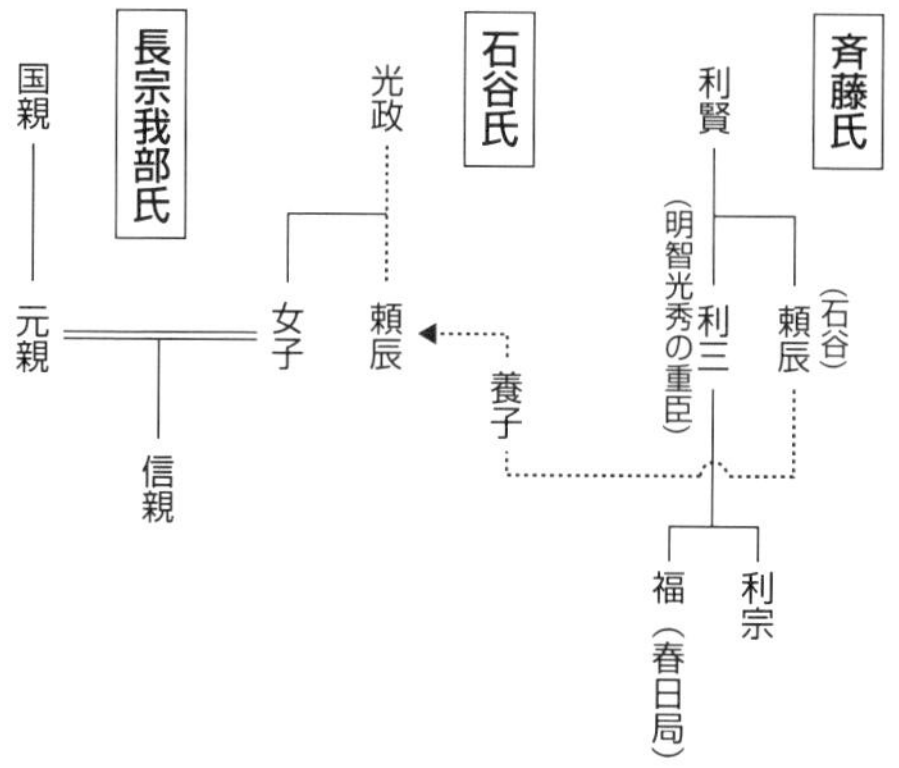

長宗我部·石谷·斎藤家の関係系図

　義昭も、帰洛するためにはその足掛かりとして、少なくとも「備中高松」という壁を突破しなくてはお話にもならない。そのためには、毛利と明智の「一族」長宗我部を、まずは結ぶ必要があると考えた(あるいは隆景の要望)であろう。

　ちなみにこの書状の年号は、吉川弘文館『石谷家文書』の解釈では天正11年、八木書店(藤田達生『証言本能寺の変　史料で読む戦国史』)の解釈では同10年のものとしているが、本能寺の変が6月に起きたことと、書状の内容から、筆者は天正10年説を推さざるをえない。そして、この書状とともに使者を任せられたのが、あの荒木村重をも寝返らせた義昭側近の小林家孝である。

結果、毛利氏から長宗我部氏に講和が申し入れられ、のち軍事同盟が締結されたことが、その他の文書からも裏付けられている。

もう少し詳しく申せば、従来、長宗我部氏は信長との「友好関係」をなんとか無事に保ってはきていたのだが、内通や西園寺氏の工作で、長宗我部氏に対し三好康長が讒言《ざんげん》している。結果、信長は長宗我部氏に疑念を持ち、ついには断交に至る。切羽詰まった長宗我部氏は事態を打開するため天正9(1581)年にはすでに、中国の雄、毛利氏との同盟を画策しているのだ。

長宗我部元親による、隆景の水軍大将乃美(浦)宗勝宛の書状も現存する(『乃美文書』)。

先度天霧に至り御両使差し渡され、その始末仰せ聞かるべき旨もっともその意を得、即ちこの者これに進め置き候、自分以後の儀は別して御取成し希むところに候旨の趣口上に申し含め候（略）

（天正九年）八月七日

元親（花押）

乃美兵部丞(宗勝)殿　御宿所

この同盟について、宗勝は隆景に「取成し」て無事締結し、そのことは義昭の目論見通りでもあり、信長包囲網強化策としても当然機能し、真木島昭光書状（土予和談）への流れになったものと思われる。

また、同じく『石谷家文書』にあった、年号不明、5月22日付の隆景の石谷兵部少輔（石谷頼辰）宛の書状の意味するところも、はなはだ重い。

この書状で隆景は、

「土佐の使者が吉田（毛利宗家）に来ていただき、義昭の交渉担当者である『小民少』（小林家孝）と安芸国の僧も土佐にまいった。それにより、土佐・伊予・安芸国の同盟がますます強化される。このことをよろしくお願いします」

と、はっきり述べている。

このように信長に対する「隆景の計略」は義昭を巻き込んで、真木島昭光、小林家孝と隆景、恵瓊ラインでまとめられていったのだった。

また本能寺の変の後、6月17日付で長宗我部元親の外交担当者である香宗我部安芸守親康宛てに出された、義昭の御内書と真木島昭光の添状がある。

この書状が示す重要なポイントは、この時期においても土佐と安芸の同盟が機能しており、それを前提として義昭は帰洛を目論んでいたという事実であろう。

四国征伐の衝撃

さて、本章の110頁で、光秀が信長による四国政策の変更に驚愕したと述べたが、以上の関係を踏まえればその理由もお分かりいただけるだろう。すなわち、信長が「突然」、四国支配の方針転換したことは、今後、土佐以外の四国を三好氏に委ねるとしたものだったので、長宗我部の縁者であった光秀の面目は丸潰れだ。

光秀に替わるべく、四国方面にも首を突っ込んだのが秀吉である。三好康長は長宗我部元親に対抗するためにも秀吉に急接近して、秀吉の甥・治兵衛《じべえ》を養子に迎えている。治兵衛は三好信吉と名乗り、のちに羽柴秀次となる。天正7（1579）年11月時点で養子縁組がなされていることから、秀吉の四国問題への関与はこのことからもすでに明白である。阿波を自分の息がかかった者に支配させれば、当時毛利水軍の力が残る淡路の平定もようやく可能になってくる。すると瀬戸内海における制海権はより西に広げることができ、そのことは徐々に毛利の生命線を断つことにつながることになる。そのため、秀吉は信長に対しても「説得工作」を行ったのは間違いないところだろう。

その後、天正9年頃に信長が四国国分け方針を伝えているが、その内容からもそのことは如実だ。ポイントを整理すれば、以下となる。

◇長宗我部の領地は未定（阿波南半国は従来、長宗我部氏に保障されていたが　突然反故に）
◇讃岐は信孝
◇阿波は三好康長
◇伊予・土佐は、信長が淡路出馬時に決める
◇信孝は三好氏の養子となる予定

もともと石山合戦当時、織田と長宗我部は同盟関係にあり、織田からすれば、石山本願寺を挟み撃ちできる地理関係にある四国の長宗我部との同盟は、非常に高い価値が認められていた。従来この両者を長らく取り次いできたのが光秀だったが、石山本願寺が織田に降伏し、三好康長と秀吉の甥が養子縁組で結ばれた翌年の天正8(1580)年、信長は長宗我部との同盟関係を覆している。石山本願寺が片付いたので長宗我部と同盟する価値が一気に低下したからであろうか。

以降、信長は、これまでとうって変わり、四国阿波をめぐって長宗我部氏と対立し、秀吉と通じていた三好康長に肩入れする。信長は長宗我部の支配は「土佐と阿波の一部のみ認める」と天正10年5月に通告し、これに怒った長宗我部元親はついに織田と断交することになった(実は恭順する旨を認めていた書状があったが、信長に届かなかった)。

一方、信長は三男の信孝や丹羽長秀《にわながひで》らに四国征伐を命じ、これで光秀の面目は丸つぶれとなる。さらにこの頃、信孝が三好康長の養子となる話も進んでいた。やはり、康長を支援するよう働きかけたのは秀吉であり(『元親記』)、秀吉にすれば、甥の秀次を養子とするなどの画策が、ようやく実を結んだのであった。

これは秀吉の目論み通りとはいえ、信長があたかも長宗我部を見捨てたのも同然の格好になった。すなわち、長宗我部・明智一族の存続に大きな危機が訪れたことを意味する。まさしく、お家の一大事であり、存亡の危機だ。これが近年、本能寺の変の契機として有力視されている件だ。『元親記』では、「信長はサギである」と罵倒し、両者決裂のさまが描かれている。

ちなみに『元親記』は、長宗我部元親の側近だった高島孫右衛門という人物が、元親33回忌に当たる寛永8（1631）年5月、彼を偲《しの》んで書いたものである。同時期の書状とは違って時差はあるが、秀吉が祐筆に書かせた「物語」とは違った真実が書かれているように思われる内容だ。

明智グループ（長宗我部、石谷、斉藤ら含む）を存続させるためには、その後の織田軍の四国渡海を、いかなる手段を使ってでも食い止める必要がある。さらに、自身が生き残るために、あるいは四国政策変更の元凶たる秀吉の風下となることなくプライドを持って生き延びるためには、挙兵せざるをえないところにまで追い詰められていということだろうか。信長を誅殺することしか、毛利同様、生き延びる道は残っていなかったのである。やがて殺されるか、それとも殺すか。

いよいよ四国への渡海が迫る。『元親記』は次のようにその模様を描く。

（ついに、天正十年五月七日か）四国への御手遣火急に御沙汰あり、信長卿御息三七殿へ四国の御軍代仰付けらる、先手として三好正厳（康長）天正十年五月上旬、阿波勝端へ下着す、先づ一の宮・蠻山表へ取掛り、両城を攻落す、三七殿は岸の和田まで御出陣とあり、扨て斎藤内蔵助は四国の儀を気遣に存ずるによつてなり、明智殿謀反の事弥差急がれ、既に六月二日に信長卿御腹をめさるゝ、この註進堺より上之坊と云ふ者申来る、三好正厳も阿波を打捨て上る、已に元親卿御運を開き給ひしなり、（藤田達生『証言　本能寺の変　史料で読む戦国史』52～53頁より引用、傍線筆者）

四国阿波が戦に巻き込まれるさまが二次資料の良い側面としてルポルタージュされている。特に

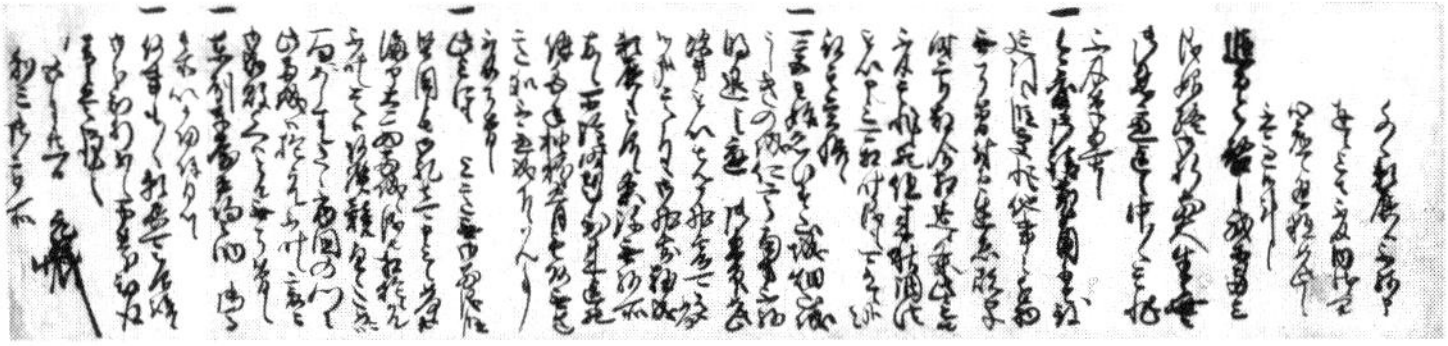

天正10年5月21日付斎藤利三宛長宗我部元親書状(石谷家文書　巻第2)
画像提供:林原美術館／東京大学史料編纂所撮影／DNPartcom

注目されるべきことは傍線を引いた「斎藤内蔵助は四国の儀を気遣に存ずるによつてなり、明智殿謀反の事弥差急がれ」の箇所であろう。つまり、「斎藤利三はいよいよ四国に信長が攻め込んでくることを心配し、光秀は謀反を急ぎ、本能寺の変へと事態は急変する」という状況描写が生々しい。

そして、その事態こそが、隆景と秀吉らも備中高松城であえて「水攻め」の攻防を演じながら、同床異夢で待ち望んでいたことに他あるまい。

もちろん、本能寺の変の「現場担当」の光秀にとっても、義昭からの誘いは渡りに船だ。決定的な本能寺の変勃発の要因は、光秀が長宗我部元親の取次を外された日を境に急成長し、光秀にとって「御内書の存在価値」が連動し急上昇したことだろう。なぜなら、この「謀反」は信長を裏切るのではなく、「足利将軍」の命により信長を葬っただけだ、という「大義」が立つからである。

このようにして毛利・長宗我部軍事同盟は、ようやく隆景の思惑通りに、「幕府軍」の切り札・光秀を信長の刺客として、引きずり出すことに成功したのだった。

ただし、長宗我部元親はすでに信長に従う方針を示していたのであった。それが分かるのが『石谷家文書』の中でも注目されている、変の直前の5月21日、長宗我部元親が斎藤利三(を経由して光秀)へ宛てた書状だ。

その内容をかいつまむと、

「信長の方針転換（長宗我部→三好）にもかかわらず、元親は信長の意向に従う（土佐以外は信長に差し出す）」

というものだ。四国征伐という信長の方針に対し、光秀や元親の無念はいかばかりだったのか、その心中を察するに、本能寺の変を起こす火種も垣間見れる。ただ、この書状は結果的に変が起きたことから、光秀に渡らなかったとされる。なぜならば、密書仕様のこの書状自体が現存するからだ（先方に届けば、読後に消されることが多いため、あるいは「本能寺の変」と関連して燃えることなく、『石谷家文書』として現存していること自体が光秀にわたってないことの証明である）。となると斎藤利三が握りつぶしたとも考えられるだろうが、単に物理的に、本能寺の変の準備で多忙を極めた利三には渡らなかっただけかもしれない。詳細は不明だが、この折りたたんだ書状（密書）は斎藤利三の親族が土佐で隠し持っていたおかげで今に伝わっており、我々は実物を見ることができることとなった。

以上みたように、主犯秀吉の意のまま織田政権内で四国国分けに関する方針は一変し、光秀は最大の被害者となる。その背後にいたのが間違いなく秀吉であり、彼とのライバル争いにしのぎを削ってきた光秀にとってこの一件は、到底認められない政策変更だったに違いないだろう。その屈辱ゆえに、斎藤利三が書状を渡さなかったことも合わせて、光秀は謀反に及んだのではないかとも考えられており、藤田達生氏らはこの説をとっている。つまり『石谷家文書』の発見もあり、本能寺の変の原因としてはこの「四国説」が、昨今は俄然有力視されてきているようだ。

第4節　本能寺の変に向けたプロセス

光秀がクーデターを決心した日

光秀が変を企てるまでの動きを、もう少し詳しく検証してみたい。通説では彼が、

「敵は本能寺にあり！」

と、本能寺の変の前日(6月1日)深夜、丹波・京の国境の老《おい》の坂《さか》で決意表明したとされる有名な科白があるが、これは当時から100年以上のち、江戸時代に完成した軍記物語『明智軍記』が初見だという。さらには、頼山陽の抒情《じょじょう》溢れる詩「本能寺」で、さらにその「蒸留度」は高まる。

以下、渡部昇一『渡部昇一の戦国史入門　頼山陽「日本楽府」を読む』（PHP研究所、2008年）210〜211頁より、詩の原文と現代語訳を引用したい。

本能寺《ほんのうじ》。溝《みぞ》は幾尺《いくしゃく》ぞ。
吾《わ》が大事《だいじ》を就《な》すは今夕《こんせき》に在《あ》り。
（中略）
老阪《おいさか》は西《にし》に去《さ》れば備中《びっちゅう》の道《みち》。
鞭《むち》を揚《あ》げて東《ひがし》を指《さ》せば天猶早《てんなおはや》し。
吾《わ》が敵《てき》は正《まさ》に本能寺《ほんのうじ》に在《あ》り。
敵《てき》は備中《びっちゅう》に在《あ》り汝能《なんじよ》く備《そな》へよ。

本能寺……。あの溝の深さはどれほど……？　ふと心くちびるを洩れ。（今宵こそ生涯の賭け―）（中略）　老坂を西に進めば主命奉ずる備中路。いな、東へ！　と鞭上げて指す暁闇の天。「吾が敵は正に本能寺に在り！」非ず非ず光秀よ誠の敵は備中に。備え怠るな。

この老の坂のシーンで、後世、本能寺の変は日本史上、深く刻まれてしまったのか。いやはや、頼山陽の詩才畏るべし、である。ただし、この名文は、事件から実に200余年経た文政10（1827）年に書かれた「作品」だ。やはり、頼山陽のイマジネーションも畏るべし、ではあるが。

一方、実際の光秀軍兵士の体験記である『本《ほん》城《じょう》惣《そう》右《う》衛門《えもん》覚書』によれば、現場の足軽たちは皆、「御公儀様」（信長）の命によって徳川家康を本能寺で討ち取るとばかりに思っていたという。また、ルイス・フロイスの『日本史』にも、

「おそらく明智は信長の命に基づいて、その義弟である三河の国主（家康）を殺すつもりであろうと考えた」（松田毅一・川崎桃太訳『フロイス日本史5』中央公論社、1978年、146〜147頁より引用）

との記述があり、光秀は全軍に襲撃対象を知らせることもなく、

「信長公の命により家康を成敗するため、出撃するのじゃ〜」

と告知したのみ、と記している。光秀は全軍に向かい、敵は本能寺にいることを知らせているのだが、従軍した足軽達は、

「どうやら、いよいよ、本当に家康を討つんだよなあ〜」

程度にしか理解してなかったということになる。光秀の情報統制力の一例であろうか。

通説では光秀は愛宕山での「御籤《みくじ》」によって急に信長誅殺を決意したと言われるが、事実はそうではなく、近年はこれまで述べたような隆景の構想、そして義昭の御内書などによって重々「熟慮」した上での行動だったことが、判明している。

要するに光秀が、

「本能寺にいる家康を討つ」

と言えば、足軽達は、

「なぜ、家康が一体全体、本能寺などにいるんだ?・」

などと疑念を抱くことなく、「敵は本能寺」とばかりに突入したことになろう。

とすれば、家康は信長の邪魔者だった、との「通念」が足軽の間にもあったということだ。単純に考えれば、拡大中の家康の版図は手に入るし、ほとんど有力家臣と供回り20〜30名くらいで安土や堺、京の旅一行と化していた徳川氏は、絶体絶命の危機状況に陥っていたのだ。

さらに、『覚上公御書集』(天明年間の1781〜1789年に米沢藩士により編纂された上杉謙信・景勝に関する史料集で二次史料)にある「直江兼継宛河隅忠清《かわすみただきよ》書状」(写)も、光秀の決心した日が「御籤」でいきなり決まったのではなく、存外早かったことを臭わせている。なお、この両者は信長の敵方・上杉家の家臣であり、そこには、次のように記されていた(読み下し文は藤田達生『証言本能寺の変　史料で読む戦国史』209頁より引用)。

一昨日、須田相模守方より召仕の者罷り越し、才覚申す分は、明智の所より魚津迄使者指し越し、御当方無二の御馳走申し上ぐべき由申し来り候と承り候、実儀候はば、定めて須田方より直に使を上げ申さるべく候、（以下略）

河隅越中守忠清

（天正十年）六月三日

直江与六（兼継）殿

だいたい、書状が意味するところは次の通りであろうか。

「一昨日(6月1日)に須田相模守(上杉氏の家臣)の奉公人が、私(越後春日山城)のところにやってまいりました。才覚をはたらかせて申すに、明智が使者を魚津までよこして『当方に御馳走(味方)してほしい』と申し、実際にことがなれば、須田より使者をよこします」

つまり、この書状からは、須田相模守が光秀の使者に会った情報は「一昨日」(6月1日)以前には河隅忠清に届いていたと推測される。光秀の密使から光秀のクーデター計画を知った河隅忠清が、すぐさま上杉景勝の側近・直江兼継にしたためたのがこの書状である。信長包囲網の有力大名である上杉氏への急報であったのだ。なお傍線部は、信長誅殺(本能寺の変成功)のことである。

さらに推測すれば、当時光秀は丹波篠山《ささやま》にいたことから、その使者が出立した時期は、そこから魚津まで約300キロメートルの難路が控えていることを考えると、およその到達日数(当時は通常10日は要する)から逆算すれば、5月20日頃、篠山出発だったと思われる。だとすれば、明智光秀は少なくとも5月17日、ちょうど信長から家康接待役を免じられた頃には信長暗殺を既に決意していたことになるだろう。そして、並行するように反信長陣営の有力者(上杉氏、毛利氏、足利義昭など)に、暗殺後の体制整備に向けての協力などのコンタクトを始めたであろう。

時期的にはちょうど、信長が四国政策を急遽変更し、光秀が信長に「足蹴」にされて中国戦線に派遣されることになった時期とも重なっている。この「足蹴」も、5月17日なのである。その原因は家康の饗応役に関してのトラブルとされているが、以上の反信長の動きを踏まえると、後々大きな意味を持つことになるだろう。

そのときの様子を、比較的中立に事項を述べているといわれる(もちろんイエズス会寄りだが)ルイス・フロイスは、次のように記している。

> 信長はある密室でにおいて明智と語っていたが、元来、逆上しやすく、自分の命令に対して反対(意見)を言われることに堪えられない性質であったので、人々が語るところによれば、彼の好みに合わぬ要件で、明智が言葉を返すと、信長は立ち上り、怒りをこめ、一度か二度、明智を足蹴にしたということである。(松田毅一・川崎桃太訳『フロイス日本史5』中央公論社、1978年、144頁より引用)

これは、ルイス・フロイスがイエズス会本部に日本の正確な情報を送るため、本能寺の変の周辺人物からの聞き取り調査をしたうえでの記述だといわれている。光秀の「言葉を返」したことは、おそらく信長の四国政策の変更（長宗我部氏から三好氏へ）に端を発しており、それが饗応役の変更だけでは止まらず、領地の召し上げ、および秀吉の風下（備中高松への応援命令）の件に飛び火していったのか、と思われてならない。少なくとも、このときついに光秀も激高し、かねてからの義昭の御内書による誘いに乗ることを決めたに違いあるまい。

さらに光秀は、5月20日頃、先述のように上杉氏に対する、「本能寺後」の支配体制における与力要請の書状を部下に持たせていた。また、親族であった長宗我部には「本能寺後」、上杉氏とは異なる協力要請を行うこととなる。

やや時間は前後するが、光秀が山崎の戦いで惨敗した後、生き残った光秀の縁者がやはり長宗我部元親を頼って落ち延びている。歴史上著名な人物としては、斎藤利三の子息や息女だ。息女は、何と後の将軍、徳川家光の乳母、春日局となる。そして何の縁があるのか、春日局の墓まで、本家本元の増上寺ではなく、隆景の本願地、三原の大善寺にある。なぜか、春日局の三原における足跡に「毛利・長宗我部同盟」と光秀の残照を見てしまうのだが。

光秀・毛利・秀吉の思惑の一致

以上の光秀の動きは、時をおかず「最重要機密」として、備中高松の隆景に伝わることになったであろう。恵瓊のみならず毛利の諜報ネットワークはかつてなく各所に食い込んでいた。そうでなくとも隆景ならば、すぐさま光秀軍こそが信長襲撃の実行部隊となりうる可能性大ということを確信しただろう。

そして、まるで「日程調整」でもしたかのように、秀吉もこの5月17日、信長の備中出陣を促すため、安土城に伺候している。繰り返しとなるが、隆景のみならず秀吉も、信長が備中高松に着陣することで「万事休す」の事態を迎えることになる。秀吉の方も、信長に無断で毛利と和議を結ぼうとしていたのだ。度重なる命令違反もあり、「累積」ということで死罪に値するかもしれない。見方を変えれば、秀吉は秀吉で一大決心したうえの振る舞いであったのであり、事が露見する前に隆景の同意を得ざるをえない、という状況に追い込まれていたといえよう。

いや、それこそが隆景発案の冥利というか、秀吉をも巻き込まざるをえなかった策であったのだ。少なくともこのとき、先般の「毛利・長宗我部軍事同盟」から入手した光秀に関する情報を、隆景が高松城の戦いの講和交渉の俎上《そじょう》に乗せた可能性は否定できない。あるいは、「御内書作成業務」を通じて入手した光秀動向に関する情報を、小出しに秀吉に提供したのだろうか。だからこそ、最大の便益、すなわち天下統一への道を秀吉は手に入れることができたのだろうか。なにしろ、本能寺の変勃発前から、秀吉は備中からの急な上洛（「中国大返し」）に向け、準備万端だったということも近年解明されはじめている。それは、少なくとも隆景と秀吉の両者に光秀の動きに関する情報共有がないことには成立不可能だ、と考えざるをえまい。

秀吉に備中出陣を懇願され安土から備中に向かった信長が、京で本能寺に立ち寄ることは難なく予測できる。なぜなら、信長が京で同寺を定宿としていたことは周知の事実だったからだ。そのときこそが、信長を抹殺する絶好の機会。当時の本能寺はいささか防御力を有した作りだったようだが、所詮平地にあった寺院である。石垣などはやや強固だったが、通常の城に比べれば攻撃は格段に容易だ。そして、おまけに少人数で信長は京に滞在する、ということであれば、当時丹波にいた明智軍の奇襲が成功する可能性は自ずと高かろう。

つまり、結果論だが、5月中旬における水攻め前後の秀吉と隆景の動向は、利害の一致を見出すと同時に、光秀の決心(信長誅殺)ともリンクしている。これは果たして、安易に偶然の一致だと処理すべき事項だろうか。小さく折り畳んだ書状(密書)がこの時期、これまで見た以外に、盛んに飛び交ったことであろう。

とすればやはり、「5月17日」は中国大返しと本能寺の変にとっての、大きなターニングポイントになった意味合いのある日だったのである。

襲撃が成功するか否かは、信長の京都滞在日が確定することにかかっていたことも、こうして周辺状況をまとめていけば、自ずと浮かび上がってこよう。その情報さえ入手できれば、この策はほぼ成就する。

隆景としてはまず、重臣で信長の動向により詳しい秀吉を「抱き込み」、その上、光秀という襲撃実行部隊も確保済みということは、実現可能性の著しく高い策ということになる。当時の状況から考えれば、隆景は5月21日の日差山着陣までには「戦術ガイドライン」を固めたことであろう。証拠書類は、残念ながらこの世から「ことごとく」必滅だが。

もしそうとすれば、「水攻め」はやはり時間稼ぎのため、和戦両睨みとはいえ、あえて実施された可能性が著しく高い戦術となる。やや荒唐無稽の誹《そし》りからは逃れられないが、ひょっとして、隆景が官兵衛にこの策を授けたのかもしれない。なにせ先述のように、隆景が備中高松に着陣したのは築堤工事が完成した後のことなのである。当時の戦況(司令官隆景らが未着で、首脳陣5名以外は秀吉に内通していたことなど)からも秀吉の勝利は間違いないのに、あえて秀吉は「水攻め」を演出し、総攻撃を避けている。

もちろん両者とも和戦それぞれのケースを想定した上での駆け引きごとではあったろうが、「水攻め」という雨季に合わせた膠着《こうちゃく》状況があったからこそ、講和、あるいは「信長の出陣」は決定された。だからこそ「水攻め」が秀吉と隆景の「出来レース」であるとしたら、全ては合点がいくことになるだろう。少なくとも両者にとっては、「格好の時間稼ぎの策」だといえる。信長を誘《おび》き出すために、天下を単に取りたいがため、秀吉の性格からしても隆景の謀略に乗った、との疑念はなかなか払拭《ふっしょく》できないと考える。

つまり、隆景と秀吉、そして光秀も、6月2日前後に向けて息を殺すように日々を過ごしていた可能性は著しく高い。秀吉も、「水攻め」に時間をかけ、信長の出馬環境を整えたのではないだろうか。通説のいうように、備中高松の手柄を信長に差し出すために秀吉は出陣要請をした、という話も、「身の潔白」を証明するためにあえて捏造した類いのお話、と筆者には思われてならない。

ただ、確かに堤防も、119頁で述べたように、通説よりははるかに短い(10分の1)ものの「300+α」メートルは築いているわけだし、まったくのフィクションではない。だから、話は一段とややこしい。このように手の込んだ「神話創造劇」は、いったい何を意図しているのだろうか。謎は深まるばかりなり。やはり、「真実」は小説より奇なり、なのだろうか。

秀吉と細川藤孝

さらに、「水攻め」と並んで秀吉に関して不審なことといえば、彼と細川藤孝《ふじたか》の関係だ。藤孝（のち幽斎）は天文3（1534）年生まれで、光秀とともに将軍義昭の擁立に尽力。のち織田信長に従い、丹後宮津11万石の大名となっている。藤孝は、長らく光秀との同僚で、光秀が本能寺の変後、すぐさま頼った同志でもあり、子ども同士を結婚させていたほどの仲だったはずである（光秀の娘が、藤孝の嫡男・忠興に嫁いでいるが、彼女が有名な細川ガラシャである）。だが本能寺の変のあと、藤孝は光秀に与することもなく隠居にかこつけ、動くことはなかった。それによって一番の利益を得たのが、また秀吉である。このことが勝敗を決したといっても過言ではないほどだ。

その秀吉から、本能寺の変後に書かれた藤孝への起草文（『細川家文書』）もまことに不思議だ。

　敬白
一、今度信長御不慮に付て　比類なき御覚悟を持ち　頼もしく存じ候条、別て入魂申し上は
　表裏抜公事無く、御身上見放ち申すまじき事、
一、存じ寄る儀心底残らず、御為よき様に異見申すべき事、
一、自然中意の族これあらば、互に直談を以て相済ますべき事、
（以下略）

羽柴筑前守秀吉(花押血判)

天正拾年七月十一日

長岡兵部太輔殿(細川藤孝)

長岡与一郎殿(細川忠興)

現代文に訳せば、おおむね以下となろうか。

「第一条、今度、信長の御不慮について、比類なきお覚悟を持たれたことを、頼もしく思います。特に私とご入魂の上は、表裏や不正は一切せず、御身を見放すことはございません。

第二条、心に思うことは、残らずあなた方のために良いように、意見いたします。

第三条、その方で気にかけている者については、お互いに直接話して解決しましょう。」

秀吉は、光秀の「幕僚」だった細川藤孝が、まさか「光秀と縁戚」でもあるのに裏切って秀吉に一味したことが、よっぽど嬉しかったのであろう。

特に不思議な点は、見方を裏切ったときに褒める「比類なき御覚悟」という言葉が使われていることだろう。さらに、このときの恩賞は、藤孝だけでなく、細川家に仕えた家老の松井康之《まついやすゆき》にも直接与えている。彼こそが、藤孝と秀吉の結節点に存在する人物だ。

なぜなら、天正6(1578)年から二人は深い関係であり、康之は秀吉の播磨攻略にも加勢し、天正9(1581)年の鳥取城攻めにおいても、褒美を貰うほどの大活躍であったのだ。それゆえ秀吉の覚えも非常によく、やがて二人の間には強固なパイプができていたというわけだ。

ここで、面白い記述を一つ紹介させていただきたい。それは本能寺の変からわずか数か月の後の天正10年（1582年）10月に、大村由己《おおむらゆうこ》によって書かれた『惟任退治記』のことだ。この書物は、本能寺の変から山崎の戦い、そして信長の葬儀までを描いている。大村は学者・著述家であり、秀吉の側近として見聞と脚色を交えて書物にする、いわば秀吉の「辣腕《らつわん》PR担当」であった。ただ、この「退治記」というセンセーショナルな書名とは似合わず、内容は冷静な筆致であり、さほど反光秀感情が露骨ではない読み物になっている。秀吉の正当性をサポートする創作性はあるとはいえ、その「色眼鏡」さえ掛けておけば、当時の歴史の流れを知る上では、珍しくも押さえておく必要のある「秀吉側史料」なのである。

その中に、次のような一文がある。

藤孝年来信長の御恩を蒙る事浅からずも光秀に与せず秀吉と心合わせ　備中に飛脚遣し後近江美濃尾張に馳来たり（傍線筆者）

なるほど、直接秀吉と藤孝が本能寺の変以前から謀略を企てた、とまでの証拠にはならないものの、藤孝が第一級情報を、傍線を引いたように備中の秀吉にわざわざ飛脚で伝えていたということだ。いくら光秀が山崎の戦いの前に、藤孝に与力を哀願したとしても、これではどうにもならないわけだったのである。藤孝が長年の戦友だった光秀を裏切ったのは、細川家繁栄のために判断した、としか言いようがない。

高ころびにころぶ信長と、さりとてはの者秀吉

ついでに述べれば、遡る天正元（1573）年、京都を追放された義昭の件につき、毛利と織田が今後の処遇（京都復帰）を話し合った堺での会談の席で（織田方は秀吉と朝山日乗《あさやまにちじょう》、毛利方は安国寺恵瓊らが出席）、恵瓊は毛利の今後の対織田戦略において、次のような「予言」を行っている。すなわち「天正元年12月12日付児玉三右衛門・山縣越前守、井上春忠宛書状」で、

信長之代、五年、三年は持たるべく候。明年辺は公家などに成さるべく候かと見及び申候。左候て後、高ころびに、あおのけに転ばれ候ずると見え申候。藤吉郎さりとてはの者にて候

と毛利首脳陣に報告している。この意味は、概ね次のようになるだろう。

「信長は3年から5年は持つでしょう。近いうちに公家になられるかもしれません。しかしその後には〝高ころび〟に転んでしまうのではないかと思いました。（一方）藤吉郎（のちの豊臣秀吉）は、なかなかのひとかどの人物だと思います」

この「予言」は、それまでの信長と秀吉の行動などを十二分に観察・分析した結果であり、「予言的」なひらめきや思い付きなどでは決してなかった。ただただ恵瓊の分析力と情報力が冴えた、彼一流の「調査報告書」の「結論」だったのだ。以降この予言は「現場」において、毛利の基本方針となっていく。そして結果論だが、恵瓊は隆景とともに、その方針に沿って、行動し、その通りに事が成ったということであろう。

後に隆景は秀吉から厚遇を受けたが、はたして隆景の構想には、秀吉の「中国大返し」以降の活躍も「さりとてはの者」と、織り込み済みだったのだろうか。

第5章

「真説」本能寺の変と影の首謀者・隆景

第1節　予定されていた決行の日「6月2日」

なぜ、天正10年6月2日未明だったのか？（1）

隆景と秀吉は、明らかに、「責務」のように小競り合いしながらも、互いに大規模に激突する愚は避けつつ、何かを待っていた、というのはこれまで見てきた通りだ。そして、その「待っていたもの」こそが、信長の本能寺宿所にての、暴発予定の「異変」だったのだ。その「異変」はたまたま6月2日に起きたのではないことは、これまでの話からもお分かりの通りであり、逆に、その日にしか暴発する「チャンス」は無かったのである。

では、なぜ2日でなければならなかったのか、もう少し補足しよう。理由は主に2つある。

第一に、信長の四国渡海を阻止する必要があったことだ。去る天正10（1582）年5月7日付の信孝宛信長朱印状に「六月三日に信忠四国出陣」との御触れがあり、光秀の僚友であり毛利とも軍事同盟を結んでいた長宗我部を救うためには、少なくともこの「6月3日（異説あり）」に予定されている織田軍（最高司令官は信長の長男・信孝）の四国渡海を阻止する必要がある。光秀が、甲州での武田氏の悲惨な末路を目に焼き付けたのはこの春のことであり、トラウマになっていたのかもしれない。

そうなると、光秀の一族ともいえる長宗我部氏を、どんなことがあっても信長に粛正させるわけにはいかない。四国が秀吉の思惑通りに切り刻まれるということも、あってはならないのだ。この切所においても「身内」を思いやると同時に、自身の信長政権内での立ち位置が、このままだとまったく予期せぬ場所に収まってしまうではないか。それでなくとも、出世競争では最近までトップを走り続けていたが、いつの間にか秀吉のはるか後塵を拝している。領地も丹波から国替え予定だと噂され、どうやら石見方面への移転に関する「約束手形」（当時は毛利領）の発給も予定されているようなのだ。

その動きに「待った」を掛けるにはどうすればよいのか。それには遅くとも、渡海が予定された6月3日（異説あり）までには、信長らを打ち果たしてしまうことがベストの選択、とならざるをえないだろう。

なぜ、天正10年6月2日未明だったのか？（2）

第二に、信長の「三職推任《さんしょくすいにん》」である。これは、天正10（1582）年4月25日に、朝廷から提案された要請、すなわち、信長が征夷大将軍・太政大臣・関白のうちどれかに任官することを指し、その表明が5月30日から6月4日までの信長の上洛期間中になされる予定だった。

公家である勧修寺《かじゅうじ》晴豊《はるとよ》の日記『晴豊公記』は、そのときの様子を以下のように伝える。原文（天正10年4月25日条）を次に示す。

村井所（京都所司代）へ参候。安土へ女はうしゅ御くだし候て、太政大臣か関白か将軍か、御すいにん候て然るべく候、その由申され候その由申入候。

この要旨は、「(私は)京都所司代の村井貞勝のところへ行き、安土(信長)へ女房衆を遣わせ、『太政大臣か関白か将軍』に推薦する、という旨を伝えた」ということだ。その後、勧修寺晴豊は朝廷の使者として、5月4日、安土に登城し、信長の意を汲むかのように、

関東打ち果たされ珍重に候の間、将軍になさるべきよし

と伝えている(5月4日の「天正十年夏記」〈『晴豊公記』所収〉)。もちろん所司代と打ち合わせ済みの回答に他ならないだろう。ちなみに晴豊は武家を朝廷に取り次ぐ武家伝奏《てんそう》を務めていた公卿で、本能寺の変前後にも信長や光秀と深く交流していた。

以上について、今谷明氏は「正親町天皇は信長の要求が将軍任官にあるのを知って、おそらく安堵したであろう。(中略)信長も足利氏同様、将軍宣下を受け、幕府を開設する道を選択したのである」(今谷明『信長と天皇』講談社学術文庫、2002年、195頁より引用)と解釈されている。つまり、信長は神のような超越的存在であり続けたいのではなく、天皇のコントロール下である「征夷大将軍」を希望していることが、晴豊から報告されたので、正親町天皇は安堵したというわけだ。筆者も同意見だ。

だがこれは、信長包囲網=鞆幕府(毛利)軍にとって、決して許すことのできない事態であった。万が一、信長が征夷大将軍に就任してしまえば、「将軍義昭」はついに「自動的」に消滅し、理屈としては信長包囲網も即座に雲散霧消してしまうことになる。

そして、信長の三職推任に対する受諾に向けての茶会の開催予定日が、6月1・2日だったという。おまけにそのとき、信長の名物茶碗がまるで天下と引き換えるかのように披露される段取りだった。信長はまさに本能寺で、「自らの天下」を祝す茶会を開こうとしていたのであり、事実、『仙茶集』にある「御茶湯道具目録」がその証左となろう。

この目録は、本能寺の変前日の6月2日に、信長が博多の豪商嶋井宗室《しまいそうしつ》に与えた、披露するための秘蔵の名物茶器38種を書き上げたものだ。ちなみに、なぜ博多の豪商が茶会において主人の一人の位置付けだったのか、疑問を持たれた方もいるだろう。信長はこの度の中国遠征で毛利を片付けたのちは、当然、天下布武のために九州平定を予定していた。そこで、軍資金調達や流通ネットワークの活用においては博多の豪商の登場が必須となってくる。東アジアをまたにかける豪商たちの存在は、天下布武には欠かすことのできない存在だった。

実際、当茶会参加者の一人、山科言経《やましなときつね》の『言経卿記《ときつねきょうき》』6月1日条には、「数刻御雑談、茶子・茶これあり」と記されている。この詳細は、後ほど信長の動きの中で説明したい。

こういうダンドリを経て、もし、信長が備中に姿を見せることがあれば毛利・秀吉ともに万事休すということになるではないか。

こうした状況を鑑みれば、隠密の軍事行動を起こしやすかったのは6月2日未明まで、ということにならざるをえないわけである。

天下への道を上る信長

ここで、本能寺の変直前の信長の動きを、『信長公記』から改めて確認しておきたい。

織田軍は本能寺の変の起きるちょうど3か月前の天正10(1582)年3月、信濃の高遠城(現・長野県伊那市高遠町)で武田氏と戦っている。唯一、抵抗を見せたのが、勝頼の弟である仁科盛信《にしなもりのぶ》が籠城するこの城だけであり、わずかに一矢は報いるものの、圧倒的な織田軍の前に家臣は調略され、裏切りや逃亡が相次ぐ。

そしてついに、名将武田信玄の子・勝頼も3月11日、天目山麓《てんもくさんろく》では従う者わずか40余名までに減り、玉砕した。なお、勝頼本人は飢えと寒さで動くこともできず、その最期の姿は、具足櫃《ぐそくひつ》に腰かけたまま、無残にも討ち取られていたという。

ただ、この甲州征伐では、信長自身が戦闘の現場に立ち会ったわけでもなく、終息後の3月14日、勝頼の首実検を行ったあとは、つかの間の(信長にとっては最期の)平穏な日々を過ごす。4月10日には富士山見物にも出かけており、家康の手厚い接待をも受けている。もちろん、単なる物見遊山の行軍ではなかったようだ。盛本昌広氏は、この富士山見物について、以下のように述べる。

信長は富士山や富士山周辺の名所見物にこだわりを見せているが、富士山は東国の象徴であり、それを見ることは東国を支配したことの象徴的行為であった。頼朝による富士の巻狩も東国支配の象徴的行為であり、信長がその跡を見ることは頼朝の後継者として当国の支配者になったことを意味する。（盛本昌広『本能寺の変—史実の再検証』東京堂出版、2016年、143

頁より引用）

ということは、信長は三職推任で「征夷大将軍」を狙っていた、という勧修寺晴豊の推測は、衆目の一致する推測であった可能性が高い。

また、家康は、その居城の浜松に信長を招待して、家中できる限りの接待漬けにした。たとえば、家康は信長接待のためだけに莫大な私財を投じ、街道の整備や信長のために宿館を新たに造営したという。まるで秀吉の「一夜城」ならぬ家康の「一夜宿場町」の出現である。浜松の町は一挙に華やぎ、信長は家康の接待をことのほか喜んだという。そのせいであろうか、のちに家康は、念願の新領地・駿河国を手に入れることとなる。

そして、信長が安土城に凱旋したのは4月21日。道中、気候も和らぎ、富士や野に花は咲き、馬上、意気揚々と凱旋する信長の姿が目に浮かぶようだ。

さて、今度は家康が安土を訪れる番だ。3週間後の5月15日、信長は、武田の旧領、駿河を与えられた御礼のために訪れた家康と穴山信君（梅雪）らをもてなした。ちょうどこのころ秀吉や光秀の動きが慌ただしいのは、これまで見てきた通りだ。

そしてついに、信長が上洛したのが5月29日。『信長公記』によれば、同行したのは小姓衆わずかに20～30名だったという。いよいよ、京の定宿である本能寺で公家相手の茶会などを開いて三職推任の返答を行い、信長を征夷大将軍とする新体制は、固まる。その後、「征夷大将軍」の肩書として の初仕事は、旧「征夷大将軍」＝足利義昭と毛利氏掃討のため備中高松城へ向かうことであり、三男の信孝を四国征伐に派遣することだった。

信長にとっての6月2日

最期の本能寺滞在中、信長は極めて慌ただしい。6月1日には御所のキーマン、例えば勅使の権大納言・甘露寺経元《かんろじつねもと》と勧修寺晴豊《かじゅうじはるとよ》、前太政大臣近衛前久《このえさきひさ》らがやってきたのを皮切りに、翌2日（本能寺の変当日）の茶会にも再びこのメンバーをはじめ、近衛前久の息子である内大臣近衛信基《のぶもと》、前関白九条兼孝《くじょうかねたか》等々と、まさに当日の本能寺は堂上公卿のオンパレードだった。

その日の本能寺でのありさまを、勧修寺晴豊の日記『晴豊公記（日々記）』所収の「天正十年夏記」6月1日の条は、次のように記している。

一日、天晴、今日信長へ御使、甘露寺（経元）ト余（予）両人、南御所ヨリ参候、其外公家衆各礼ニ被出候、則村井（貞勝）ニ申所ニ信長各見参候、音信供有間敷由候て各不出候、各出候て物語共、（略）

傍線部のように、この日、甘露寺経元と晴豊が南御所から来たのをはじめ、その他の公家たちも本能寺まで出てきたようである。

また、同日の「天正十年夏記」は、こんどの四国への出陣についての信長の意気軒高《けんこう》振りも詳しく伝えている。

今度関東打ちはたし候物語共被申候、又西国手つかい四日出陣可申候、手たてそうさあるまじき事、中々聞事也、（略）

つまり信長は、

「4日に西国に出陣するが、このいくさは造作もない（わけもない）ことだ」

と上機嫌で話し、晴豊は、

「なかなかの聞き事である（信長もよく言うよなぁ）」

との感想を、率直に記している。


その他の公家衆も各自挨拶に出向いて、京都所司代の村井貞勝を通じて信長に面会する。ということは、当日は殿上人らによる押すな押すなの大賑いの「世紀の宴」が、本能寺御殿で繰り広げられたことになるだろう。なお、歓修寺晴豊の『晴豊公記』によれば、この日は宮廷における皇族を除く関白以下全員と五摂家（摂政・関白に任ぜられる家柄。近衛・九条・二条・一条・鷹司）を筆頭に、堂上公卿（昇殿を許された四位以上の公卿）40数名という、ほぼ有力全公卿が、信長の前で茶器を愛でたという。これこそが信長にとって最期の宴に相応しい、艶《つや》やかで雅《みや》びな一時《ひととき》だったはずだ。信長は持参した数々の名物茶器を彼らに披歴し、さぞや上機嫌で茶菓子を出し歓談したことであろう。数時間後の自分の姿も知らずにだ。この2日間は信長もさすがに宴を心から楽しみ、従来からの緊張の糸もこのときばかりはさすがに、緩んでいたと推測する。

もちろん、茶会には重装備の兵力を集中させての警備といった野暮は似合わない。しかし、順調に進めば信長の「将軍」（もしそうでないとしても最高権力者）としての地位が確定し、やがては天皇をはじめ、朝廷をも牛耳る事態となることは、戦国の世を生きる武将であれば誰の目にも明らかなことであったことだろう。四国・西国への出陣や茶会が滞りなく進めば、次は一体どうなるのだろうか。それは一時的な支配権のみならず、信長をして正親町天皇の外戚の地位までも築き、そして確定させる可能性も十分あったことになる。

「信長さまの眼中には征夷大将軍とか太政大臣ではなく、血そのものを天皇家に注入すること自体に重きを置いていらっしゃったのではなかろうか？」

という噂を、ひょっとしたら京の童までが、さぞうるさくさえずったのではないだろうか。

すなわち、信長は、次期天皇さえも意のままに扱うことができるポジションを本当は望んでおり、また事実、「12月は閏月を」（勧修寺晴豊「天正十年夏記」〈『晴豊公記』所収〉6月1日条）と本来天皇が司る事案にまで口を挟んでいる。毛利と交戦中とはいえ、まさしく当日は天皇までをも凌駕《りょうが》するかの勢いを示していたのだ。

同じく勧修寺晴豊の「天正十年夏記」では、

　　これ信長の無理なる事と各申すことなり

とある。このように、「公家サークル」ではみなが噂し、

「やれやれ、信長がまた何を言い出すのやら」

と、あきれながらも嘆いたことがうかがわれる。

これは朝廷にとって、抜き差しならない事態であった。暦に信長が口を挟むことなんぞ、まったくの論外だ。したがって、それを阻止せんがために朝廷も光秀を利用したのだ、という朝廷黒幕説も盛んに唱えられるのも、「むべなるかな」である。確かに、朝廷は光秀に、本能寺の変後すぐさまその行為を慰労するかのように「褒美」までとらせている始末なのだ。

吉田兼見《よしだかねみ》は、日記である『兼見卿記《かねみきょうき》』の天正十年六月条で、次のように正直に記述している。「褒美」に相当する箇所だ。

六日、壬辰、自勧修寺黄門（晴豊）書状到来云々、御用之儀在之、早々可伺候之旨仰也、即向勧黄門、令同道伺候親王（誠仁親王）御方、御対面、直仰云、日向守（惟任光秀）へ為御使罷下、京都之義無別義之様堅可申付之旨仰也、仰畏、明日即可致発足、段（緞）子一巻可被遣之、即受取、退出仕了、（傍線は筆者）

大意は、次のようになるだろう。

「六日、昼前、勧修寺晴豊から手紙が届く。その用とは、一緒に誠仁親王を訪ねて、早く日向守（惟任光秀）へ使者をつかわし、京都の治安維持を（光秀）にさせよう、もし可能なら明日さっそく行こう。（親王からじきじきとの証拠の）段子《どんす》をすぐに受け取って、退出した」

ちなみに傍線部の「段（緞）子」とは、絹の紋織物《もんおりもの》のことであり、「金襴緞子《きんらんどんす》」とは、その派生した織物のことである。

また、繰り返すが、このころ毛利氏にとって生き残る道は、乾坤一擲《けんこんいってき》、信長の抹殺以外はありえない状況に追い込まれていた。なにしろ、もうじき信孝軍の四国渡海とともに、信長本軍が備中に押し寄せてくる。義昭を支えた「毛利・長宗我部軍事同盟」はもはや壊滅寸前だ。猶予はもうない。

実行犯である光秀は、未だに信長軍幹部であることには違いないので、信長の中国出陣と信孝の四国出陣が6月3日になる(『細川忠興軍功記』)との情報も入手していただろうし、繰り返しとなるが、毛利(隆景)は、隆景本人に加え、石山本願寺(安芸門戸)や恵瓊をもとにした情報ネットワークを、都においても強力に張り巡らせていた。この頃、恵瓊は安芸・備後両国の安国寺住職であるだけではなく、当時は京都五山東福・南禅両寺住持という禅僧最高位に昇りつめた毛利家使僧だ。その情報網は畿内を中心として様々に張り巡らされており、公然と仏教を「隠れ蓑」とした情報収集・分析活動が可能なポジションにあったといえるだろう。直接には主筋・隆景の「陽と陰」となり、何の因果か、当時の恵瓊は、かつて安芸武田家を滅ぼした毛利家の安泰第一をめざし、この時期にはしっかりと補佐していたのである。もちろん、長宗我部元親からの情報も入手していたはずだ。信長包囲網の情報ネットワークは依然機能していたのだ。

長宗我部氏の重要性については、藤田達生氏が「光秀の軍事力で信長・信忠父子を急襲し、政権を奪取することは可能である。しかしその軍事力のみでは、長期にわたって政権を保つことは到底不可能といわねばならない」(『証言　本能寺の変　史料で読む戦国史』八木書店、2010年、185頁より引用)と述べ、その期待値と、軍事的な重要性も指摘している。確かに、長宗我部軍を保全し、そのまま軍事力を活用して政権の一翼を担わせる方針だったとも、筆者には思われる。

こうして見ると、6月2日に本能寺の信長の身に「異変」が起きる可能性が著しく高まっていたことは、戦乱を生きる気の利いた武将であれば、ある程度予想し得る事案であろう。

信長、あっけなく倒れる

明智勢が桂川を渡り、七条千本《ななじょうせんぼん》の地にたどり着いたのは、まだ夜明け前の午前3時頃と思われる。本能寺はすっかり寝静まっていた。

今の本能寺は秀吉に移転させられた「新本能寺」であり、「旧本能寺」は現在廃校になってしまった本能寺小学校近辺にあった。その周囲には堀、内側には土居を築き、まさしく城郭並みの構造物になっていたという。なぜなら、天文5(1536)年の天文法華の乱において延暦寺の僧兵に焼き討ちにされたことから、より防御力を高めた施設に建て替えられていたのだ。

この施設は、厳密にいえば、寺ではない。なぜなら既に僧侶は立ち退いており、宗教儀式は執り行われない、信長専用の京における宿泊施設となっていたのである。

さて前夜、信長は茶会の後、信忠や所司代・村井貞勝の訪問を受け、近習《きんじゅ》を交えてのどかな最期の夜を過ごしていた。天下布武が実現し、天下の諸将を差配して明(中国大陸)に討ち入る自らの馬上の姿でも夢見て、その晩はぐっすり熟睡したことだろうか。

ところが、翌朝明け六つ頃(午前4時過ぎ)、突如、明智勢の鬨《とき》の声が轟《とどろ》き渡り、銃声は鳴り響く。一斉に兵士たちが土塀を乗り越えて寺内に雪崩れ込んでくる。ここからは信長の祐筆、太田牛一の『信長公記』天正十年条に委ねたい。

変の様子を描いた記述のおおよその意味を確認すれば、次のようになる。

「すでに信長公の御座所であった本能寺を(明智勢)は取り囲んで、乱入した。信長も小姓衆も当初は下々のものが喧嘩でも始めた、ぐらいに思っていたが、いっこうにそうではなく、鬨の声(戦闘開始の声)が上がり、御殿へ鉄砲が撃ち込まれた。これは謀反だ。『誰の企みか』と信長が聞くと、森乱丸は『明智光秀です』と申し上げた。信長は『是非に及ばず』とおっしゃられ(略)」

乱入を企てた者が光秀だと知って、「是非に及ばず」(仕方がないの意か)、と、信長はすぐさま自らの行く末を察知したようだ。光秀はよほど緻密な戦いをする武将であり、信長は自らの行く末に匙《さじ》を投げてしまった、ということだろうか。また、1万3000名もの明智軍に対して、信長の抱える小姓衆はわずか数十名(数については異説あり)。数の点からも敗北は必至と判断したのであろう。

また、山科言経『言経卿記』天正十年条の描写も、リアルで面白い。その大意は、おおよそ、

「卯の刻(午前4時)前に信長の本能寺へ光秀が謀反で押し寄せた。即時に信長は討ち死に、信忠は妙覚寺を出て、下御所(誠仁親王御所)に籠ったが、しばらく後に討死。家臣の村井春長(忠勝)も同様。誠仁親王は無事内裏に帰られた。しかし言語道断、京都中が大騒動だ、とんでもないことだ」

となるだろうか。

どうやら信長襲撃はあっという間に片付き、近くの二条御所にいたという長男・織田信忠も、の

ちに討ち死にした模様である。「征夷大将軍」就任、そして天下統一を目前にしていた信長にとっては、さぞ無念だっただろう。

「中国大返し」神話を創作して無罪となった秀吉

天正10(1582)年6月1日(2日未明)、つまり毛利と秀吉が講和した2日前、すでに実際の変は起きている。「卵が先か、鶏が先か」。これまで述べてきたように、変の情報が備中高松に到着したときには秀吉は、なぜか用意周到だった。それはまるで、事前に本能寺の変が起きることを正確に予想していたかのような講和に向けた段取りである。そして陣撤収の準備も、すでに両者間で調整されていた、と考えるのが無理のない解釈だろう。どうやら信長の死は、やはり「予定されていた殺人」の結果だったと思われる。秀吉の陣撤退準備が始まる時点でのフライングこそ、その証左である。

そして、一大プロジェクトだった「中国大返し」も、発作的に実行可能なスジのものではない。御用作家に書かせた「物語」を排除してファクトだけ積み重ねれば、自《おの》ずと、秀吉はすでにあらすじを知っていて準備を始めていた、と考えざるをえないことになる。

したがって、「光秀が愛宕神社で御籤《みくじ》をひいて本能寺襲撃を決めた」「恵瓊の独断で清水宗治を切腹させ、講和に持ち込んだ」などという話も残っているが、これらは、「秀吉神話創造」をなりわいとする御用作家ならではの所業だ、と言わざるをえない。

以上から導かれる現場の状況は、隆景と秀吉は共に、上方からもたらされる予定の本能寺の異変情報を「今か今か」と待ちわびていた、ということに違いあるまい。そう考えないことには、秀吉の陣撤収が時間的にも辻褄《つじつま》が合わないからだ。なるほど、様々な陰謀説が飛び交うわけだ。つまり、本能寺の変の第一報が備中高松に届いたとき、秀吉は、

「やっと早馬が着いたか。そうか、やっと信長の奴め、成仏しよったか。これで講和してとっとと上に帰って、天下を取ることができるぞ!」

と、予定通りとはいえ大いに安堵し、さぞはしゃいだことだろう。官兵衛が言わなくても当然承知していた案件だ。

しかし、秀吉が信長の死を事前に知り、そのうえで陣撤収の準備をしていたことが露見するのは、さすがにまずい。これが「中国大返し」神話の誕生秘話となる。本能寺の変情報が備中高松に伝わった翌日、「はい、待ってました」とばかりに清水宗治の「湖上の自刃」を見届けるやいなや毛利氏と(計画通りに)講和し、6月4日に出発したことが、もし露見することになっては、どうにも都合が悪いではないか。

だからこそ、その事実を隠蔽するためには、早速御用作家の出番となり、秀吉お得意の「世論工作」が始まったのだ。結果、一部が架空の「中国大返し」神話の誕生、となったのは明らかだと思われる。

すなわち、備中高松を出発した日を遅らせて6月6日出発にすり替え、現実にはあり得ないスピードで長距離を「大返し」したという「新たな事実」を捏造する必要が生じたのだ。行程を図示してみたが、雨の中を直線距離で229・6キロメートルもぬかるんだ当時の泥道、当然舗装していな

い道を行軍することを考えると、この日程はありえない（1日平均約26キロメートル進んだことになる）。ぬかるんだ道を、沼から姫路まで1日で約80キロメートル進んだというのも、想像の産物でしかなかろう。

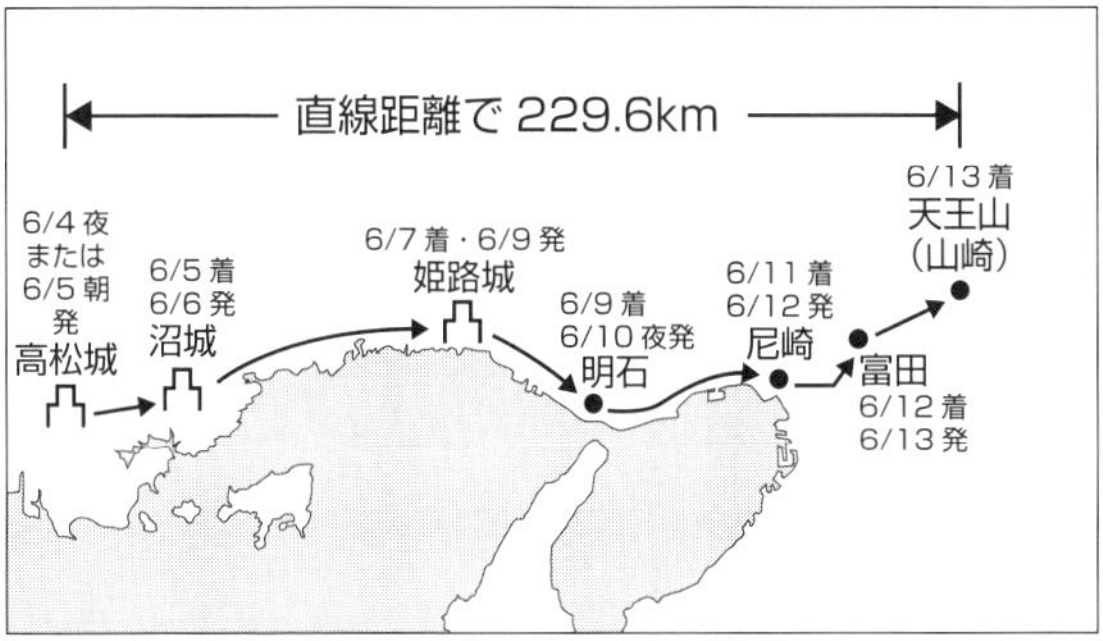

中国大返しの行程図

山崎までの道程において、政治工作しながら、例えば文書が確認できる中川秀政（『中川家文書』）ら近畿在住の武将と機動的に連絡をとりながら取って返すというのは、確かに「まるで神業か？」と思える芸当である。しかし、毛利との和議が本能寺の変以前から進み、周到に準備していた「中国大返し」であったことがバレてはならないので、6月4・5日は「変を知って動揺し、それから講和した」ということにしなければならない。つまり、当然秀吉の意向を含んで、「公的記録」としては陣払いを遅らせたことになる。4日の出立は、「公的」にはあってはならないことになるだろう。

「勝者によって歴史は書き換えられる」というのは、まさにこのことだ。「史料」創作担当者はいつの世にも存在し、この時代にはたまたま大村由己らがいた、ということか。秀吉はこの「神話創造」により、歴史上、信長暗殺の「共謀罪」については「無罪放免」となり、大衆ヒーローとして政権奪取も可能となった。そして21世紀になってようやく、「共犯者」としての過去がようやく暴かれた、ということになるのだろうか。

とにかく、かくして「中国大返し」は「史実」となり、敗者だけがいつの世も全面的に有罪となる。これでは、体のいい歴史における「欠席裁判」じゃないか。そして、それらの「史料」に影響を受けた「史実」が、21世紀においても未だに跋扈《ばっこ》することにもなる。それらは今もって、少なくとも「通説」でありつづけ、現代においては映像作品とも相乗し、非常に強い影響力を保持することになる。

ただ近年の研究、例えば盛本昌広氏の『本能寺の変―史実の再検証』（東京堂出版、２０１６年）や服部英雄氏、藤田達生氏らによって、ようやく秀吉の嘘が暴かれはじめ「物語から史実へ」と、中国大返しは転換中だという。

盛本氏は秀吉軍の陣撤収の論拠として、秀吉が毛利方に宛てた起草文写（『水月明鑑』）を挙げる。変の情報が京から備中高松に到着してから「秀吉が毛利方に和議を働きかけ、すぐに和議が成立したとするのは不自然であり、既に交渉が行われていたとするのが自然であろう。翌五日朝に両軍は退陣したと見られる。その根拠は六月六日付の小早川隆景書状である（岡家文書）。」と推測している（盛本昌広『本能寺の変―史実の再検証』東京堂出版、２０１６年、１１０頁より引用）。

『岡家文書』については岸田裕之氏の研究があると断った上で、それを参考に分析を加えられている。ここで、問題の天正10年6月6日付の隆景書状を見てみる。盛本氏の『本能寺の変―史実の再検証』１１０頁から引用する。

尚々〜、賀茂の儀も、弥々無二之覚悟候、境目より種々到来共候、何も重畳申し承るべし候急度申し候、京都の儀、去朔日信長父子討果、同二日に大坂において三七生害残所なき候、七兵衛尉・明智・柴田調儀をもって討ち果たす由候、此表の儀、昨朝申すごとく、陣和談をもって先各幸山・河辺迄打入候、此上儀、相談を遂げ候之条、時宜においては追々申すべく候、恐々謹言、

左衛隆景（花押）

六月六日

桂佐太（就宣）

岡宗左（元良）

まいる申給へ

書状の意味するところは、大体、次のようになろうか。

「なお、備中賀茂のことも、無二の覚悟で。また国境からいろいろ到来した喜ばしい情報を申します。京都の件ですが、去る6月1日に信長親子が討ち果て、2日には三七殿が大坂で殺されました。七兵衛尉(織田信澄)・明智・柴田が協調して討ったのです。

また、この備中高松の件は、昨日朝申した通り、陣は和議を結び、まずはおのおの幸山・河辺まで行ってください、その時また相談して、追々申します」

隆景は桂就宣と岡元良に、やや混乱した様子の分かる変の情報と高松の様子を伝えている。

このように秀吉と隆景は早々に和睦し、遅くとも5日には陣を撤収していることが判明する。やはり両者の間には、少なくとも本能寺の変勃発以前から、何らかの「意思疎通」があったからこそ、秀吉は比較的冷静に「神業」をやってのけながら、天下人への階段を駆け上がることができたことが、史料からも露見してきた。そのお礼という意味でだろうか、「毛利軍司令長官」隆景はのちに過分な褒美を秀吉から受けざるをえず、だからこそ、講和は最終的に毛利が有利と言っていいほどの条件で締結されていくことになったのだろう。

さて、ご存じのように、今日でも第4章106頁で見たような「通説」（備中高松の秀吉軍本陣における信長の死を知った秀吉と官兵衛のシーン）が「常識」となっている。もう一度見ておくと、

「信長の一報を聞いた秀吉の顔は青ざめ、動揺し言葉も出ず、狼狽《ろうばい》の態であった。このとき官兵衛は秀吉の耳元で囁いた」

という流れである。いかにもな「主君思いの秀吉」イメージ創出を目論んだ筋である。概ね、次のように続く。

「賢《さか》しらな官兵衛は『殿、しっかりなさいませ。これで殿のご運がようやく開けましたな。今すぐ上様の仇、日向守（光秀）を討てば、天下は秀吉様のものとなりまするぞ』と得意そうに秀吉に囁いた」

官兵衛の指摘でようやく現実に戻った秀吉は、こんな時にも冷静に状況判断できる官兵衛に非情さを覚えながらも、毛利との講和や「中国大返し」を彼の指摘通りに運んだ。つまり、信長の死後の一連の秀吉軍の動きは、実は動転した秀吉ではなく、「官兵衛の責任」だと言いたいのだ。「信長の

死を知って動転した秀吉には非はない」、つまり光秀の信長暗殺計画を秀吉はどうしても知らなかった、ということにせねばならない。冷静な官兵衛が進言したからこそ、「奇跡の『大返し』は始まったのだ」とばかりに。しかし実際のところ、秀吉と隆景双方は、やはり

「光秀め、やっと、やりおったか」

といった心情だったに違いないのだが、「広報戦略上」はあえて出陣を少々遅らせたことにしなければならないことになる。なぜなら既述のように、仮にもし、4日には既に陣を払っていたことが露見すれば、本能寺で信長が自刃に追い込まれたころより早く陣払いの準備が進めたことも露見してしまう。

陣払いの準備は通常、2日以上かかるといわれている。ましてや宇喜多勢と合わせて3万の軍勢の集団撤収は、容易ではない。なるほど、時にはアリバイ工作こそが、生き残るためには必須かつ重要な時代だったというわけだ。

やはり、6月4日には中国大返し出立

上記のように、少なくとも6月4日には、秀吉本軍が移動を開始していたことが近年判明している。そのことを裏付ける書状が、他にも確認された。

服部英雄氏は、近年の研究で以下のように述べている。

秀吉本人が行軍中に記した六月五日秀吉書状（梅林寺文書）、つまりリアルタイム史料によれ

> ば、すでに秀吉は備中国・高松城を引き払っており、五日に安全地帯たる備前国・野殿（山陽道）まできていた。（毛利側の様子をうかがい）何事もなければ沼城まで行くと書いている。よって正しくは、秀吉本人は備中高松城を五日に出て備前国境を越え、七日の姫路入城までに、三日をかけた行軍であった。前提として道中の警護を担う先遣隊が、四日には備中を出て、同じく三日をかけて六日に姫路城に入城しており、やはりリアルタイム史料（六月八日杉若無心書状）に記述がある。（服部英雄「ほらの達人 秀吉・『中国大返し』考」九州大学学術情報リポジトリ、2015年〈http://hdl.handle.net/2324/1516170〉1〜2頁より引用）

つまり、4日には秀吉自身の先遣隊が備中高松城を出発し、翌5日には秀吉本人もすでに沼城（現・岡山県岡山市東区にあった城）に到着しているというのだ。やはり、秀吉が通説のように、「上様（信長様）〜」と落ち込んでいる暇は、物理的にみても、とうてい無いことになる。

したがって、例えば、「（秀吉は）五日までこの高松に在陣し、（中略）毛利氏の動静を監視させたが、その翌六日の申《さる》の刻（午後四時）まず大丈夫と見極めをつけて急に高松を発し」（高柳光寿『明智光秀』吉川弘文館、1958年、238頁より引用）などと「翻訳」した言説があるが、今となってみると、秀吉の嘘にまんまと騙されたと言えようか。それなのに、すでに半世紀以上たった今でも影響力を持っている。この高柳氏が歴史学会の重鎮だったことが大きいと思われるが、不思議なことだ。

史実としては、変報が届くやいなや、一連の膨大な交渉事や出陣準備はなぜか片付き、同日中に光秀との決戦を目指し、秀吉は上方に向けて出発したことが確認できる。

ということは、驚くべきことに、やはり本能寺の変が起きる前から、「中国大返し」に向け、秀吉は出立の準備をしていたことになる。おまけに講和の交渉は、いきなり秀吉から持ち掛けられて恵瓊の独断で決まったのではなく、先述の通り、従来から続いていた隆景との交渉で、当時は既に成立寸前だったということも、付け加えておきたい。

あまり早くに取って返すのはおかしなことだが、秀吉にはどうしても急ぐ理由があった。それが、光秀の動向だ。そして天下獲りのために最も重要なのは、諸将を味方に付けることであろう。沼城から、

「上様はご無事で云々」

という偽の書状を、6月5日に家臣の中川清秀宛てに送っているが(『梅林寺文書』)、同様の書状は、光秀になびきそうな武将にも先手を打って、悉《ことごと》く送ったとみるべきだろう。なぜなら本当に信長が本能寺で灰となったのなら、「官軍」となった光秀は、ほっといても彼ら諸将を糾合し、自然と大勢力と化してしまう可能性は大だからだ。情報操作とスピードこそが勝負の分かれ目だ、ということを秀吉は重々承知していた。

以上から考えると、ここでも106頁で見た「秀吉は信長の死を急に知った」という通説の記述はリアリティに乏しく、やはり「物語」であると判断せざるを得ない。信長抹殺について毛利と密かに共謀していた秀吉が、信長落命の事実を毛利方に知られることなく、一刻も早く和睦を結ぶべく動き始めたというシーンも同様だろう。

蛇足だが、史実とされてきた記述はその性格上、残念ながら、秀吉が創作した「通説」に依拠している部分も比較的多いようだ。そのことを念頭に置いた上で、解釈していく必要があるだろう。ただ、時間の経過とともに「真説」が公的に認められれば、確かに少々時間はかかるが、今の通説が徐々にでも書き換えられる可能性もあることを祈ろう。

備中高松城の戦い後の処遇から明らかになったこと

ここで、毛利に対する秀吉の処遇をもう少し見ておきたい。まず、隆景への処遇が突出していることは注目に値しよう。従来、三原で6万石を領有していたに過ぎなかった隆景だが、秀吉政権下では、後にざっと10倍の63万石を得るまで「出世」し、かつ、さまざまな厚遇を受け、地元以外の政治に関わりたくなかったのに、ありがた迷惑にも、最終的には五大老などの要職にも就くことに。秀吉からは東日本の家康と同様に、西日本を代表する人物と見られ、黒田官兵衛からも「日本を代表する賢人」とまで評価される始末で、長い時間軸でみれば備中高松城の戦いを境に、まるで秀吉の隆景を見る目が一変したかのようにさえ映る。確かに、「水攻め」を期に、秀吉の敵から味方へと隆景の立場は180度転換したのだが、これではいささか「不都合な真実」までもが匂うほどである。

それではなぜ、秀吉の隆景への論功行賞が際立っていたのだろうか。そこにはさまざまな要因があるだろうが、まず考えられるのは、隆景が全体を俯瞰した「コントロールタワー」だったということが挙げられようか。すなわち、本能寺の変の一件の他、秀吉との講和交渉プロセス、たとえば中国大返しを経て山崎の戦いに至るまでの戦略立案のスキルが評価されたのだろう。そして、隆景は秀吉と官兵衛の「天下獲り」プロセスにおいても明に暗に、大いに貢献したのではないだろうか。

天正10年の高松城においての講和ののち、隆景は天正13（1585）年の雑賀攻めに参加、次に四国攻めでは三原から船出陣し、3か月で伊予を平定。同時に、すぐさま伊予の国の平安を取り戻す政策を展開し、その功第一等なのが隆景だった。また天正14年には九州平定に赴き、それが完了すると、アジア・南蛮（ヨーロッパ）との貿易港としても秀吉が重視した博多を擁する筑前の支配を任せられた。大陸進出も視野に入れた秀吉にとってはすこぶる重要な地であって、よほど信頼がないと任せられないはずだ。講和からさして月日を経てもないときに、枢要な地を隆景の領国にすることが決定され、30万7300石を得ることになっている。

とはいえ、隆景には「本国は三原」という認識があり、強引に秀吉の体制に組み込まれまいと、本人は中立を堅持している。度量と名声がなせる業とみるべきであろう。また、あらためて後述するが、隆景に対しては、領地だけでなく「褒美」も過剰なのだ。

そして、隆景の死後においてさえ、秀吉と官兵衛の評価は「異様」に高い。特に黒田家が死後70余年を経て編纂した『黒田家譜』に、ある程度の分量で隆景を描いたほどの「律義」さは、官兵衛がそれほどまでに隆景尊敬の念を持ち、それが代々伝わっていたという証左だろうか。

さらに言えば、備中高松城の戦いの後に毛利方が秀吉に割譲したのは、既に支配権を失った地域が中心であって、最低限、実効支配地は確保している。後には、四国や九州の主要エリアへと、かえって領土を広げているのである（第6章で改めて述べることにしたい）。

こうしてみると、備中高松における講和は、どうやら、最終的には毛利に有利だったとさえ思え

本能寺の変　関係人物相関図

――隆景・義昭・光秀・長宗我部の濃密な関係性――

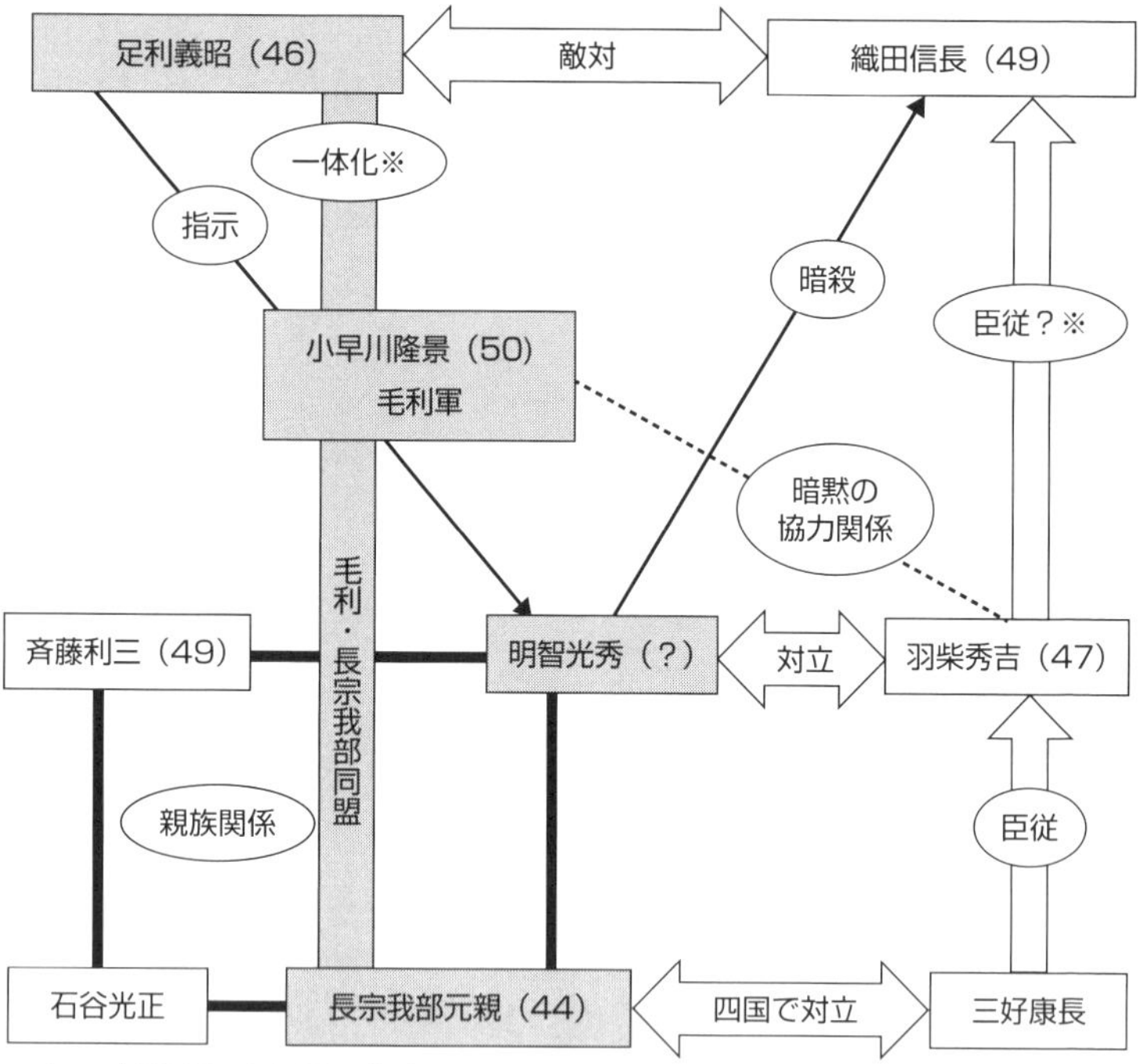

※カッコ内は天正 10 年当時の年齢。
※義昭と隆景は、鞆幕府として一体化して戦争中だった。
※秀吉は、表面的には信長に臣従していたが、信長の死で利を得た。

てくるほどだ。

このように備中高松城の戦いを結果から振り返れば、実質、隆景が本能寺の変を企て、その「大構想」のもと義昭が(掌の上で)動き、指示を受けた光秀が軍事行動を本能寺で起こしたと考えるのが、一番シックリくる。また、隆景だけが、本能寺の変に関与した「プレーヤー」に指示・影響を与えうる立場にあったことも、当時の人物相関を眺めれば、より明白となってこよう。隆景の人的ネットワークを見ると、義昭・光秀・長宗我部ラインとのパイプは明らかに太く、その関係性は濃密である。

そして、先述した通り、毛利・長宗我部同盟の成立により、光秀は「鞆幕府」としての指示を受けることになり、「大構想」に触れることが可能になっているのだ。さらに、意外に見落とされているが、対陣中だった秀吉も、直接・間接に、隆景の「大構想」のさわりに触れたと思われる。なぜなら、隆景と硬軟織り交ぜた講和交渉中だったからだ。先に見たように毛利軍の重臣で調略されなかったのがわずか5名だった(『身自鏡』)ということからも、情報がもれなかったとはむしろ考えにくい。

左三つ巴

そして、この講和で注目されてくるのが、隆景は講和時に銃や弓の他に「左三つ巴」の印、すなわち「小早川軍旗」までを秀吉に気前よく渡している点だ。毛利側の記録『江系譜』にも、そのときの様が次のように記されている(傍線は筆者)。

同日（四日）秀吉より蜂須賀家政を以て、信長父子、明智光秀がために切腹を告ぐる事、毛利家より又悔やみの使者として、内藤越後守吉正を遣わす、是により和睦堅く諾し、信長弔い軍として秀吉上洛、餞として銃五百挺・弓百張・旛三十本簱、内藤良正を以て送る、秀吉歓悦す
（後略）

つまり、おおよそこういうことだろう。

「4日、秀吉が、蜂須賀家政から『信長父子、明智光秀のために切腹した』と告げたので、毛利家からも悔やみの使者として内藤吉正《ないとうよしまさ》を遣わした。これによって和睦は堅く承諾され、信長の弔い軍として秀吉が上洛する際に、（毛利は）餞別として、銃五百挺・弓百張・旛三十本簱を送ると、秀吉は歓喜した」

この「旗」が羽柴軍に翻るということは、羽柴軍と毛利軍（小早川軍）による連合軍の誕生を意味することになる。その意味するところは大きい。その旗を掲げた秀吉は、

小早川軍旗「左三つ巴」（ホームページ「戦国未満」〈https://sengokumiman.com/〉より）

「毛利(小早川)との連合軍、ここに誕生!」とばかり一気に取って返し、最終的には大山崎の地で光秀を一蹴することとなる。明智軍は小早川の「左三つ巴」を見て愕然とすると同時に、戦意までも喪失したことも想像に難くない。特に、今までの秘密工作を知っていた明智軍重臣ならばなおさらだろう。

山崎の戦い

ここで、光秀の最期について簡単に触れたい。

運命の6月13日、頼みにした細川幽斎《ゆうさい》や筒井順慶《つついじゅんけい》も現れず、池田、中川、高山、塩川らの部隊を結集することにも失敗した光秀は、大いに失望したが、秀吉は刻々と山崎に迫る。午後4時には予定地に付いた模様で、すぐさま諸部隊に進撃を命じている。ここからは大村由己著『太閤記』の当日の記述に委ねたい。

> 山崎表之先手は斎藤（利三）内蔵助（略）、其勢三千、都合五千也、山手の先備は松田太郎左
> 衛門尉、鉄砲三百挺引具す。是におしつづき並河掃部、其外丹波之国士七首、其勢二千、右備、
> 伊勢与三郎、諏訪飛騨守・御牧三左衛門尉、其勢二千、左備、津田与三郎、其勢二千、光秀が
> 旗本五千、（略）其より小栗栖へ出て行処を藪の中より、さきにのりつける村越を鑓にて突き
> けり、去共、胴丸のさねつよかりしかば、突止す、次に乗行騎兵を突きたるに、惟任（明智光
> 秀）が右の脇をしたたかに突入てけり（略）

大まかに、戦の概略を見ておこう。

山崎の表で先手は斎藤利三らで総勢5000の兵、山手側は松田隊で鉄砲を300丁を備えていた。並河、丹波の国士らの軍が続き、光秀の旗本5000を合わせて、軍勢は総勢1万6000ほどだったようだ。

その後、敗走中に京都の小栗栖《おぐるす》へ出ていくところを、藪の中から、村越(家臣)、そして光秀も槍で右の脇腹をしたたかに突き刺された。

なお、山科言経は、山崎の戦いについて、京でもっぱら流れていた噂、あるいは自らの見解を書き留めている。

十三日、
推任日向守(光秀)於山崎ニテ合戦、即時敗北、伊勢守(伊勢貞興)巳来(下)三十余人打死了、(中略)
十七日、
日向守内斎藤(内祝)蔵助(利三)、今度謀叛随一也(略)

ここでは、山崎の合戦で逆に光秀が即時敗北を喫したこと、斎藤利三こそが「この度の謀反(本能寺の変)で随一」の役割を果たしたということを述べている。この利三が「謀叛随一」という記述が特に注目されるだろう。なぜなら、利三の妹が長宗我部元親に嫁いでおり、妹思いの彼は、どうしても信忠軍の四国渡海を阻止したかったため、光秀をして信長を抹殺した、という「四国説」の根拠になるからだ。

なお、『元親記』にも、第4章（143頁）で述べた通り、「斎藤内蔵助は四国の儀を気遣に存ずるによつてなり、明智殿謀叛の事弥差急がれ」との記述がある。やはり姻戚関係を重視する武将だったのか、なんとか長宗我部元親（一族）を守りたかったのだろうか。

もちろん、彼と長宗我部元親との関係性のみならず、信長包囲網および鞆幕府軍からの視点で、じっくり再考するのも面白い。

しかし、とにもかくにも「足利幕府再興」が固まる前に、秀吉が「中国大返し」を決行し、近畿に取って返したことは、光秀にとっては大きな誤算だったに違いない。特に、あろうことか隆景が、秀吉の器量を当初から読み込んでおり、まさか軍旗までを渡してしまうとは。

このことが結局秀吉に天下を獲らせ、日本史をぐるりと転換させることに繋《つな》がっていった大きな要因となった。「歴史の必然」だったのだろうか。おそらく隆景は、小早川軍旗を秀吉に渡す意味を正確に測っていた可能性もある。それは天下を決するプロデューサーの役割を、本人は知ってか知らずか（恐らく確信犯であろうが）、この切所においても執り行っていたことになる。

「光秀にはお気の毒なことをしたのう」

との隆景の独白が、今になっても耳を澄ませば聞こえてくるような気がするのは、はたして筆者だけなのだろうか。従前より、秀吉が「さりとてはの者」であることを知る隆景にとって、光秀の戦死は、残念なことながら想定内のことだったのだ。

さらに、光秀に加えて「謀叛随一」の斉藤利三も、光秀につき従ってこの山崎で秀吉軍に敗れ、近江の堅田で捕らえられて処刑されている。何という皮肉であろう。

そして、隆景の大構想を都合良く「消化」したのが秀吉であり、光秀の「成果」を情報戦によってなきものにして「横取り」までした、との結果論が導き出せることになるだろう。つまり、足利義昭、毛利三家、明智、長宗我部らの「新同盟軍(信長包囲網)」が、いわば、信長を包みこむように連携しながら、ついに滅ぼしたことに今さらながら気付かされるのだ。なお、最も利があったのは後に天下を獲った秀吉と家康だったということも、今さらながら一目瞭然となる。

家康の「神君伊賀越え」神話

さて、もう一人の幸運な人物、家康について、6月2日の動きを中心にここで確認しておきたい。ちょうど約半月前の5月15日に安土にやってきた家康は、17日、主賓として「旨い魚」などの豪勢な膳に囲まれ、手厚く接待されていた。ただ、接待担当の光秀は「突如」解任されてしまい(異説あり)、秀吉応援部隊として備中高松へ赴くこととなる。

ただ、光秀の名誉のために書き加えるが、実は魚はたいそう旨く、彼の接待のすばらしさは、奈良まで伝わっていたのだ。興福寺塔頭多門院の英俊《えいしゅん》ら学僧の書き綴《つづ》った『多門院日記』(天正十年五月条)にも、それを評価する記述がある。その接待漬けが20日まで続いた後、21日には上洛し、織田信忠が同道している。その後、29日には堺に入っていることが、『言経卿記』(天正十年条)から確認できる。おそらく物見遊山の旅の風情で、京のみならず、奈良、大坂をも廻ったのではないだろうか。

6月2日は信長と会見予定だったので、家康は早朝には堺を発ち、一路、京都本能寺を目指していたが、その途中で豪商・茶屋四郎次郎に会い、初めて本能寺の一件を知る。家康は、ショックを受け京で切腹しようとしたが、家臣の説得で思いとどまり、山越え海越え、三河にたどり着いたという。茶屋は危機的状況のなかから家康を無事、脱出させている。それは、茶屋の武略と機転に富んだ的確な指示があったからなのか。

この話は「神君伊賀越え」と言われているが、いかにも神がかった脱出劇を可能にしてしまう英雄として、家康もまた、のちの「御用作家」に創作させていたのではなかろうか。なにか同じ匂いがするのだ。そう、これも「ショックを受けた秀吉が、中国大返しをした」という話と同じ類いの、すなわち創られた「神話」とみて間違いないようだ。

帰洛を画策する義昭

さて、本能寺の変が成功するやいなや、未だ秀吉の天下も決まっていない6月9日、義昭は、「わしのためによう信長を片付けてくれてごくろうさん、ほんなら、はよ都へ帰ろ」と、鞆幕府解散と「足利統一幕府」に向けた動きを起こし、すぐさま上洛しようとしているのだが、毛利（隆景）はなぜか動かず、義昭は相当焦っており、そのさまは次の御内書からうかがえる（藤田達生『証言　本能寺の変　史料で読む戦国史』234頁に掲載の『小早川家文書』251号より引用、傍線は筆者）。

上表かくの如きうえは、備・播に至り急度行《きっとてだて》に及び、この節帰洛の馳走肝要、自然諸卒打ち入るにおいては、その曲あるべからず候、そのため秀政を差し越し、委細昭光申すべく候也（以下略）、

（天正十年）六月九日　（義昭花押）

小早川左衛門佐（隆景）とのへ

つまり、傍線のように、

「こういう状況になったからには、吉備や播磨に急ぎ行き、この度の帰洛の手伝いをすることが肝要である」

と、隆景に対して上洛の手伝いをするよう命じている。

ではなぜ、隆景が「幕府」の意向に沿って信長抹殺がなされたにもかかわらず、当の将軍義昭の意向「この節帰洛の馳走肝要」を無視したのだろうか。それはおそらく、将軍がすぐさま上洛することは、講和で決まった秀吉と隆景の合意に反することだからに違いあるまい。かつ、隆景としては、義昭のポスト信長・義昭の「新足利幕府」づくりを支援するつもりはまったくなく、秀吉を「さりとては」の人に押し上げる方が、今後の毛利家の生き残りのためになると考えたに違いない。だからこそ、隆景の旗が秀吉に渡ったとさえ考えられよう。

さらに言えば、隆景は鞆幕府の「上司」としての義昭を十二分に観察することができていたため、（義昭には申し訳ないが）どの程度の人物かということ、すなわち器量の小ささも的確に判断できた

ことも間違いないところだ。

しかし、諦めの悪い義昭が二の矢、三の矢を放たないはずがない。彼は6月13日付浦宗勝宛書状で、

「信長を滅ぼした以上、早く上洛にむけたサービスをするよう、輝元・隆景に申し渡せ。今こそ、いよいよわしに忠節を果たすのが大切じゃ。恩賞(肩衣・袴)も遣わすから真木島昭光・小林家孝とよく相談しろ」

と、「肩衣・袴」という「恩賞」をぶらさげて、浦宗勝を通してさらに輝元・隆景に上洛を促している。

さらに、島津にも同様の御内書が残っており、義昭は縁のあった武将には、再び書状を送り、「上洛を馳走せよ」と命じたことだろう。名実ともに「われこそが足利将軍なのだ」「われこそが、本能寺の変の黒幕だ」と主張を重ねたろうが、残念なことながら誰も相手にしなかったのは言うまでもない。

とはいえ、義昭は隆景を利用して信長を破り、隆景も「義昭」を活用して信長包囲網をなんとか繕いながら、信長との6年間にも及んだ戦いに勝利した、ということになる。

その後、義昭は秀吉にも「上洛帮助《ほうじょ》」を働きかけるが、隆景は首を縦に振らなかった。しかし、翌天正11(1583)年2月には、毛利輝元、徳川家康、柴田勝家らの賛同を取り付けている。そして秀吉は天正15(1587)年7月に関白になり、名実ともに天下統一がなる。その年の10月、義昭はようやく上洛を果たした。しかし翌天正16年(1588)1月、将軍職を辞している。秀吉との手打ちだろう。足利時代も名実ともに、これでようやく終わったと言えよう。義昭はすぐさま受戒し

て名を昌山(道休)とし、朝廷からは准三后の称号を受けている。その後彼は、敵対した信長と比べ、秀吉とは非常に友好的な関係性を築くことができたと思われ、かつて信長から追われた槇島を所領とし、「御伽衆」にも名を連ねている。朝鮮出兵のときも渡海はしなかったものの、名護屋(佐賀県)までは赴いており、鞆に「放置」されていた時代を思えば、決して冷遇されていたわけではない。慶長2(1597)年、夢にまで見た京都で、「無事」逝去。享年61歳だった。

通説と史実

さて、これまで見てきたように、備中高松城の戦いにおける隆景の戦略的対応は、「毛利方として元就遺訓を最低限ではあるが遵守しつつ、毛利の家名を死守する」という「上策」の結果だと考えられるだろう。その後、少々の起伏はあったとはいえようが、毛利(隆景)の秀吉との強固な「同盟関係」は、秀吉が亡くなるときまで、おおむね「忠実」に続いていくことになる。実際、こののち小早川家に秀吉から養子(秀秋)を迎え入れたことで、秀吉の目論み通り、名実共に小早川家は秀吉の軍門に下る。そして、隆景はまさか意趣《いしゅ》返しでもあるまいが、その後突如として隠居してしまう、という挙に出て、福岡の名島城から三原城に帰還している。

さて、こうしてみると、本能寺の変をめぐる「通説」と史実は、隆景と秀吉の「創造」によって、大きく異なって後世に伝わってきたことがお分かりいただけたかと思う。

第2節　信長暗殺犯は、なぜ光秀なのか？

秀吉や光秀が、信長を討ち滅ぼしたくなるこれだけの根拠

ここからは、光秀が信長を暗殺した原因や、考えられる他の犯人を詳しく検証していく。まず、なぜ、当時信長政権の重臣だった光秀や秀吉がそろって隆景に同調し、あえて自分たちの大将信長を倒そうと考えたのだろうか。先ほど、四国政策の変更が大きな契機となったことを述べたが、その他の根拠をここで整理しておきたい。

第一としては、信長の超合理主義がきっかけになった、と考えられる。それは「合戦市場原理主義」とでも言おうか。つまり、たとえ重臣であっても、いずれ老いて役立たずになるときがくれば使い捨てにする、という信長の考え方そのものである。この頃はそれが明白になってきており、生き残るためにはどこかでその流れを食い止める必要が生じていたことが考えられるだろう。佐久間信盛などの従来からの重臣でさえも、信長の恣意で、役に立たなくなったと判断されるやいなや、昔の失態までほじくり返されての「折檻《せっかん》」、すなわち、領地の没収や追放が日常茶飯事となってきていた。そして、その領地を、数多かった信長の子息や新たな近臣に分け与える傾向も顕著になり、挙句の果てには、切腹になった者も現れ、信長の「領地総どり」という事例も徐々に増えていく。

このことは、古くからの重臣にとっては非常に危機的な状況だ。リアリストの信長には、昔の実績はあまり意味をなさなかったようだ。これまでの血の代償で築き上げてきた資産も没収だ。信長の主な権力維持手法は、まさしく恐怖心を活用したものだったのだ。

ただ最近の研究では、そうした信長のイメージも、秀吉がより先鋭化させた、とする捉え方もある。2016年1月21日、龍野歴史文化資料館と東京大学史料編纂所は共同調査の結果、秀吉が家臣脇坂安治《わきさかやすはる》に宛てた書状33通が発見されたと発表した。このことを報じた『日本経済新聞』記事の一部を引用する。

日付は天正年間（16世紀後半）が多かった。詳細な指示や叱責なども記されており、秀吉の天下統一前の情勢が詳しく分かるという。（中略）解読した同編纂所の村井祐樹助教は「天下統一前の早い時期の史料がまとまって出てきたのは貴重だ。秀吉の細かい性格も読み取れる」と話す。（「秀吉の朱印状33通　重臣に指示・叱責、東大史料編纂所が修復」日本経済新聞ホームページ2016年1月21日
〈https://www.nikkei.com/article/DGXLASDG21H9G_R20C16A1000000/〉より引用）

これらの中に、「秀吉に比べると信長の方がむしろ人間味のある人物だった」という文書がある。そこで、秀吉は何と、

「信長は優しすぎるのがダメだった。自分は信長のように甘くないぞ」

と宣言しているのだ。しかも「信長」と呼び捨てにしている。従来の信長像と秀吉像が逆転する。ということは、現在の信長の残虐性を含むイメージは、秀吉お得意のPR手法に未だに引っ掛かって騙され続けていることの証しかもしれない。

とはいえ、徐々にではあるが、部隊編成も秀吉や光秀ら旧来の「戦闘担当」武将グループと、森乱丸ら新参の「権力中枢」武将グループとに色分けされていく。旧来の「老臣」には、日々かなりのストレスが掛かっていたことは、もはや否めまい。

ならば、永遠に続いていくこの殺戮の螺旋《らせん》からいち早く抜け出さないことには、領地どころか命の保障もない、ということになりはしないだろうか。信長自身が消滅しないことには我が身の安全さえ確保できないことを、天正10年にもなると、さすがに目先の利く「老臣」ならば、少なくとも理解せざるをえない「家内事情」があったわけだ。天下布武とはどうやら、果てしない、長く曲がりくねった道だったのだ。

備中高松のみならず、中国地方が片付けば四国。四国が片付けば九州、全国統一が済めば朝鮮、さらには明国へと、いずれ転戦せられることは必定。人間誰しも老い、やがては必ず無用となる時は来る。それもそう遠くない時節に。年齢的にも彼らは既に若くはなく、やがては、それが現実となる日が近い、ということを確信せざるをえない状況に、彼らはあったであろう。天正10年時点で、『当代記』によると光秀は67歳、秀吉は45歳だったという(光秀の年齢については諸説あり)。

信長指揮下の老将ならば誰しも、

「いずれわしも佐久間のようになるのではないか…」

と確信したに違いない。合理主義的な信長の判断基準は、ついには、「役に立つか立たぬか」、に収斂したのだから。すなわち、

「用無くば、去れ(死ね)」

である。

この性格については、フロイスも以下のように記している。


彼は善き理性と明晰な判断力を有し、神および仏のいっさいの礼拝、尊崇、ならびにあらゆる異教的占卜や迷信的慣習の軽蔑者であった。（中略）霊魂の不滅、来世の賞罰などはないと見なした。（松田毅一・川崎桃太訳『フロイス日本史4』中央公論社、1978年、103〜104頁より引用）

布教に来ている宣教師にこそ理解できた信長の「合理主義」が、どうやら存在したようだ。

他にも、例えば地球儀を見て、即座に「地球は丸い」という事実を理解した信長に、西洋人フロイスは驚いている。信長が、既成概念から逸脱していたと思ったのだろうか。

第二の理由は、信長を討つのが6月2日までであれば信長の三職推任（征夷大将軍就任）を阻止することができ、「将軍義昭」の御内書による命令と一致することになるからだ。すなわち、征夷大将軍の命に沿った「大義」であったとする名分が立つということが、この時代では非常に大きな意味を持つ。光秀はただ忠実に将軍義昭の命令に従い、信長を始末しただけのことであると。だからこそ、ことさらに光秀の書状には、「義昭に奉じた」とのフレーズが出てくることになる。

また、もし信長が征夷大将軍になったなら、史上初の「平姓将軍」が誕生することとなり、美濃源氏の名門・土岐氏の流れをくむという光秀としては到底許せないことだったのではないか、という見立てもあるようだ。

第三に、元々光秀は天皇崇敬の意識が高く、信長の天皇を蔑《ないがし》ろにするような戦略には、到底服すことができなかったこともあげられよう。一例をあげれば、信長は天正8（1580）年に正親町天皇に譲位を迫っており、入魂《じっこん》だった誠仁親王《さねひとしんのう》を次期天皇に据える画策もしていたという。さらに付け加えるならば、先述した天皇の専権事項であった暦の問題（宣明暦）への口出しもあった。

そして天正9（1581）年2月の「京都御馬揃え」と続く。これは信長一世一代の晴れ舞台、京都で行った大規模な観兵式・軍事パレードのこと。彼は大名に加え、天皇や公家を招待したが、その理由は、「信長が安土で催行していた左義長が評判なので正親町天皇が観たいと所望し、信長が応じた」という説もある一方、それはありえないという説もある。なぜなら、信長は2回ほど馬揃えを行っているが、2回目は天皇は観覧していないし、そのときに信長は禁裏東南角の鎮守社を壊す暴挙に出ている。そもそも、信長の譲位の勧めに対してこの時期、正親町天皇は「金神だから」と、陰陽道を理由にして拒絶していた（今谷明『信長と天皇』講談社学術文庫、2002年、170頁）。だからこそ、信長は手下を使って「東南角」（陰陽道の方位の意味では最重要と思われる）の神社を、つまり「金神」を破壊したと思われる。

なお、天正4（1576）年頃から、信長は正親町天皇に再三にわたって譲位を促していた。業を煮やした信長は天正9年の2月から3月にかけて二度、馬揃えを行うが、天皇はついに譲位しなかったという。これについて今谷明氏は、「譲位強要、神格化いずれも挫折と失敗の結果、信長も足利氏同様、将軍宣下を受け、幕府を開設する道を選択したのである」と述べている（今谷明『信長と天皇』講談社学術文庫、2002年、195頁より引用)。本能寺の変以降しばらくの間でしかなかったが、天皇の光秀との「蜜月」ともいえる関係性からしても、光秀が天皇への忠誠心から謀反を起こしたという説は、説得力を持つと考える。

ただ、三職推任のところで述べたように、信長が臣下として「征夷大将軍」を受けるつもりだということが分かったので、正親町天皇は

「信長は自らの神格化を諦めはって、朕と取って代わろうとは、思ってへんのやな」

と、ようやく安堵したという。

さらに第四の理由として、光秀は秀吉とのライバル争いにそもそも疲れてしまったからではないか、とも考えられる。元々、信長家臣団の中で、最初に「一国一城の主」になったのは、坂本城とその周辺の滋賀郡をもらった光秀であり、二番目が長浜城をもらった秀吉であった(いずれも現在の滋賀県)。以後、両者は出世競争のデッドヒートを繰り広げている。

例えば、先述した大規模な馬揃えの際、天皇をはじめとして殿上貴族及び各界の重要人物臨席のもと、その責任者として指名されたのは秀吉ではなく光秀であり、大軍を差配できる立場に立った光秀は得意絶頂だったはずだ。しかし、その後の四国政策の転換や秀吉の中国攻めへの援軍命令で、一度は「秀吉に勝った」と思っていた光秀は、猛然と巻き返す秀吉の活躍に深い失望感を味わうことになり、それが謀反の一つの引き金になったとする説もある。

第五の理由だが、上記の出世競争に関して言えば、信長は、光秀よりも子のない秀吉を西日本支配の先兵にしたほうが、領土をいずれ将来的に「総どり」できる点で良いと考えたのだろう。先述

の通り、その頃すでに「老臣」に難癖をつけて取り上げた領地を、やたら一族近臣に再配分し始めている信長にとって、難なく「総どり」できる秀吉が出世競争に勝利してくれた方が、やはり望ましい。

このように天正10（1582）年春、光秀は「出世競争」において秀吉のはるかに後塵を拝してしまっていた。当時の武将は、今以上に、命を懸けた、名誉と意地の出世競争を繰り広げていたろうし、そもそも世情は「下剋上」である。

またこの頃、国替え計画は具体化寸前だったともいう。既に大坂城は信長の新たな城として築城中で、その担当は丹羽長秀と織田信澄《のぶすみ》（信長の弟・信行の子で光秀の娘婿）を城代として監督させている。近畿周辺の領地は信長一門のものとして没収し、光秀を丹波から石見に鞍替えさせる噂も、当時まことしやかに流れていた。これは、光秀にとって、秀吉との出世競争に敗北し、また同時に織田政権中枢からも弾き飛ばされることを意味する。西国支配のためには、安土城から大坂城への中枢移転に伴う大規模な国替えは、中国毛利、四国長宗我部征伐ののちには必ず実施される。となると、殲滅予定の毛利と長宗我部が軍事同盟を結び、まるで窮鼠《きゅうそ》のように猫（信長）を噛むことは、自明の理といえるだろう。そして、「噛む」担当が光秀であった、ということになるのだろうか。

つまり、光秀謀反の原因説は、かように乱立しているのが実情なのである。ここはどうやら、想像力と創造力と真相とが鍔迫《つばぜ》り合いを繰り広げている「歴史フィールド」であると筆者は勝手に思い込み、今回闖入《ちんにゅう》した次第である。

天正10年国替え予定表

地域	国名（現在の府県名）	大名	備考
畿内	摂津（大阪府）	丹羽長秀	大坂城代として普請担当。若狭後瀬山城主。
		織田信澄	大坂城代として普請担当。近江大溝城主。
		池田恒興	摂津有岡城を伊丹城へと改称。摂津花隈城の資材を転用して摂津兵庫城を改修。
	和泉（大阪府）	織田信張	岸和田城代として配置される。
		蜂谷頼隆	岸和田城代として配置される。
山陽	播磨（兵庫県）	羽柴秀吉	淡路も領有。播磨姫路城主。
	但馬（兵庫県）	羽柴秀長	秀吉実弟。
	備前（岡山県）	宇喜多直家	秀吉派閥。備前岡山城主。
	美作（岡山県）		
	備中（岡山県）		
	備後（岡山県・広島県）	中川清秀	秀吉派閥。摂津茨木城は収公予定。
	安芸（広島県）	中川清秀？	秀吉を介して、信長から「備後の次の国」の恩賞を約束される
	周防（山口県）	大友義統	信長から、毛利氏攻撃への参陣を前提として約束される。
	長門（山口県）		
山陰	因幡（鳥取県）	宮部継潤	秀吉与力。因幡鳥取城主。
	伯耆（鳥取県）	南条元継	秀吉派閥。伯耆羽衣石城主。
	出雲（島根県）	亀井茲矩	秀吉家臣。
	石見（島根県）	**明智光秀？**	『明智軍記』は出雲・石見への国替を命じられたと記す。
四国	讃岐（香川県）	三好信孝	三好康長の養子となる。伊勢神戸城から国替予定。
	阿波（徳島県）	三好康長	秀吉派閥。河内高屋城から国替予定。
	伊予（愛媛県）	？	信長が淡路まで出馬した時点で公表する予定。
	土佐（高知県）		

藤田達生『織田信長』山川出版社、2018年、88頁より
※現在の府県名は筆者が追記。
※織田信澄は信長の甥、三好信孝は信長の三男。

光秀の人となり

さらに、実行犯が明智光秀に選ばれた理由も述べておきたいのだが、ここでは、彼の性格を比較的、客観的に指摘した(当然、イエズス会寄りだが)と思われるルイス・フロイスの評価から引用する。特に性格が表れている記述に傍線をつけた。ここから、隆景との明らかな違いを読み取っていただけることと思う。

信長の宮廷に惟任日向守殿、別名十兵衛明智殿と称する人物がいた。彼はもとより高貴の出ではなく、信長の治世の初期には、公方様の邸の一貴人兵部太輔と称する人に奉仕していたのであるが、その才略、深慮、狡猾さにより、信長の寵愛を受けることとなり、主君とその恩恵を利することをわきまえていた。殿内にあって彼は余所者であり、外来の身であったので、ほとんどすべての者から快く思われていなかったが、自らが（受けている）寵愛を保持し増大するための不思議な器用さを身に備えていた。彼は裏切りや密会を好み、刑を科するに残酷で、独裁的でもあったが、己れを偽装するのに抜け目がなく、戦争においては謀略を得意とし、忍耐力に富み、計略と策謀の達人であった。また、築城のことに造詣が深く、優れた建築手腕の持主で、選り抜かれた戦いに熟練の士を使いこなしていた。
彼は誰にも増して、絶えず信長に贈与することを怠らず、その親愛の情を得るためには彼を喜ばせることは万事につけて調べているほどであり、彼の嗜好や希望に関しては、いささかもこれに逆らうことがないよう心掛け（略）また、友人たちの間にあっては、彼は人を欺くために七十二の方法を深く体得し、かつ学習したと吹聴していたが、ついには、このような術策と表面だけの繕いにより、あまり謀略（という手段を弄すること）に精通してはいない信長を完全に瞞着し、惑わしてしまい、（略）

（松田毅一・川崎桃太訳『フロイス日本史5』中央公論社　1978年、143〜144頁より引用、傍線は筆者）

この評価からまず感じられるのは、

「光秀とイエズス会とのコミュニケーションが上手くいってないな」

ということだ。光秀が実際ここまで、いささか気の毒な評価をされていることは、イエズス会のみならず信長軍団内ではたいそう恨みを買っていたことも予測できるほどだ。もともと外部の人間（よそもの）だし。光秀は裏切りが得意だという酷い評価は、まるでフロイスが初めから悪意を持っていたかと思ってしまうほどだ。やはり何かトラブルでもあったのか。

ただ、以上の記述を読むと、彼が自分の能力をフルに活動させ、隆景らの予想（作戦）通りに本能寺で信長を討ったことも、

「ああ、なるほどな、さもありなん」

とは納得できる。やはり「裏切りや密会を好」んだ光秀によって、本能寺は見事紅蓮の炎に包まれ、信長は恵瓊の予想通り「高ころび」に斃《たお》れていったのだろうか。かつ信長の本能寺においての最後のことば「是非に及ばず」（光秀という、ち密な男の襲撃だから、じたばたしても致し方あるま

い）にもつながる。そしてそれは、フロイスの言う通り「悪魔とその偶像の大いなる友」光秀の、納得の所業だったのだろうか。

秀吉の本性

また秀吉に限って言えば、中国方面の申し次ぎ時代だった当初から、隆景や恵瓊との講和交渉プロセスを通じ、両人の力量を十二分に知悉《ちしつ》していたのも間違いあるまい。人間を知り尽くしている男だ。したがって、彼ら毛利一族を正面から激突し屈服させることは、自軍も同時に多大な損害を被ることを意味する。それゆえ、第3章でもみた通り、むしろ毛利家を自らの体制の中に組み入れて利用し尽くす。すなわち、四国、九州、さらには朝鮮・明の支配のため、「天下布武」の実現を目指すためにも毛利を利用した方が有利、と判断したに違いない。やたら利に聡い彼のことだ。

事実、秀吉は本能寺の変によって、夢にまで見たであろう、「自由の身」へと解き放たれようとしていた。貧しかった少年時代から秀吉は常に「上」を窺って生きてきたのだ。強烈な成り上がり志向である。だがついに、信長の「便利な使用人」から脱却できるチャンスは目前に迫り、彼の身にはまさに、吉兆が訪れようとしていた。従来通りに未来永劫信長の先兵として、中国、九州、朝鮮、はたまた明にまで酷使され続ける螺旋《らせん》からも、ついに、脱出できるときがようやく来たのだ。他人の指図は、もういらない。

「わしゃ、これからは自らの意志で生きてみせるで」

秀吉は、徐々に本性を露見させていった。そのことは、彼が天下を取った後の「豹変」ぶりがいみじくも証明しているところだ。彼は信長信奉の仮面を被った重度の二重人格者だったのであり、その証に、信長の重しが取れ自分の政権を樹立した途端、数々の悲惨で幼稚な振る舞いをあちこちでしでかしている。

その例を挙げるためにも、再びイエズス会の宣教師にご登場願おう。ルイス・フロイスは秀吉に様々な便宜を図ってもらっていたのだが、なかなか手厳しい。

彼の淫奔な醜行は、いたるところに（ある）その宮殿を、挙げて一（大）遊郭に化せしめたほどでありました。美貌の娘や若い婦人で、彼（の手）から免れ（得）る者はいませんでした。（中略）結局は手の施しようもなく、本件は放縦をきわめ、皆はもはや（拒否せぬばかりか）喜んで娘たちを提供し、かくて身の安全を計るようにまでなりました。すべての大身たちが、今や（関白）から都に壮大きわまる宮殿（聚楽亭）の造営を命ぜられて、（どれほど）異常なまでに苦悩したか、私は言うべき（言葉も）ありません。（松田毅一・川崎桃太訳『フロイス日本史2』中央公論社　1977年、16～17頁より引用）

この他、フロイスによれば、秀吉は奥に常時300人の若い美女を囲って、行く先々の城にも、「専用」の女性を抱えていたという。秀吉が女好きとは言っても、まさか、ここまでとは。これでは正室のねね様がかわいそうだ。秀吉の気づかい溢れる書状が残っているものの、これでは説得力がいささか欠けるというものである。

また先述したが、家臣の脇坂安治宛書状では、

「信長のように、ワシは甘くはないぞ」

としたためている。かつては常にペコペコしていた旧主君に対しても急に「信長」と呼び捨てにする豹変ぶりなのである。これぞ、秀吉の本性なのだろう。

本能寺の変の真犯人は？

ところで、ご存じの通り、光秀には信長を殺す理由を挙げたらキリがないといわれるほど、これまた従来から諸説発表されてきた。例えば、信長に極悪な仕打ちをされてきたので恨みがたまりにたまったこと（怨恨説）、従来の地位を剥奪された上、備中高松城の戦いでは秀吉の風下となったことなどだ。また、領地問題もあったとか、なかったとか。さらに、光秀が精神的に疲労し、冷静さを失って信長を殺したという、ノイローゼ説もある。このように様々な諸説テンコ盛りの様相であり、どうやらそれは江戸時代の創作がおおかたの種のようだが、ここでその諸説を概観したい。

まず、高柳光寿氏の『明智光秀』（吉川弘文館「人物叢書」1958年）だ。小和田哲男氏らによれば同氏こそがまさに光秀研究の嚆矢《こうし》であり、光秀に関するある程度確かな史料を集め、それまでとは全く異なる光秀像を提示された。そして高柳氏は、それまで有力視されていた怨恨説を一つ一つ否定し、「光秀は天下を狙った」とする「野望説」を初めて唱えている。

一方、信長に足蹴にされたことなど、恨んでいたので仕返ししたという「怨恨説」は、桑田忠親《ただちか》氏が『明智光秀』（新人物往来社、1973年）などの書で改めて提起しているという。

一方、光秀自身の意志だけではなく、様々な黒幕説もある。まずは朝廷だ。その画期となったのが、当時、朝廷や周辺にいた人物たちが書いた日記の分析であった。東大史料編纂所の岩沢愿彦《いわさわよしひこ》氏が昭和43(1968)年に発表した論文「本能寺の変拾遺―『日々記』所収天正十年夏記について」(戦国大名論集17『織田政権の研究』吉川弘文館、1985年所収)では、本稿でも引用した勧修寺晴豊の日記『晴豊公記』が初めて活字として翻刻されている。これを契機として、その様子を記す『晴豊公記』は多くの人に読み直されるようになったという。

その後分かったことだが、勧修寺晴豊の『晴豊公記』の脱落部分だと判明した「天正十年夏記」には、本能寺の変で横死した信長への「いたわりの言葉」などついぞないばかりか、変直後の世情の混乱の中、近衛邸では祝勝会かと思えるほどの酒宴が開かれていたというような「抹殺すべき事由」は満載だ。

他にも、怪しい記録がある。例えば、吉田兼見の『兼見卿記』だ。兼見は由諸正しき吉田神道家を継ぎ、義昭をはじめ、信長や秀吉、光秀との交流もあった堂上貴族だが、広い交流の中でも光秀とは懇意だった。しかしながら、その光秀との交流シーンについて、彼は『兼見卿記』に記していない。どうやら、本能寺の変前後の記録を改竄《かいざん》していたのだ(追及を恐れて書き直したものと、実際の日記原本の両方が残っている)。このことも、後に広く知られるようになったという。

これらの史料などから、

「公家たちが裏で暗躍していたのでは?」

という推論もなされるようになっていった。確かに当時、朝廷と信長の間にはさまざまな軋轢《あつれき》があり、信長も朝廷をないがしろにする考えがあるように見えたので、天皇問題も含めた議論が「朝廷黒幕（関与）説」となったのだろうか。

筆者も、連歌師の里村紹巴《さとむらじょうは》や勧修寺晴豊、吉田兼見、近衛前久ら朝廷関係者の動きが非常に怪しいとみている。信長が生き延びてしまうと「日本の国体」にとって障害が生じ、スムーズに権力中枢によるマネジメントができなくなるので、排除しようと考えた可能性があるからだ。恵瓊ならば朝廷の情報にも通じており、何らかの連携があったことも否定できない。ここではひとつ、特に気になった公家の動きをご紹介したい。

まずは吉田兼見だ。本来の正本であるべき『兼見卿記』（別本）によれば、本能寺の変後に勅使として安土城で接見した折に、どうやら「銀50枚」（「予五十枚」）をもらっているなど、光秀と親しかったようだ。こうした記述を『兼見卿記』から消したのは、光秀との関係が知られることが、不都合だったからだと思われる。つまり、光秀の犯行に加担していた可能性もある。そもそも朝廷の使者として、6月9日に安土城で信長に逢ったり、9日には山崎の決戦前なのに再会してお金を個人的にももらっているのだ。そして日記は改竄《かいざん》ときた。

近衛前久も怪しい。運命の天正10年には朝廷トップの太政大臣に昇り詰めていたが、信長とは武田征伐にも同道。単なる堂上貴族ではない（少なくとも、騎乗できたという）。だが、信長が死んでからがいささか匂うのだ。

常識的に考えれば、付き合いの深い信長が死ねば、なんらかの哀悼の意をささげ、武士ならば追い腹で続くような「パターン」かと思われる。ところが、それはまったくないばかりか、信長を死にいたらしめた光秀をこんどは秀吉が打ち破ったら、すぐさま剃髪出家し、嵯峨に出奔。普通ならば、信長の敵・光秀を破った秀吉の凱旋《がいせん》を祝うのが当り前だと、筆者は思うのだが。

次に、イエズス会黒幕説である。大きな声では言えないが彼らはさまざまなきな臭い「普及」活動を、まるで国家プロジェクトのように競って世界展開しており、当時、布教と植民地政策の合わせ技を見せていた。

詳細を検討すればいささか整合性の乏しい案件も存在するだろうが、大局的に捉えれば確かに、15、16世紀においては、イエズス会などの宗教組織とポルトガルやスペインの軍隊は、セットで地球上の植民地獲得競争に明け暮れている。なにせスペインの「無敵艦隊」は7つの海を制覇していたのだ。したがって、日本においても、当時の支配層は信長に限らず、できるだけ海外の動向にアンテナを張り、情報・文物の入手を心がけている。征服の先兵として世界を股にかけて活躍中のイエズス会にとって、もし信長が邪魔な存在になってしまったら、「グローバル」的見地に立って信長を抹殺することは、確かに理に適っているだろう。「当時の日本のイエズス会には、そんな組織力はない」との主張もあるようだが、イエズス会出身者は「地上」においてその宗教組織共々、大きな力を保持し続けているようなので、やはり、俗人には計り知れない深い闇があるのかもしれない、などと邪推されることもあるらしい。ちなみに2018年時点で、活動地域は六大陸22か国に及ぶ世界第2位のカトリック修道会であり、フランシスコ・ローマ教皇も、イエズス会出身だ。

これら朝廷黒幕説やイエズス会黒幕説を唱えた立花京子氏は残念ながら故人となられたが、『信長と十字架』（集英社新書、2004年）などの書で、16世紀の急速なわが国のグローバル化に着目した斬新な説を発表されている。

その他では、本能寺の変で一番得をした「受益者」であった徳川家康や羽柴秀吉こそがまぎれもない黒幕だった、という説もある。例えば、橋場日月氏は徳川家康が光秀を陰で操るとする(橋場日月『明智光秀　残虐と謀略』祥伝社新書、２０１８年)。また、『石谷家文書』の発見で最近特に脚光を浴びているのが、藤田達生氏や桐野作人氏の四国説だ。これは、先ほど来述べてきたように、長宗我部との取り次ぎにあたってきた光秀にとっては、秀吉が三好氏を推しそれを信長が認めたということは、従来からの彼の業績全否定の屈辱だったことから、クーデターに及んだとし、桐野氏は、光秀の本能寺の変決行のウラには斎藤利三の存在があったとする、利三主導の四国説を唱えている(『だれが信長を殺したのか』ＰＨＰ新書、２００７年)。

その他にも、いったん引き下がったが、虎視眈々と失地回復を図っていた石山本願寺顕如も怪しいし、天下を秀吉の次に手に入れた家康の動きもさらに怪しい。また、高野山攻めが行われていたことから、高野山黒幕説などもあり、あれこれ50以上の説が唱えられているという。

このように、従来様々な「首謀者」が、本能寺の変においては存在することになっているのだが、「隆景計略説」が今までその存在すらあまり感じられないのは、おそらく、読者諸賢にはもうお分りだと思うが、隆景の手元から一切のカギを握る重要書類が燃やされたことこそが主因であり、次いで、当の小早川家自体が、家康によって隆景の死後しばらくして見事にお家断絶と(明治になってから毛利公爵家によって再興)されたという影響が甚大であるのは、間違いないところ、とあえて付け加えてさせていただきたいと思う。

さらにまた、毛利宗家は輝元が継いでいるので、「公式」には毛利氏の代表者といえば彼を指すことになり、隆景はその「影」の存在でしかなかったので、後世、さほど注目を集めなかったということも考えられようか。

第3節　本能寺の変はやはり「隆景構想」だった

謎の毛利家臣・玉木吉保の記録

ここでやや唐突だが、毛利家の家臣・玉木吉保《よしやす》を紹介したい。その理由は、さほど著名な武将でもないのに、彼の記した『身自鏡』（玉木土佐守覚書）の描写が本能寺の変の謎を解くにあたり重大な意味を持つこととなったからだ。

玉木吉保は天文21（1552）年生まれで、隆景よりちょうど19歳年下となる。彼は大内氏、陶氏、尼子氏の追討に参戦した歴戦の毛利家家臣であったのだが、備中高松城の戦いの後には上方に赴き、曲直瀬道三《まなせどうさん》流の医術を学んでいる。しかし、そのまま医家になったわけではなく、その後も毛利の主要な戦いには加わっており、四国や九州のみならず朝鮮（文禄の役）にも出征し、朝鮮においては代官職にも就いている。帰国後、豊臣秀吉の伏見城築城にも加わり、関ヶ原の戦いでの敗戦後は周防・長門国に毛利と共に移り、その後ようやく医術に専念することが可能となったという。

このように歴戦の武将でありながら、「医師」（かなりの遅咲きだが）でもあったのだ。彼は元来、自身の健康についての関心が深かったようであり、そのお蔭なのか、当時としては珍しく長命であって、長く戦場暮らしだったにもかかわらず、江戸時代に入ってしばらく経った寛永10（1633）年、82歳で没している。

紀州出身の玉木は、その姓からしておそらく玉置神社に何らかの関わりがある家系の出かと思われるが、いつしか先祖が安芸国に移住したという。彼は毛利家では有力な戦国武将というより、どうやら医師としての存在感が後には大きかったようで、彼の開発した医術の効用は現代でも充分通用するものだという。例えば、生薬と効能を歌としてまとめた彼独特の医薬書『歌薬性《かやくしょう》』をはじめとして、脈を診る方法を著した診療書、あるいは病を敵に置き換えて、その発病・治療・投薬の流れを記した書など、決して難解で専門的な医書だけではなく、分かりやすい医学書を出版している。

そんな玉木は、隆景や秀吉や恵瓊など錚々《そうそう》たるメンバーが顔を揃えていた戦国の世も遠ざかりつつあった元和3(1617)年、自叙伝『身自鏡』を著している。66歳のときに自分の生涯を思い出しながら綴《つづ》った史料だけに思い違いもあるかもしれないが、その中に、どうにも気になる「不可思議」な記述があるのだ。玉木吉保が緻密な医術書に関わった医師だったということもあり、彼の書は、創作部分を含まない事実に限りなく近い「ドキュメンタリー」な内容かと思われ、彼はこの書を正確かつ淡々と記している。平凡社の世界大百科事典における『身自鏡』の説明には、「戦国時代を生きぬいた地方武士の生活が生き生きと記されている好史料。とくに、著者の体験に基づく、当時の寺院教育の教授法、教科書などが詳しく記されており、教育史料としても貴重である」とあり、史学分野の書というより、むしろ生活文化や教育の分野において注目されてきた書であるという。

秀吉の発言 ―「毛利殿の計略」とは―

それでは、『身自鏡』の重要な一節を「診て」みたい。それは、秀吉が本能寺の変の確報を得た直後に、備中高松で恵瓊と講和交渉を行う場面における描写だが、以下のようになる。

其時筑前守云ハレケルハ、我如此行日本ニナシト、思イツルニ、毛利殿御謀言不残故ニ、信長既ニ果給フ、去ハ、今ハ御三家ト和睦シテ天下ニ上リ、明知ヲ果而、信長ノ恩ニ報セント思フ

（傍線筆者）

大意は以下となろうか。

「そのとき筑前守（秀吉）が仰るには、『私はこのような作戦は日本にはないと思っていたが、毛利殿の計略は深かったために、信長はすでにお果てになってしまった。したがって今は御三家（毛利、吉川、小早川）と和睦して京に上り、明智光秀を滅ぼし、信長の恩に報いたいと思う』と」

これは玉木吉保が、恵瓊から備中高松での秀吉との会談の様子を聞き、書き留めたものであるという。ここから推測すると、秀吉は、あろうことか信長の死に関しても意外にも淡々に、「本能寺の変における信長の死は『毛利殿の計略』によって成就し、それは日本において未だかつてないほど深い計略であったことよのう」

とでも、感嘆しながら述べたということだ。なんと、信長の「死因」が「毛利殿」だったと、はっきり「診断」しているでないか。

ただ、この発言も、秀吉の「人たらし（誰にでも好かれるように振る舞い、そのためには偽りを演じることもある）」といわれる類のものだろうか。あるいは単に、玉木吉保が毛利家臣だから誇大に書き残したのだろうか。

しかし、秀吉発言のなされた場が、天下獲りの切所・備中高松での講和会場であり、根拠のない

オベンチャラが言えるようなシーンではない。その上、「医師」吉保が恵瓊から直接「問診」してまとめた場面描写である。したがって、書状のような一次史料ではないものの、信憑性《しんぴょう》は高いと判断し、以下、論を進める。

では、秀吉が言う「毛利殿の計略」について、ここから少々掘り下げて考えてみたい。

まず、「毛利殿」とは、実質としては司令長官隆景を指すことになるだろう。繰り返しになるが、当時、当主の輝元は備中高松から西20キロメートルも後方の、高梁川《たかはし》の支流・小田川にほど近い備中猿掛城(現・岡山県吉備町・矢掛町)にいた。あえて戦術的に、止まっていたと思われる。なぜなら山陽の司令長官隆景が「計略」を含めこの戦を差配している。毛利氏のトップが前線に出てくると、かえって混乱を招く可能性があった。また、のちの論功行賞の件からも、秀吉は隆景を意識した計らいを専ら行い、輝元は後付けでしかなかった。すなわち秀吉にとっての「毛利殿」とは、「隆景殿」と言い換えても差し支えないと思われるほどなのだ。

そして「計略」とは、信長が上洛して備中に出陣してくるその途中、京の常宿(本能寺)を襲わせ、敵将信長を屠《ほふ》り、当然のことだが毛利家を守ることであった。

つまり、隆景の使者・恵瓊の話を聞き、秀吉は、

「光秀を長宗我部との同盟を活用して動かすという、こんな計略がいまだかつて日本にあったろうか」

と驚嘆し(あるいはこれ以前に知って)、思わず唸《うな》ったのが真相であろう。でないと、この言葉は歯に浮いた毛利方へのオベッカと、やはりなってしまい、この講和の場では怒りを買って逆効果と

なると思われる。(そうでないと)すぐ陣を払って奇跡の「大返し」は不可能となってしまい、もとより天下がとれないではないか。

復活、義昭・光秀ライン

それでは、これまでのまとめもかねて、信長殺害の実行担当者としては光秀こそ適任であった、という根拠を挙げていきたい。

①長宗我部とのパイプがあり、四国政策変更で義昭・毛利ともつながったこと

そもそも光秀は、天正3(1575)年以降は信長と長宗我部氏との取次に任じられており、長宗我部氏とともに、義昭から御内書による誘いも受けていた。

そして、一つのポイントとなったのが、信長の四国政策変更の一件だろう。信長と決裂し、危機に陥った長宗我部氏にとって、義昭の「囁《ささや》き」は魅力的に映る。そして、『石谷家文書』が示すように、長宗我部氏は毛利氏と同盟につながったのだ。

この同盟によって、光秀は、隆景の構想上で、義昭からさまざまな情報や指示を受けることとなる。

②信長の合理主義に対する反発

もともと光秀は信長に気に入られるための術にたけ、まずもって信長に反論したことすら、かつては一度もなかったようだが、5月17日安土で、生まれて初めて信長に言葉を返した。すると信長の逆鱗に触れ、足蹴にされた。そのときの「話題」は、もちろん「四国」問題についてであり、それが

そのまま、二人の永遠の別れへとつながることとなった。

③将軍義昭の大義名分

「本能寺の変は光秀が義昭に奉じて決行したのだ」との「主張」は『石谷家文書』や「土橋重治《どばししげはる》宛光秀書状」の発見により、ようやく事実だったことと判明した。

④天皇に対する考えの違い

暦に口出ししたり、譲位を迫るような行動をしたりする信長に対し、天皇・朝廷への忠誠心が強い光秀は、強い憤りを持ったことだろう。

⑤光秀が秀吉とのライバル争いで不利になっていたこと

天正10(1582)年春時点で、光秀は秀吉にはるかに後塵を拝していた。信長にとっては、将来的に子のいない秀吉の領土を没収できる点で、彼を西日本支配の先兵にしたかったと思われる。近畿周辺の領地を一門に与え、光秀を石見に鞍替えさせるという噂も流れていた。信長の大坂城への中枢移転に伴う大規模な国替えに反発した光秀と、征伐される予定の毛利・長宗我部が組んで、クーデターを起こす蓋然性は極めて高い。

⑥光秀の性格

フロイスの言うように、彼は裏切りや密会を好み、謀略を得意としていた。

⑦明智軍の態勢（京都エリアの軍の配置）

このとき、京都付近で大軍を動員できるのも明智軍のみであった。

これについては、今まで説明していなかったので検証したい。天正10(1582)年6月1日時点

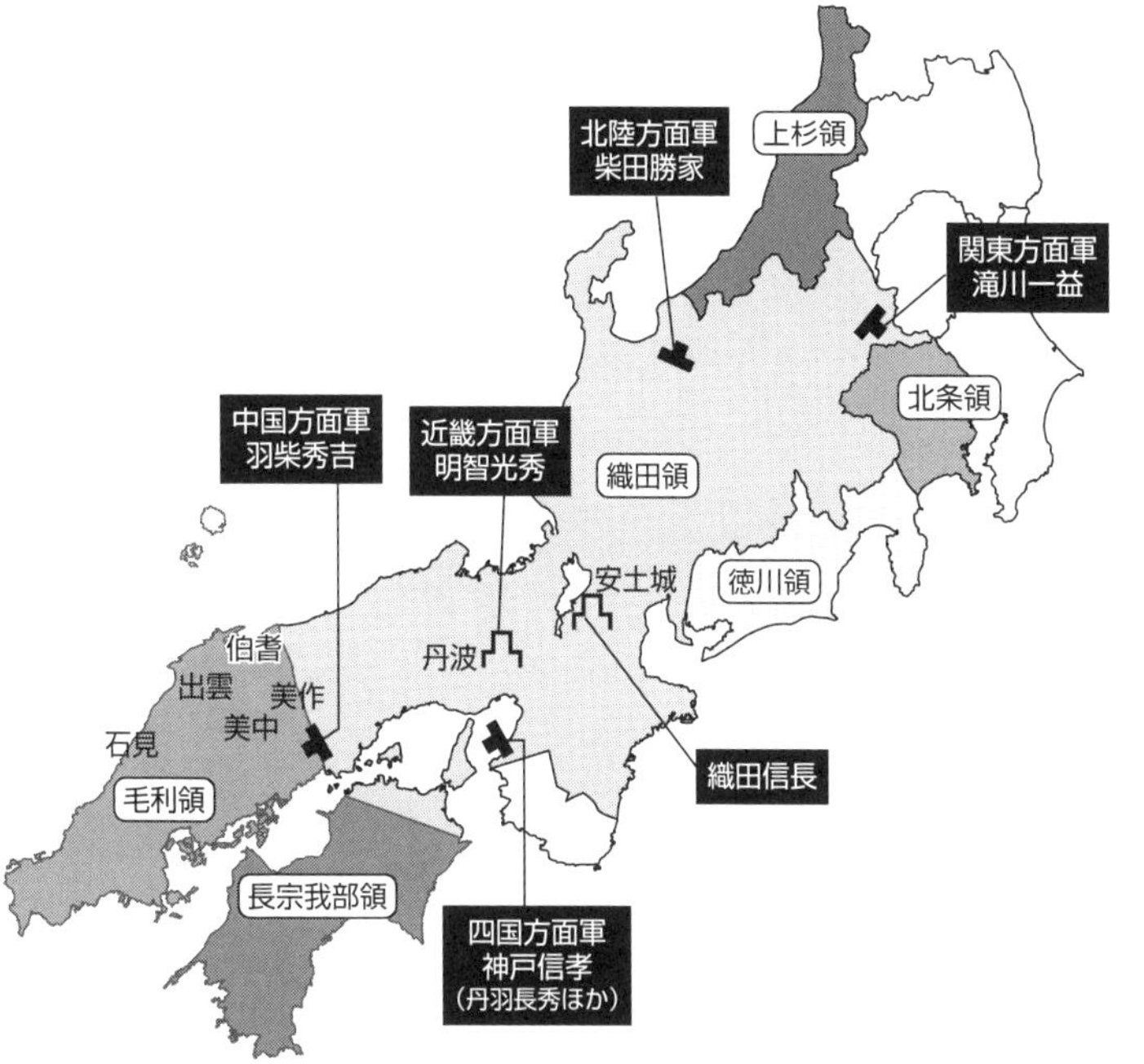

本能寺の変直前の、信長軍有力武将の配置

で、武田氏は滅んだといっても各地における「信長包囲網」との戦は継続されており、信長の有力武将たちは、各地に散って戦闘中だった。

詳しくは地図を参照していただきたいが、近畿を中心に織田領が広がっていたものの、中国方面軍を秀吉、四国方面軍は神戸信孝、北陸方面軍は柴田勝家、関東方面軍は滝川一益がそれぞれ担っており、京の警備は手薄だった。

当時、光秀は義昭からの情報と並行して信長の動向も掴《つか》んでいた。ということは、信長の本能寺滞在のことは当然知っている。そして家臣団は四方に散らばり、千載一遇の機会だった。こんな容易なクーデターはない。そしてこの一連の各知略が、秀吉がいう「毛利殿の計略」でないとするならば、いったい何とするのだろう。

つまるところ隆景(毛利殿)の計略とは、光秀に信長誅殺担当になってもらい、秀吉とは備中高松で講和してゆるやかな同盟関係を結び、毛利を死守することだったに違いない。だからこそ、小早川の旗(左三つ巴)までもその証として、秀吉に与えた可能性は著しく高いと考える。おそらく隆景の眼には、その後の展開も見通せたはずだ。なにせ「信長の高転び」後の将来展望については、かねてより、毛利には「統一見解」(恵瓊の予言)までもが存在していたのだから。

光秀の「本能寺書状」

『身自鏡』の他にも、毛利(隆景)の秘策を裏付ける文書が、近年「発見」され始めている。先述の通り、「足利将軍」から発せられる「信長打倒」の御内書が全国の諸大名に届けられ、「旧幕臣」だった明智光秀にもそれは当然のことながら渡っていた。乾坤一擲《けんこんいってき》の機であった備中高松城の戦いに際しても、使者とともに「密書」は執拗に各処に届く。また、実際、本能寺の変当日の6月2日に書かれたという光秀の「隆景宛て」書状も、「公方様(将軍義昭)の上洛のため信長に天誅を下した」と明確に「主張かつ証言」しているのだ。以下、藤田達生『証言　本能寺の変　史料で読む戦国史』232頁に掲載の、『別本川角太閤記』より引用する(傍線は筆者)。

急度飛脚をもって言上せしめ候、今度羽柴筑前守秀吉のこと、備中国において乱妨を企て候条、将軍御旗を出され、三家御対陣の由、誠に御忠烈の至り、ながく末世に伝うべく候、然らば、光秀こと、近年信長に対し、憤りを懐き、遺恨黙止《もだ》しがたく、今月二日、本能寺において、信長父子を誅し、素懐を達し候、（略）

（天正十年）六月二日　　惟任日向守（光秀）

小早川左衛門佐（隆景）殿

現代語訳すると、次のようになるだろう。

「急いで飛脚でお伝えいたします。この度秀吉が備中国で乱暴を企て、毛利御三家（毛利、吉川、小早川）は義昭公の御旗のもと、誠に忠烈に働いておられることは末永く伝えられることでありましょう。私、光秀も近年信長に対して憤りをいだいておりまして、今月二日に本能寺にて信長親子（信長・信忠）を誅し、ようやく本懐を遂げることができました。（略）」

なお、出典の『別本川角太閤記』はもちろん一次史料ではないものの、珍しくも同時代の人物の述懐が収録されている点で、他の「太閤記」とは一線を画し、比較的信憑性が高いといえる史料だ。ただ、この書状は「なるほど」と思う内容なのだが、文学的表現などで疑問点も残る。また、元和年間（1615〜1624）に成立しており、明智光秀の旧臣で当時前田利家に仕えた家来のレアな話もあり、本能寺の変などに関する史料として、しばしば引用されているようだ。

次に、毛利家に対する外からの評価が如実に出ていることを示す意味で、輝元宛に送られた同日付の、同様の書状を挙げておく(『証言　本能寺の変　史料で読む戦国史』232頁の「松雲公採集遺編類纂」)。両者を比較すると、その字数のみならず、隆景に対しては「惟任日向守」と謙遜する一方、輝元に対しては堂々と明智の「家名」を名乗っていることが注目される。その意味するところは、言うまでもないことだが、家外から見て、隆景の方が地位が高く、毛利家を代表していたということだろう。輝元にはやや失礼かもしれないが…

(略)

信長の事、大悪無道しかして天下の人民悩乱せしめ殷紂に准ずるの間相果たし候、羽柴の事、その表において抜足せざる様に討ち果たさるべく候、公方様急ぎ御上洛候様に御馳走尤もに候、

六月二日巳ノ刻

明智(推任)日向守
光秀　判

毛利輝元殿

意訳すると、こうなるだろうか。

「どんなにか天下の人民をひどく困らせた暴君に准じる秀吉のことを、取り逃がさぬよう討ち果たされるよう、そして公方義昭様も急いでご上洛できますよう、なんとしてでもお助けくださいます

ようにお願いいたします」

ちなみに、「松雲公採集遺編類纂」は加賀藩第5代の藩主前田綱紀の集めた文書類である。明治初年に散逸したが、のち16分類に再び整理されたものだ。藩内でも秘密の文書とされ、レアな情報がその中にあるという。

なお、「幕府軍」としての将軍足利義昭こそが黒幕だ、との説もあり、第4章（132頁）では、

「本能寺の変は自分が起こして信長を討ち果たしたのだ」

と本人も述べているが、残念ながらそれは違う。なぜなら、本能寺の変後のビジョンが彼には全く見えなかったからだ。彼は「上洛」することこそが、なかば人生の目的・意義になっていたのは間違いないところ。そのためならば「家臣」に馳走せよ、と命令してまわっている。たしかに信長を亡き者にすることは重要だが、ことは成ったはずなのに、ではどうしてその後長らく一人鞆で置いてけぼりを食ったままだったのだろう。ということは少なくとも、「毛利殿の計略」の方が一枚上手で、義昭の御内書はうまく利用されたことになるということに他ならない。

また、

「新たな足利幕府はこうして日本を統治していきたい。支配体制は有力大名の合議制にしよう」

などと、「信長後」の政策を検討した形跡も、義昭には皆無である。

「はよ都に帰りたい、どうしても帰りたいのよ」

と、ただただ、義昭は上洛したかったのだ。まるで、赤子がおもちゃを欲しがって駄々をこねているのと、さほど変わりあるまい。とてもとても、この難局においては日本をこのように運営して

いくのだ、といった「計略」はまったくお持ちでない征夷大将軍様だったのである。

真説　本能寺の変　～部下への偽手紙～

絶対に漏れてはならない謀略の証拠は、インターネットを駆使した現代の情報化社会においても、なかなか世の表には出てこないものだ。間歇《かんけつ》的にはアシを見せても、いずれ従来を上回るテクノロジー技術によって再び糊塗《こと》され、「永遠のいたちごっこ」は続いていく。ましてや、わずかな情報漏れさえ生死を分かつ戦国時代において、証拠隠滅は『孫子』をひも解くまでもなく、自家保全において は必須事項だった。よく映画やドラマで密書が読まれた後、火中に投じられるシーンがあるが、基本形はそんなところかも知れない。

特に、死に臨んでさえ機密書類や書籍の焼却を命じ、やっと納得、安堵してあの世に旅立っているほどの戦略家だった隆景に至ってはなおさらだ。なるほど、『小早川家文書』も確かに存在しはするものの、隆景自身の文書類は他家と比較すれば著しく少ない。特に元亀年間から天正11年までの書状のたぐいは、他家に渡った文書さえも著しく少ないような気がする。本能寺の一件については泰然として隆景は、

「信長の死は全く知らんかったのう。秀吉とはあの日に一旦約束したんで、もはや追うべきではないのう。いやあ、相手が上じゃったわい。」

とのたまう。

なるほど、戦国時代にはしばしば、あえて事実と異なる情報を発信し後方撹乱を目論むケース

は他にも多々ある。毛利家も、厳島合戦では桂元澄が陶軍に偽の内応書を送っている。そして秀吉に至っては、183頁でみたように中国大返しのとき中川清秀宛に「信長生存情報」（真っ赤な嘘）を伝え、詐術で彼らを自分の傘下に納めた。さらに、嘘に塗り固められた秀吉の書状は現代に伝わり、彼の創った架空の物語は、いまだごく一部の方を除き、真実だと信じられていると思う。時空を超えた本能寺の変謎解きゲームは、はたして永遠に続いていくのだろうか。

もちろん、誰にも理解が容易な「表立った」動きばかりしていては、戦国の世をとうてい渡りきることができないのは「自明の理」だ。生涯戦においてほとんど不敗だったという隆景もしかり。敵の裏をかいて「なんぼ」である。とすれば隆景は、後世をも欺く本物の策謀(戦略)家だったといえるだろうし、我々はまんまと、いまだに一杯喰わされているのだ。後の隆景の処遇がそれを物語っている。没後400年を超えても、彼の本能寺の変関連の戦略が露見しないという事実は、むしろ、お見事、と言うしかない。

つまり、隆景は影で歴史を動かした「宰相」だったと言えるだろう。

第6章

本能寺の変後の毛利家と小早川家

第1節　隆景の晩年

中国国分け

実際の中国国分け(毛利氏と秀吉の領地配分)交渉は、「秀吉の世」がやや落ち着いてきた天正11(1583)年から再開されている。最終的に毛利は、この領土交渉により中国9か国を有する大大名となった一方で、秀吉への服属も確定されてしまう。メンツの問題だろうか、交渉の最終段階においては、粘り腰の毛利に対し秀吉は、「人質を出せ」と毛利に詰め寄っていたという通説もあるくらいだが、これも最近の研究によって、やはり決して「人質」などではなく、両家の「固めの儀」だったという解釈が浮上している。

実際には、吉川元春三男・経言《つねこと》(のち広家)と元就九男で隆景の養子元総《もとふさ》(のち秀包《ひでかね》)の2人が秀吉の元に送られている。一方で、秀吉方からも毛利に送られた人物がいた。それが森重信《もりしげのぶ》・高政《たかまさ》兄弟であり、その後毛利では相当厚遇されたとみえ、いずれも後に毛利姓を名乗っている。

なお、元総らが安芸から大坂に到着したとき、秀吉はたいそう喜び、上機嫌で対応したとも伝えられている。そして、しばらくすると経言はその年のうちに安芸に送り返されるが、一方で元総は、その後秀吉から「秀」の偏諱を授かるまでに、たいそう可愛がられている。やがて彼は秀包と名乗り、秀吉から知行地まで与えられるなど、これまた大変な厚遇を受けていた。小牧・長久手の戦いに秀吉に連れていってもらい初陣を果たし、またなんと大友宗麟の娘との婚姻の仲人までしてもらっている。秀吉の目論みも少しは分かろうというものだ。やはりどうみても、単なる毛利からの一方的な人質ではない。

さて国分けだが、最終的に、毛利が割譲予定だった5か国のうち、備後、出雲は除かれ、備中の高梁《たかはし》川以東、伯耆《ほうき》の三郡、美作《みまさか》が割譲された。その結果、毛利領は安芸、周防、長門、備中の半国、備後、伯耆半国、出雲、隠岐、石見と確定し、これをもって正式に「羽柴毛利軍事同盟」も誕生したことになるだろう。天正12（1584）年7月には、秀吉から毛利輝元・小早川隆景に対して中国地方を任せる旨の朱印状も発給され、ついにこのとき、和睦交渉は決着をみたのだ。

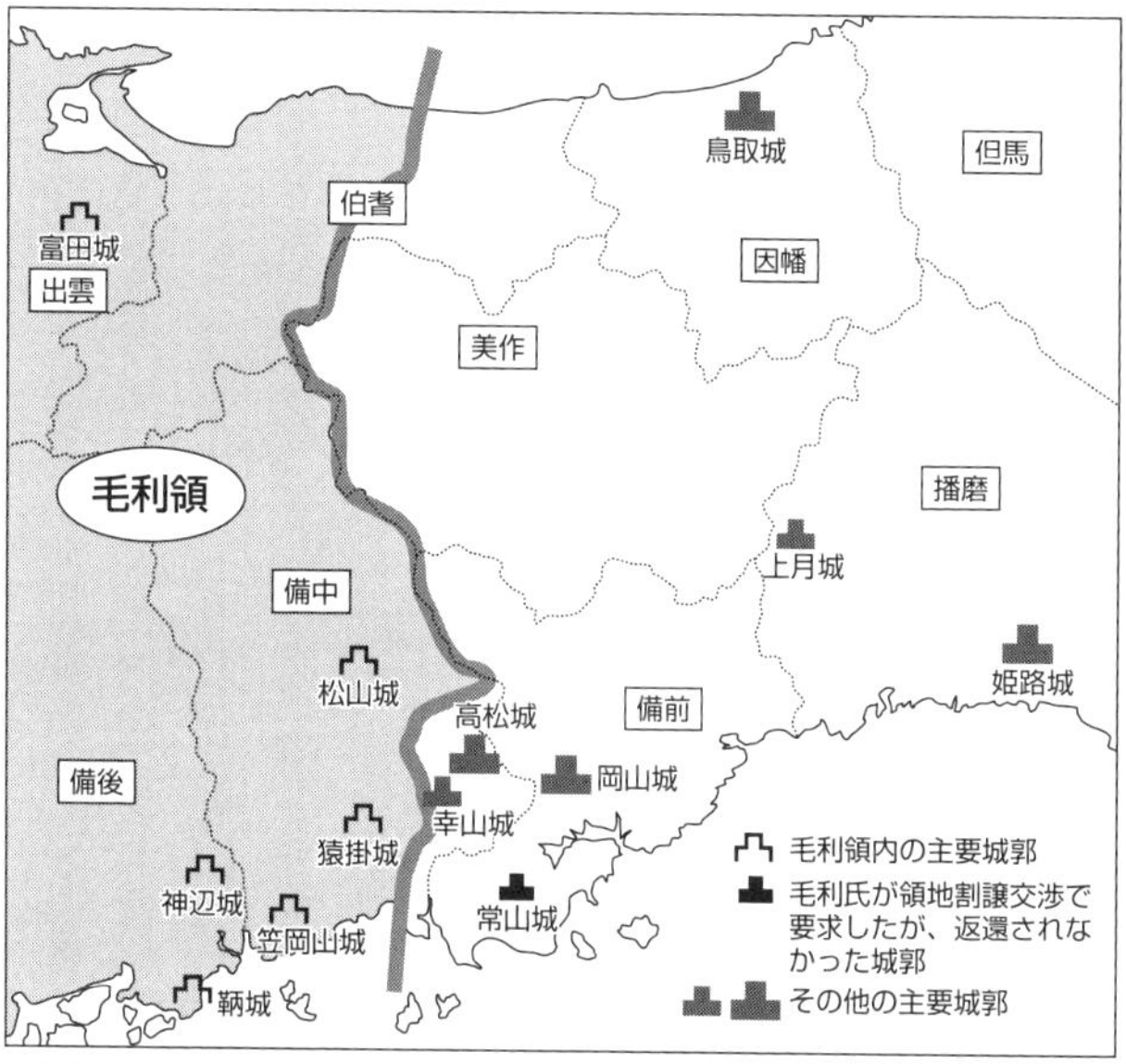

中国国分けの地図

秀吉に追い込まれた（毛利）隆景

備中高松城の戦いを境にして、秀吉と官兵衛の評価のごとく、隆景の存在感は強まるばかりとなっていったようだ。天正12(1584)年に講和交渉が決着した後、毛利氏は四国・九州出兵において秀吉に益々重用され、それに伴い、四国や九州の北部における領地は増加の一途を辿《たど》ったといえよう。なお、秀吉はなるべく隆景に領地を与えようとしたのだが、隆景は対毛利宗家のこともあり、当初は小早川領となるのを固辞していたという。だが、最終的には秀吉の意向が固く、毛利領ではなく小早川領となっていった場所も少なくない。

また毛利家は、それ以上に、政権を支える確固たるポジションまでも、確立していかざるをえなかったようだ。時期によって変動するが、毛利一族は秀吉に重用され続け、五大老のうちでは毛利輝元・小早川隆景の名が見える。秀吉がまずもって欲したのは隆景だが、隆景は必ず毛利宗家の輝元を立てるので、隆景に大老なってもらうには、輝元もセットとなって両名を「入閣」させるパターンとならざるをえない。秀吉は文禄4(1595)年、秀次事件の世間に対する波紋を防ぐため、有力大名に対し、「御掟」に連署させている。そこには小早川隆景と毛利輝元の他、徳川家康、前田利家、上杉景勝、宇喜多秀家の名が見え、後年彼らが「五大老」とみなされた。このようにして毛利(小早川)家は豊臣政権内に重要な地位を確立したといえようか。ちなみに安国寺恵瓊《えけい》も、奉行として秀吉に近侍するに至っている。

一方、吉川元春は備中高松城の戦いが終わった天正10(1582)年末、まるで、政権の方針に嫌気がさし、かつ秀吉に従属することそのものを嫌悪するかのように、とっとと広家に家督を譲って隠居してしまう。後には秀吉に懇願され渋々九州平定のため出陣しているが、ついに北九州の陣中で没する。もし存命だったならば、彼も大老になれた可能性は十分にあったのではなかろうか。もちろん、「鬼吉川」ならば速攻で断ったことに違いないのだが。

ちなみに「鬼吉川」とは、応仁の乱における凄まじい武勇によって吉川氏についた呼称だというが、生涯86戦64勝12分無敗の戦績をもつ元春にも、もちろんふさわしかろう。ただ、元春は陣中においてはときに『太平記』を読んでいたという、実は武勇のみならず文芸にも造詣が深かった武将だったようで、やや気風の異なる渋い「鬼吉川」だったのだろう。

一方隆景は、『小早川家文書』によれば、天正17（1589）年には秀吉の推挙により侍従に任じられており、はたして本人が喜んだかどうかはまったく別だが、このとき「羽柴」姓を、さらに文禄4（1595）年には、輝元とともに塗輿《ぬりこし》（漆塗りにした輿のことで、公方、門跡、長老が用いた略儀用の乗り物）の使用を許されている（『文禄4年 豊臣秀吉 御掟書』）。ちなみに、当時これを許されていた武将は、毛利家以外では徳川家康、前田利家、上杉景勝のみであった。

また、第2章で見たように、秀吉の、

「東国の法度・置目・公事は家康に、西国は輝元、隆景に申し付けた」

との言葉が『毛利家文書』（958・959号）に残っており、毛利輝元が文禄4年8月3日付で、家臣の児玉元次に宛てた書状の文字に至っては、飛ぶような字で、次のように書かれている（『毛利家文書』777号）。

昨日恩城へ参候而、神丈とも仕候、東は家康、西は我々にまかせ被置之由候、面目此事候、大慶不可過之候と、輝元が跳びはねんばかりの嬉しさで綴《つづ》っているさまが、よく分かる。ただしこれらの厚遇は、輝元はともかくも、元就の遺訓を胸に秘める筋金入りの「毛利原理主義」の道を行く隆景にとっては、なんとも「痛し痒《かゆ》し」の処遇だったのではないだろうか。そんな彼の胸中を察することもないままに、秀吉は毛利(隆景)を西日本の要として豊臣政権で重用し続けたのだった。

「豊臣・毛利・小早川」家の「血縁」一体化の果てに

さて、これらの法度置目《はっとちめ》の執行により、最終的には隆景の「毛利原理主義」はついに破られ、実質的には「中央政界」へと引きずり出されたといえるだろう。一連の処遇は、秀吉が将来の豊臣家の存続可能性を見据えたとき、東国の家康への不信感が募っていたからこそ余計に、西国の要である隆景(毛利家)に一段と期待を寄せた結果と推察できよう。

そして、ついに、秀吉の甥・秀秋の養子問題が発生することになるのだが、これこそが毛利家・小早川家衰亡の端緒であった。なぜなら、ありていに言えば、輝元や隆景に子がないことに焦点を絞った「お家乗っ取り」戦略が発動したからだ。ちなみに、輝元はのちに息子が生まれ、それまで養子にとっていた秀包を返した。一方、隆景に子ができなかったのは、夫人はことさら大切にしていたが、俗にいう「種がない」、あるいは衆道(同性愛)だったともいわれている。

秀吉が秀秋を毛利に差し出そうとした理由について、楠戸義昭氏は、次のように述べている。

実は天正十九年、秀吉はふと西国大名の雄、百万石の毛利輝元に嫡子がいないのに気づき、その力の頂点に秀秋をおきたいと思ったのは、その年にわずか三歳で死んでしまうわが子鶴松のためであった。まだ幼い鶴松と遊びながら、秀吉は鶴松の後ろ盾《だて》となってくれる身内が欲しいと思ったのである。その秀吉の気持ちをおそらく黒田如水から漏れ聞いて、隆景は、これを毛利家の危機と受け止めたのである。（楠戸義昭「小早川隆景と秀秋」新人物往来社編『小早川隆景のすべて』1997年、169〜170頁より引用）

当初は秀吉（使者は黒田官兵衛）から、

「金吾（秀秋）を毛利家の養子にどうだろうか」

との申し入れがなされたというが、あわてた隆景はこの「毛利家一大事」を回避するため、

「いえいえ、金吾様は是非わが（小早川）家に」

と逆提案したという。隆景は、毛利宗家を守るためには、小早川家を秀吉に差し出すことこそ「最も無難な策」と考えたに違いない。そしてこれはどうにも、父元就と母妙玖の「匂い」のする決断でもある。


そして、ついに文禄3（1594）年、小早川隆景は、秀秋と毛利輝元の養女（輝元夫人の姪）を結婚させることになった。これにより、決して彼の本意ではないものの、豊臣家・毛利家・小早川家は「血縁的一体化」を迎えることになってしまう。当時の豊臣家をめぐる情勢からすれば、明らかにこれは、秀吉が仕掛けた、毛利家（隆景）を豊臣家に「実質的」に吸収合併するための政略結婚だ。おそらく隆景は秀吉の意を十分に汲んで、豊臣家に小早川家を差し出さざるをえなかったのだが、

同年11月13日から三原城で一週間以上にもわたって執り行われた婚儀は、いささか緊張感も漂ったことであったろうが、それでも連日盛会を極めたという。

ちなみに、隆景はこの婚礼の儀を当時の領国・筑前名島城ではなく「本願地」の三原城でとり行っており、彼の三原への思い入れを感じる。

秀吉にすれば、

「これで豊臣家も安泰じゃ」

とばかりに、さぞ安堵したことであろうし、一方隆景にすれば、この件はやむを得ない仕儀であり、なおかつ元就からのミッションでもあった毛利宗家を守るための苦渋の決断だった、と推察せざるをえない。

絹本着色小早川秀秋像（高台寺蔵）

隆景の外交と戦略とは、おそらく、

「父・元就ならばどうするだろうか」

と常に自問した結果を、隆景の血肉となっていた「兵法・遺訓・実体験」とで何度となく推敲した上、ようやく像を結んだことだろう。

そして、ルイス・フロイスは、そんな小早川隆景を、
この殿は、その（深い）思慮をもって平穏裡に国を治め、日本では珍しいことだが、同国には騒乱

も叛乱もないので、日本中に著名（な人物）である（松田毅一・川崎桃太訳『フロイス日本史11』中央公論社、1979年、35頁より引用、傍線筆者）

と評している。こうしてみると、いかに秀吉が隆景を「身内」に欲しかったのかが分かる気がする。金（領地）、名（羽柴姓）、地位（五大老、侍従）、名誉（塗輿の使用許可）を総動員させても決してなびかぬ隆景を、秀吉は何としてでも豊臣家に取り込みたかったのだ。

確かに、養子問題を起点に、秀吉は念願の小早川家を手中に納めることはできたのだが、翌文禄4（1595）年、隆景は当時拝領していた名島城（博多）を引揚げて三原城に帰還し、さっさと隠居してしまっている。この理由について彼は、

「領地を秀吉から過分に拝領していたことに将来的な危機感を覚え、あえて返納して本領安堵を画策した結果である」

と、三原帰還を不審に思った家中の者には、その都度諭していたという話も残る。

さて、三原に帰った後の隆景だが、伏見の秀吉の下に帰還の挨拶をするために行ったり来たりで、どうやら三原でまったくのんびりと余生を過ごす、ということなんぞは、はなはだ難しかったのが実態だった。

また三原での生活も、実際のところ日本一の海城の縄張りで大忙しだったようだ。現存する三原城の天主台、そして明治期の古写真を見れば、いつか近いうちに訪れる「大乱」に備えてのことだったのは、明白であろう。ちなみに明治期に日本帝国海軍は、鎮守府の場所について、最後まで呉に

海から見た三原城跡　明治43年頃（三原市教育委員会所蔵）

日本一の広さを誇った三原城天主台、現在の姿

するか、この三原にするかを検討しているほどだ。238頁の写真は、その威容の一端を物語っている。瀬戸内海の三原湾に石垣が面した巨大なその三原城を見れば、その実戦的かつ堅牢な海の要塞であったことは自明だ。秀吉はじきに死ぬ。そして国は、また乱れる。そのときに備えたのだろう。まさか自分が先にあの世に旅立とうとは思ってもいなかっただろうが。また、小早川家菩提寺の米山寺にもたびたび詣で、先祖との会話をことさらに重ねたことであろうか。

なお、吉川広家は堅田元慶《かただもとよし》に宛てた書状で、かえすがえす、

「隆景公がもう5、6年は生きてくれていたら、本当によかったのになあ」

という本音を記している。

そして、その2年後の慶長2(1597)年6月12日、隆景は突如没した。その日午前中隆景は、三原城で普段とさして変わらず来客と語らっていたが、午後になって体調は急変、手足の痺《しび》れは回復することなく、そのまま麻痺は進行、ついに起き上がることはできなかった。脳卒中であろう。享年65歳。ちなみに、隆景の死を悼む文章は、第2章でも述べた通り、『黒田家譜』8巻にもある。そして、その翌年には秀吉も後を追うことになった。

このようにして隆景は、見事毛利(小早川)家を守り切り、毛利(小早川)の海の戦略拠点・三原へと帰還を果たし、なんとか無事畳の上で没している。隆景は『三子教訓状』『孟子』を含め、あえて天下への野望を抑制する「兵法」を用いることで、ついには毛利宗家をも守り抜いた、ということになるだろうか。

第2節　小早川家の終焉

秀秋のあっけない生涯

隆景亡き後、小早川家を継いだ秀秋は、慶長5(1600)年の関ヶ原の戦いでは当初、西軍として伏見城の戦いに参加した後、関ヶ原に移動し松尾山に布陣していたと言われている(異説あり)。

通説では、関ヶ原の戦いでは午前中一杯、西軍有利に進展する戦況をずっと傍観していたようだが、それを見て苛立つ家康が秀秋隊に鉄砲を討ちかけた結果、やっとこさ小早川隊は予定通りに西軍を裏切って大谷吉継隊を急襲し、それが東軍勝利のターニングポイントとなったという。よく知られた話だ。このシーンも家康の「問鉄砲《といでっぽう》」として長らく「史実」となっていた。

ただ、この戦いは未曾有の地上戦だったこともあり、「実際には大砲などの大音響が関ヶ原に充満し、戦場で徳川が発砲した程度ではたいして効果もなく、それが家康隊の銃声かどうかなど、些細は聞き分けることなど不可能だった」との説もあるようだ。さらに黒田基樹氏によれば、秀秋は開戦時から東軍につき、西軍を攻撃していたことが当時の史料(「堀文書」)から明らかになっているという(黒田基樹『小早川秀秋』戎光祥出版　2017年、74頁)。

結局のところ、小早川秀秋の裏切りによって家康の勝利と大勢は決し、夕刻までに西軍は壊滅四散することとなる(汚名を着せられた可能性大)。「島津家は寡勢ながらも勇猛果敢に中央突破しながら退却した」といった「美談」は存在するものの、惨憺《さんたん》たる西軍の敗北に終わったことはつとに有名だ。その後、西軍大将の石田三成(総大将は毛利輝元)は大坂を目指して伊吹山《いぶき》(滋賀県・岐阜県にまたがる巨塊)中に逃亡。そして翌日以降、三成の居城である佐和山城(現・滋賀県彦根市にあった)への総攻撃に、早速、秀秋も参加している。

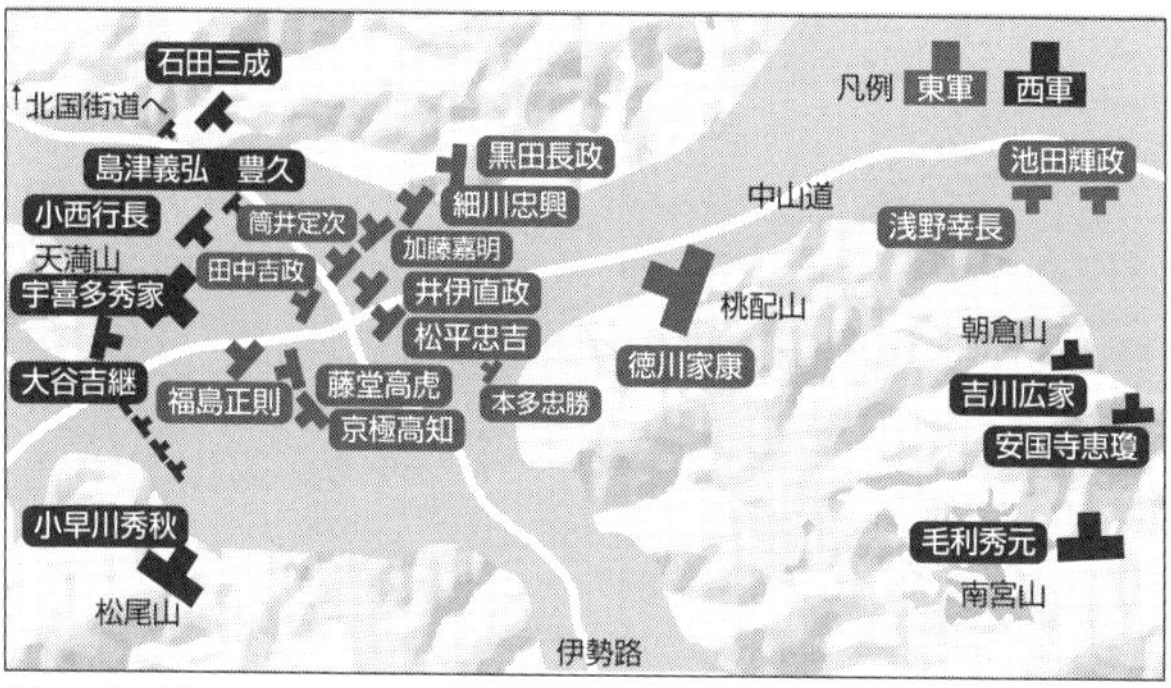

関ヶ原の戦いの布陣図

とりあえず、東軍にとって当時の秀秋は勝利のキーマンの一人であったことには違いなく、当初(戦術的にか)家康の憶《おぼ》えも良かったようで、毛利一門の処遇とは全く異なり、人もうらやむ大出世を遂げ、見事岡山藩主に就くことになる。

ここで秀秋の領地の変遷について述べると、文禄4(1595)年、14歳のとき豊臣秀次の事件に連座したとして居城・丹波の亀山城(現・京都府亀岡市にあった)を没収されているものの、隆景の機転なのか、彼が隠居して三原に「籠った」ため、その領地だった九州の筑前・筑後などの30万7000石を引き継ぎ、ちゃっかり名島城主になっている。しかし朝鮮出兵後に帰国すると、今度は石田三成の讒言《ざんげん》でその名島を取り上げられ、やがて、秀吉から越前北ノ庄15万石へと転封命令が下ることに。

この転封の際の大幅な減封によって、小早川家中は多くの家臣が解雇されることとなり、その大半は毛利家や三原にやむなく「帰還」したという。だが、やがて慶長3

（1598）年8月に関白秀吉も死去することに。豊臣政権が一時、五大老の合議で運営された折、徳川家康は秀秋に恩を売るためなのか、秀吉の遺命として五大老連署の「知行宛行状」を発行し、その結果、秀秋は無事名島城への復帰が許されている。「天下を視野に、秀吉の死後を睨《にら》んで動いていた家康は、この秀秋に恩を売っておけば、いつか何らかの形で返ってくるとの計算から、秀秋を救ったのである」（楠戸義昭「小早川隆景と秀秋」新人物往来社編『小早川隆景のすべて』1997年、182頁より引用）という説もあるが、「さもありなん」だ。

さて、秀秋は関ヶ原の戦い後の論功行賞において、旧宇喜多秀家の領地であった岡山藩55万石に加増・転封される。岡山城に入った秀秋は、家臣の知行割り当てや寺社寄進領の安堵といったまっとうな施策を行う一方、自ら長らく懇意だった伊岐遠江守、林長吉らを側近にして、隆景に縁深い家臣を退けるなど、「秀秋派」家臣へのシフトを進めている。したがって、かねてから隆景の薫陶《くんとう》を受け、年家老までも勤めた重臣・稲葉正成さえ不満を抱いて慶長6（1601）年に小早川家を出奔しているのだが、それは秀秋や側近勢の横暴なふるまいに、ついに堪忍の緒が切れた結果だといわれている。しかし、そんな秀秋も翌慶長7（1602）年に、わずか21歳で急死。なるほど、秀秋の、関ヶ原における裏切りでとばっちりを受けた大谷吉継が自害のおり、

人面獣心なり。三年の間に祟りをなさん

と、最期の言葉を遺しており（『関原軍記大成』）、その祟りのせいで狂死したのだという説話も

残っているぐらいだ。祟《たた》りは実に、おそろしい。

さらにまた、戦の後に捕われて大津城に連行された石田三成は激しく鞭打たれて門前に晒されたというが、その姿を見に行った秀秋に気付いた三成が、

われは汝が二心あるを知らざるは愚かなり。約束を破り、義を捨て、人を欺き裏切りたるは武将の恥辱、末の世までも語り伝えて笑うべし

と、裏切ったことを恥だと罵ったとも言われる(『常山談議』)。物語とはいえ、やっぱり祟りはおそろしいのだ。

ただ、医学的には次のような説がある。曲直瀬玄朔《まなせげんさく》『医学天正記』によると、若いのに酒色に溺れすぎ、アルコール依存症による内臓疾患こそがどうやら直接の死因だという。ちなみにこの『医学天正記』は、曲直瀬道三の養子で、名医の曲直瀬玄朔が慶長12(1607)年に著したものだ。彼の30年間にわたる診療の記録であり、中風から麻疹などの病類別60に整理されたカルテ集で、正親町天皇をはじめ、信長・秀吉・家康・毛利輝元ら名だたる武将から、文人墨客、足軽や一般庶民に至る345例が載る。

さて、秀秋の死後、小早川家は江戸幕府からすぐさま「無嗣断絶」という理由を付けられ、これにてあっけなく終焉を迎えることになる。これが徳川政権初の「お家取り潰し」である。ということは、おそらく家康にとって秀秋は、やはり秀吉の残影が強烈に残る問題児だったのだ。だから、秀

秋を最大限利用して関ヶ原の戦いで大勝利をおさめ、無事天下人になれたというのに、急死したら「これ幸い」とばかりに、体よくお家断絶ときた。やはり、これは明らかに秀吉の子（養子）だった素性が災いし、その「とばっちり」を受けた小早川家は、悲しい道連れとなったということか。

かつて東の徳川家に比肩《ひけん》された小早川家は、これにてあっけないほどに、家康の深謀によって速攻、滅ぼされてしまった。これは残念なことながら、のちのち秀吉の重臣だった大名たちの「末路の魁《さきがけ》」としても、大いに記憶されるべき事件とされねばならないのだ。

小早川秀秋菩提寺の瑞雲寺（岡山市北区番町）

その秀秋当人は死後、岡山城西方の「瑞雲寺《ずいうんじ》」に葬られていた。街中にひっそりと佇《たたず》む瑞雲寺には、秀秋の墓のほか位牌と木像が静かに安置されている。ちなみに京都の「瑞雲院」にも秀秋の墓所はある。こうして隆景逝去からわずか5年後、名門小早川家はここにあえなく滅亡した。まるで、彼らと村上水軍が活躍した斎灘《いつきなだ》に夕陽が沈んだように…。

史実と歴史ロマン

一方で隆景の死後の毛利家は、ご存知の通り、慶長5（1600）年、西軍総大将に座って得意満面だった輝元が、見事と言えようか、関ヶ原の戦いにおいて大敗北を喫する。元就の訓えを軽んじた末の失態だと非難されてもしょうがないと、輝元には失礼だが、筆者は思ってしまう。広島の街の礎を築いた彼の功績は揺るぎないものだが、この関ヶ原の一軒については、つい「隆景が存命ならば」と思うのだ。

まるで予定された筋書きのように、家康に広島から萩（長州）へ押し込められたものの、毛利家はなんとか江戸の世を生き抜き、やがて長州藩は、薩摩などの藩とともに明治維新を成し遂げていくこととなる（もちろん維新直前まで浅野・広島藩も、土佐の後藤象二郎の詐術にはまるまでは、主役の一角を張っていたのだが、それはいずれ機会があれば別稿で記したい）。海の情報や内外の海運・流通にも注力した隆景の蒔《ま》いた種、すなわち、「毛利・小早川・村上水軍」のＤＮＡが、長らく蕾《つぼみ》のままであったものの、幕末になってようやく一挙に開花した、と言えるだろうか。

いやはや、『太閤記』など、様々な後の物語によって勝者の都合の良いように、今後も勝者によって歴史は「創造」される宿命を内包するのだろうか。すなわち、

「毛利方は本能寺の変の情報を秀吉に妨害され、知らずに和睦したのだ。知ったのは中国大返しのあとで、地団太して悔しがったそうじゃ。後の祭り、とはこのことよ」

「熟考した黒田官兵衛こそが、備中高松城の水攻めや中国大返しを思いついたんじゃ」

などと、その事例は枚挙に暇はない。ただ繰り返すが、隆景がその死に際して真の重要書類を焼却処分したことに伴い、秀吉の中国大返し時の諸大名への偽情報の手紙のごとき「ガセネタ」はやがて歴史の有力な証拠資料となり、いつしか、歴史学説上の「真実」となってしまい、現代ではさまざまな映像で何度も再生され、我々は「洗脳」されることになる。したがって、「史実」は時の最高権力者の都合によって姿を変え、「歴史ロマン」はこれからも跋扈《ばっこ》していくことになるのだろうか。

水軍の海・瀬戸内海西部、斎灘の落陽（撮影　脇山功）

おわりに

21世紀に変わるころ、筆者は、米山寺の小早川隆景を、ご開帳の際にお見受けしたことがある。たまたま沼田川の橋の袂に「米山寺」の石柱に出会ったときにだ。その静かな表情からは、

「真実はいまだ『露見』していないぞ」

といった、隆景の安堵感さえ感じられたような気がしてならなかった。それは筆者の単なる勘繰りが過ぎたせいなのだろうか。

さて、ほんの一部ではあるが、こうして隆景の一生を振り返ってみるならば、備後神辺の初陣から、どうやら毛利家を死守するために、その波乱万丈の生涯を捧げたように思えてならない。やはり、そのお陰もあってが、たとえ甥・輝元によって毛利家が関ヶ原であえなく惨敗してしまったものの、どっこい毛利一統は明治維新を見事成し遂げることができた、とさえ思われるのだ。そのとき、果たして米山寺に眠る隆景は、微笑んでいたのだろうか。

また一方、隆景像は、どうやら「いい人の智将」で歴史上は表現されてきたのではなかろうか。もちろん人間性は、秀吉や官兵衛が言う通りに素晴らしい。また、江戸末期の編纂物に群馬の舘林《たてばやし》藩士、岡《おかの》谷《や》繁実《しげざね》が記した『名将言行録』があるが、存外そこで語られた『隆景像』こそが近代以降の「隆景イメージ」を形成したようにも思える。書名からしても、そこでの扱いは信長や武田信玄にひけをとらないことは、言うまでもないが。

そこには綺羅星《きらぼし》のような名将の「言行」が詰まっており、隆景の頁は一層輝く。つまり、すばらしくできた人物として描かれている(もちろん岡谷は『黒田家譜』を読み込んでいただろうから、まるで官兵衛仕込みの隆景像が、そこにも存在するわけだ)。もちろん、隆景は領民にも慕われる智将だったわけだが、あえて「理想像」を演じていたのかもしれない。理由は二つだ。読者諸賢にはもうご理解いただけたかと思うが、まずは「三矢の訓え」に代表される父元就と(おそらくだが)母の薫陶《くんとう》を受け、忠実に生きようとしたこと。もう一つは、逝去したときに書状を抹消していることだ。確かに彼はいつも静かに黙考しただろう。おだやかな笑みを時に見せながら。みなが幸せになるためには、「謀《はかりごと》」をしなければならないこともある。つまり、真の自分と「理想像」とのギャップがあったからこそ、書状を燃やさざるを得なかったともいえるのではないだろうか。

その微笑みに、ひょっとしたらみんな騙されてきたのかもしれない。隆景は幼少の頃、吉田郡山城で籠城体験をした。そして、今なら中学生になるかならないかで、竹原小早川家の政略的な相続を担わされた。そんな、悲惨で忍従を強いられた隆景の10代の日々は、彼の人間性に大きな影響を及ぼしたであろう。

したがって、隆景といえば「戦国時代を代表する、人物のできた智将」としてのイメージが、以降これまで継続し、特に大河ドラマでも、その線で官兵衛らとのシーンが繰り返し演出されてきた。確かに稀有な「できた人物」だったことは間違いあるまい。毛利のみならず、秀吉、官兵衛、フロイス、あるいは領民たちが評価する通り、「日本に蓋する」人物だったことも間違いないだろう。

そしておそらく、隆景は長い戦乱の世を生き延びていく中で、水軍を発展させ諸国と自由に交易することで、新たな日本を創り出すことを夢見ていたのではなかろうか。しかし戦国時代の終盤になると、生き残るためとはいえ虚々実々の世にいささか愛想を尽かし、最後は、自ら心底安らぐことができる三原で、ようやく瀬戸内の海と山河を眺められることを夢見ただろうか。ただ、実際には、すぐ秀吉から呼び出されたりと、なかなかのんびりとした日々は送れなかったようだ。しかし今でも、三原筆影山からほど近い忠海勝運寺から眺めた瀬戸内、芸予の海は、あまりに美しい。

忠海沖から見た芸予の海（中央が生口島、右が大三島）

三原筆影山から芸予の島々を望む

さて、長州藩(毛利家)が明治維新で関が原の仇を討ち、西郷隆盛も西南戦争で斃《たお》れ、ようやく一段落した頃、毛利家は、江戸時代を通じて断絶されていた「小早川家」再興に向けた運動を始めている。旧毛利家当主、公爵毛利元徳《もとのり》三男・三郎が小早川家を継ぐことになり、ついに明治12(1879)年、めでたく無事再興は果たされた。そして、竹原市にある和賀(小早川)神社の石灯籠には、ほぼ300年を経た「毛利三家の揃踏み」の、記念すべき名が刻まれている。

和賀(小早川)神社の石の台座に刻まれた毛利・吉川・小早川の家名

振り返ってみれば、小早川隆景の生涯は確かに常在戦場にあり、戦国大名の必然としての、虚々実々の計略の日々を過ごしたのだろう。かつて秀吉が語った、

「このような作戦は日本にはないと思っていたが、毛利殿の計略が深かったために本能寺の変は起きたのじゃ」

という独白は、まさしく隆景の計略の深さを意味することにふさわしく、そろそろ後世の日本人も気付く時節は到来したというべきだろう。いやいや、彼の静かな余生のためには、別に思い出されようが歴史の闇に葬られようが、どちらでもいいことなのかもしれないが。

しかし、どうしたことだろうか。隆景を祀る小早川神社は、2018年8月時点で、7月の西日本豪雨災害もあったからだろうか、石灯籠の上部は欠損し、荒れ放題といっていいほどの状態を呈していた。拝殿は倒壊している。竹原市教育委員会の立て札が虚しく立つ。何らかの、地元ならではのトラブルに神社は巻き込まれているのだろうか。それともさすがは本能寺の変の企画者、隆景に相応しく、信長の霊にでも「どんでん返し」をされた光景なのだろうか。

境内の立て札には、隆景の遺徳を偲《しの》んだ近在の村々が協力し江戸期にわざわざ建立した、とあった。ならば余計に、建立の原点に戻り、当神社も「再興」されんことが望ましかろうと思うのは、部外者のおせっかいいか。

このような、「小早川神社」の現在の悲惨な姿を見たとき、どうやら、隆景自身が隠蔽した本能寺

夏草は繁茂し、荒れ放題の和賀（小早川）神社

倒壊した「小早川神社」拝殿

平成30年7月豪雨（西日本豪雨）後の小早川神社
いっそう境内は土砂に埋まり、崩壊に拍車がかかる（2019年2月23日）

の変に関する真実を、たとえ証拠不十分であったとしても、そろそろ世に明らかにしておくべきではないかと勝手ながら判断し、本書に記すことにした次第である。

ただ、このように地元(竹原)でさえ忘れ去られていることを、存外、隆景本人は周りが思うほどまったく気にしておらず、むしろ自身の「毛利殿の計略」が未だ露見していないことを楽しんでいるような気もしてならないのだ。

土砂は片付けられたが、墓石が散乱する小早川家墓所
(「小早川家墓所を完全復旧するためには、あなたのお力が必要です!」〈https://readyfor.jp/projects/beisanji〉より)

なお、2018年の西日本豪雨災害は、米山寺の小早川家墓所にも甚大な被害を及ぼしていた。駆けつけてみると、歴代の当主の墓石はなぎ倒されていたのだ。

ところが、この被害の中でも隆景の墓は立ち続けていたのだ。現場作業中の職長は次のように語った。

「裏山の土石流のルートから見ても、なぜ隆景公の墓に被害がなかったのか分からんのじゃ。奇跡としか言いようがないのう」

そして本堂に参ってみたとき、目を疑った。山門の屋根に輝く家紋は小早川家の「左三つ巴」ではなく、毛利の「一文字三星」だったのである。やはり隆景は、生涯をかけて、毛利家を守ったのだろうか。隆景の墓は土砂災害にもびくともせず、小早川家菩提寺米山寺に輝く「一文字三星」は、今も輝き続ける。いささかきな臭くなってきた時代ではあるが、隆景はいまだ日本に蓋をし続けている。少し遅くとも梅は咲き始め、やがて桜も開花することだろう。

不動の隆景の墓石（一番手前）

西日本豪雨前の小早川家墓所

米山寺山門と、ちらほら咲きはじめた梅の花

山門屋根上に輝く「一文字三星」

【参考文献・ホームページ】

・新人物往来社編『小早川隆景のすべて』（新人物往来社　1997）
・山本博文・堀新・曽根勇二編『豊臣政権の正体』（柏書房　2014）
・谷口克広『織田信長合戦全録』（中公新書　2002）
・双葉社編『日本の籠城戦』（双葉社　2011）
・安藤英男編『黒田如水のすべて』（新人物往来社　1992）
・渡邊大門編『戦国史の俗説を覆す』（柏書房　2016）
・長宗我部友親『長宗我部』（バジリコ　2010）
・浅利尚民・内池英樹編『石谷家文書　側近のみた戦国乱世』（吉川弘文館　2015）
・守屋洋『孫子の兵法』（三笠書房　1984）
・小和田哲男『軍師・参謀』（中公新書　1990）
・土井作治編『図説　尾道・三原・因島の歴史』（郷土出版社　2001）
・藤田達生『謎とき本能寺の変』（講談社現代新書　2003）
・桐野作人『だれが信長を殺したのか』（PHP新書　2007）
・河合正治『安国寺恵瓊』（吉川弘文館　1989）
・松田毅一・川崎桃太訳『フロイス日本史1～12』（中央公論社　1977～1980）

・明智憲三郎『本能寺の変 431年目の真実』（文芸社新書 2013）
・藤田達生『秀吉と海賊大名』（中公新書 2012）
・藤田達生『秀吉神話をくつがえす』（講談社現代新書 2007）
・中嶋繁雄『戦国の雄と末裔たち』（平凡社新書 2005）
・山田吉彦『海賊の掟』（新潮新書 2006）
・光成準治『関ヶ原前夜』（日本放送出版協会 2009）
・谷口克広『信長と将軍義昭』（中公新書 2014）
・山本博文・堀新・曽根勇二編『豊臣秀吉の古文書』（柏書房 2015）
・仁摩町教育委員会『仁摩町誌』（島根県仁摩町 1972）
・岸田裕之編『広島県の歴史』（山川出版社 1999）
・今谷明『信長と天皇』（講談社学術文庫 2002）
・岡谷繁実原著、北小路健・中沢恵子訳『名将言行録』（教育社 1980）
・小和田哲男『戦国大名と読書』（柏書房 2014）
・土橋治重『織田信長』（成美堂出版 1973）
・藤田達生『証言 本能寺の変 史料で読む戦国史』（八木書店 2010）
・小都勇二『毛利元就伝』（吉田郷土史調査会 1982）
・小都勇二『続・毛利元就伝』（吉田郷土史調査会 1985）
・多田土喜夫『備中高松城主 清水宗治の戦略』（吉備人出版 2005）

・岸田裕之編『毛利元就と地域社会』（中国新聞社　2007）
・宇田川武久『戦国水軍の興亡』（平凡社新書　2002）
・谷口克広『信長・秀吉と家臣たち』（学研新書　2011）
・立花京子『信長と十字架』（集英社新書　2004）
・明智憲三郎『本能寺の変は変だ！』（文芸社　2016）
・米原正義校註『中国資料集』（人物往来社　1966）
・宮本義己『戦国武将の健康法』（新人物往来社　1982）
・本多博之『天下統一とシルバーラッシュ』（吉川弘文館　2015）
・谷口克広『検証　本能寺の変』（吉川弘文館　2007）
・松田毅一・川崎桃太編訳『完訳フロイス日本史1〜12』（中公新書　2000）
・丸島和洋『戦国大名の「外交」』（講談社選書　2013）
・網野善彦『日本の歴史を読み直す』（筑摩書房　1991）
・宮崎正勝『黄金の島　ジパング伝説』（吉川弘文館　2007）
・河合正治『安芸毛利一族』（吉川弘文館　2014）
・高橋裕史『武器・十字架と戦国日本』（洋泉社　2012）
・小林正信『明智光秀の乱』（里文出版　2014）
・豊田有恒『世界史の中の石見銀山』（祥伝社新書　2010）
・盛本昌広『本能寺の変　史実の再検証』（東京堂出版　2016）

・橋場日月『明智光秀　残虐と謀略』（祥伝社新書　2018）
・鈴木眞哉・藤本正行『信長は謀略で殺されたのか』（洋泉社　2006）
・網野善彦『「日本」とは何か』（講談社学術文庫　2008）
・谷口克広『織田信長の外交』（祥伝社新書　2015）
・谷口克広『信長と家康』（学研新書　2012）
・渡邊大門『黒田官兵衛』（講談社現代新書　2013）
・藤田達生『天下統一』（中公新書　2014）
・時空旅人編集部『ルイス・フロイスが見た異聞・織田信長』（三栄書房　2018）
・小和田哲男監修『戦国史を動かした武将の書簡』（宝島社　2016）
・三鬼清一郎『鉄砲とその時代』（吉川弘文館　2012）
・広島城編『輝元の分岐点―信長・秀吉との戦いから中国国分へ』（広島城　2013）
・山本浩樹『西国の戦国合戦　戦争の日本史12』（吉川弘文館　2007）
・藤田達生『織田信長』（山川出版社　2018）
・濱田昭生『近衛前久が謀った真相「本能寺の変」』（東洋出版　2013）
・村井章介『シリーズ日本中世史④分裂から天下統一へ』（岩波新書　2016）
・日本史史料研究会監修、渡邊大門編『信長研究の最前線2』（洋泉社　2017）
・久野雅司『足利義昭と織田信長』（戎光祥出版　2017）
・川崎桃太『フロイスの見た戦国日本』（中央公論新社　2006）

・黒田基樹『小早川秀秋』（戎光祥出版　２０１７）
・藤井譲治編『織豊期主要人物居所集成（第2版）』（思文閣出版　２０１６）
・山本博文・堀新・曽根勇二編『戦国大名の古文書　西日本編』（柏書房　２０１３）
・大阪城天守閣編『乱世からの手紙―大阪城天守閣収蔵古文書選』（大阪城天守閣　２０１４）
・松岡進『瀬戸内海水軍史』（瀬戸内海文化研究所　１９８７）
・廿日市町編『廿日市町史　資料編1』（廿日市町　１９７９）
・小島毅『織田信長　最後の茶会』（光文社新書　２００９）
・桐野作人『真説　本能寺』（学習研究社　２００１）
・阿曽村邦昭「吉備真備―ある遣唐留学生の政治的生涯―」（ノースアジア大学総合研究センター教養・文化研究所『教養・文化論集』第5巻第2号、２０１０）
・松田毅一・川崎桃太編訳『回想の織田信長　フロイス「日本史」より』（中公新書　１９７３）
・渡邊大門『戦国の交渉人』（洋泉社　２０１１）
・利重忠『元就と毛利両川』（海鳥社　１９９７）
・藤田達生、福島克彦編『明智光秀　史料で読む戦国史』（八木書店　２０１５）
・小和田哲男『毛利元就　知将の戦略・戦術』（三笠書房　１９９６）
・高柳光寿『明智光秀』（吉川弘文館　１９５８）
・桑田忠親『明智光秀』（新人物往来社　１９７３）
・守屋洋・守屋淳『孫子・呉子』（プレジデント社　２０１４）

・渡部昇一　『渡部昇一の戦国史入門　頼山陽「日本楽府」を読む』（ＰＨＰ研究所　２００８）
・趙海軍主編　『図説孫子　思想と実践』（科学出版社東京　２０１６）
・山折哲雄　『蓮如と信長』（ＰＨＰ研究所　１９９７）
・長谷川泰志　「小早川隆景の遺言と安国寺恵瓊─『黒田家譜』を中心に─」（広島経済大学『広島経済大学創立五十周年記念論文集下巻』、２０１７）
・岡山県立博物館ホームページ
(http://www.pref.okayama.jp/kyoiku/kenhaku/hakubu.htm)
・東京大学史料編纂所ホームページ
(https://www.hi.u-tokyo.ac.jp/index-j.html)
・国立国会図書館ホームページ　(https://iss.ndl.go.jp/)　他
※ホームページの最終閲覧日は、いずれも２０１９年9月30日である。

●16～17世紀の主な参考史料

書名	編纂年	編者	内容
惟任退治記	1582	大村由己	本能寺の変から山崎の戦い、信長の葬儀までを、見聞と脚色を交えて記している
日々記（天正十年夏記）	?	勧修寺晴豊	当時の公家の日記。天正 10（1582）年の出来事についての記述が特に面白い。天正（1578）年から文禄 3（1595）年分が断片的に残る
中国兵乱記	1615	中島正行	高松城副将の記録
兼見卿記	?	吉田兼見	吉田神社神主の日記、本能寺の変の前後に二通りの記述あり（光秀と懇意だったゆえ）。
日本史	1583~1594	ルイス・フロイス	ホルトガル人のイエズス会宣教師の記録。自らの見聞したものと他の宣教師の報告書を基に執筆。天正 11（1583）年、総会長から「日本史」の編纂を命じられた
元親記	1631	高島正重（長宗我部元親の家臣）	元親 33 回忌に彼の側近だった高島正重が書いた回想録。
信長公記	1592	太田牛一	信長に仕えていた太田牛一の永禄 11（1568）年から本能寺の変が起きた天正 10（1582）年まで、年に 1 冊の信長側の記録。
言継卿記	1527~1576	山科言継	信長や京の動向に詳しい、言継の記録集
多門院日記	1478~1618	興福寺多門院主	代々書き継がれた日記。織豊期は英俊が記す。大和や各地の情報が豊富。
川角太閤記	1620	川角三郎右衛門	同時代の人物の述懐が多数収録されている点で他の太閤記とは違い、単に物語とは断定できない光秀の旧臣や、豊臣秀次の馬廻の珍しい話題も盛り込まれている。

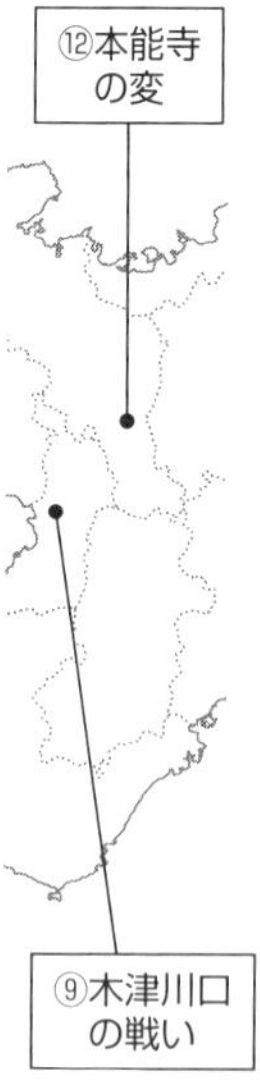

和暦	西暦	年齢	できごと	地図上の番号
天文2	1533	1	毛利元就三男として誕生(幼名は徳寿丸)	①
天文13	1544	12	竹原小早川家の家督を継承	②
天文14	1545	13	母・妙玖死去	
天文15	1546	14	元就隠居、長兄隆元が毛利家継承	③
天文16	1547	15	神辺城の戦いにて初陣を飾る	④
天文19	1550	18	沼田小早川家も継承	⑤
天文21	1552	20	新高山城築城	⑥
天文24	1555	23	厳島の戦いで陶氏を破る	⑦
弘治3	1557	25	周防・須々万沼城攻撃のため、鉄砲玉調達	
			元就から「三子教訓状」を送られる	
永禄6	1563	31	毛利元就長男の隆元、急死。輝元が家督を継ぐ	
永禄11	1568	36	吉川元春と伊予出陣、平定。九州出陣	
元亀元	1570	38	信長が隆景に書状を出し、以後交渉窓口は隆景に	
元亀2	1571	39	元就死去。両川体制がより強固に	
天正4	1576	44	足利義昭、備後鞆へ(2月)	⑧
			第一次木津川口の戦いで織田軍を破る(7月)	⑨
天正6	1578	46	上月城の戦いで尼子氏を滅ぼす(4〜7月)	⑩
			第二次木津川口の戦いで織田軍に大敗(11月)	⑨
天正10	1582	50	備中高松城の戦い(5月7日、秀吉が城を囲む)	⑪
			本能寺の変(6月2日)	⑫
天正12	1584	52	秀吉との講和(中国国分け)がほぼ整う	
天正13	1585	53	伊予拝領(35万石)	⑬
天正15	1587	55	秀吉の九州攻めに加わる。筑前・筑後など拝領(36万石)	⑭
天正16	1588	57	筑前名島城の改修を開始	⑮
文禄元	1592	60	朝鮮に出陣(文禄の役)	⑯
文禄3	1594	62	秀吉の甥・秀俊(秋)を養子に迎え、嫡男とする 11月に三原城で婚礼	⑰
文禄4	1595	63	従三位、中納言に(五大老)、家督を秀秋に譲り三原城に帰還	⑱
慶長2	1597	65	三原城内で死去、米山寺に葬られる	⑲

●小早川隆景関係地図・年表

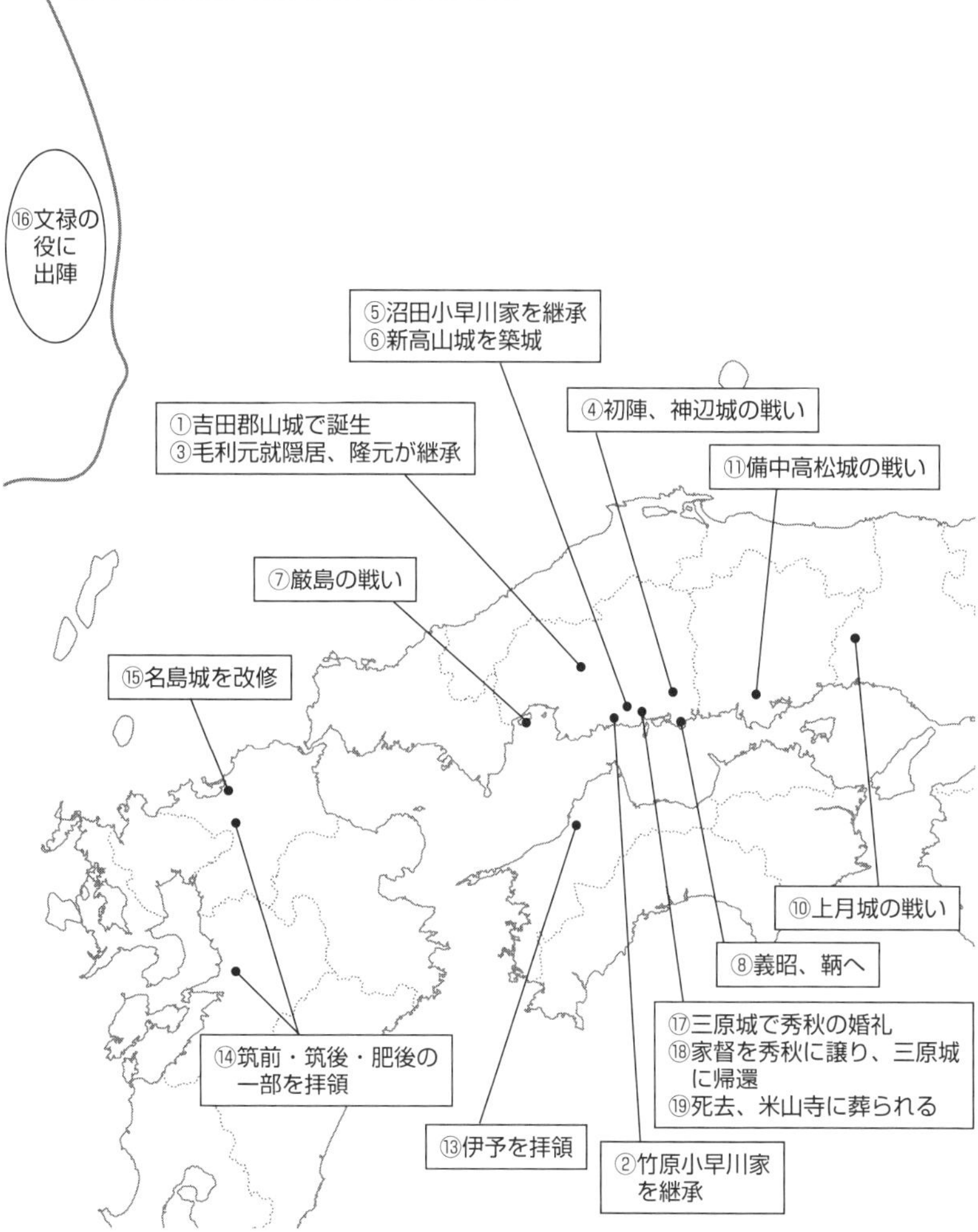

米山 俊哉（よねやま・としや）
広島市生まれ、修道高校、大阪大学人間科学部卒業後、株式会社リクルート入社、広島市に２００９年Uターン、広島大学大学院社会科学研究科マネジメント専攻博士課程前期修了。歴史資源を生かした地域振興に携わり、現在に至る。米作りにも挑戦中。

●装　　幀　スタジオギブ
●本文 DTP　濵先貴之（M-ARTS）
●図版製作　岡本善弘（アルフぉンス）
●イラスト　AYANO（文野）

影の宰相 小早川隆景
――真説・本能寺の変――

二〇一九年一〇月二四日　初版第一刷発行

著　者　米山 俊哉
発行者　西元 俊典
発行所　有限会社 南々社
　広島市東区山根町二七-二
　〒七三二-〇〇四八
　電　話　〇八二-二六一-八二四三
　ＦＡＸ　〇八二-二六一-八六四七
印刷製本所　株式会社 シナノ パブリッシング プレス

ISBN978-4-86489-104-2